von Julie Bozza

übersetzt von Anna Maria Nordholz

Jäger des verlorenen Schmetterlings

Band 1 der
Schmetterlingsjäger-Trilogie

LIBRAtiger

Deutsche Erstausgabe 2022 von LIBRAtiger
© 2022 Julie Bozza (juliebozza.com)
Umschlaggestaltung: Beaux Arts (beauxarts.design)
Übersetzung: Anna Maria Nordholz
Korrektorat: Astrid König

ISBN: 978-1-925869-37-8

Für die englische Originalausgabe:
Titel: *Butterfly Hunter*
Lektorat: Fiona Pickles
Korrektorat: F.M. Parkinson
Manifold Press 2012; LIBRAtiger 2018

Schriftart: Adobe Caslon; Adobe Gothic

libra-tiger.com | juliebozza.com

Danksagung

Mit Dank an die Person, deren Kommentar auf Goodreads mich unwissentlich zu diesem Roman inspiriert hat.

Ich bin ebenfalls dankbar für die Nachsicht meiner Leserinnen und Leser, während sie diese Geschichte lesen. Ich habe Teile dieses Romans in dem Bewusstsein geschrieben, dass ich eine Außenstehende bin, die sich mit Dingen befasst, von denen einige sagen werden, dass sie mich nichts angehen. Ich habe das aus keinem anderen Grund getan, als meiner Liebe für alle Kulturen und meinem Wunsch nach gegenseitiger Toleranz und Austausch zwischen allen Menschen Ausdruck zu verleihen – und hoffe, dass man mir vielleicht etwaige Ungenauigkeiten verzeihen wird.

Kapitel 1

Dave Taylor blickte auf das perfekte kleine Menschenwesen hinunter, das er in seinen Händen hielt – zarte Haut, warmer Duft, zerbrechliche Knochen – und fragte: „Sag mir noch einmal, warum sie nicht unsere ist?"

Drüben an der Küchenbank schnaubte Denise, die mit raschen Handgriffen ihr Mittagessen zubereitete. „Du weißt, warum, Davey."

„Weil ich noch immer nicht gefunden habe, was ich suche?", wagte er zu fragen.

„Siehst du? Ich wusste, dass du mir irgendwann zuhören würdest."

„Ich wusste nicht, dass ich überhaupt suchen *muss* …" Dave starrte auf diese exquisite, winzige Nachbildung von Denise hinunter und stieß einen Seufzer aus, weil er sich fragte, warum sie sich so sicher war, dass er nicht nach genau diesem hier suchte. Sie waren so lange „Denny und Davey" gewesen – seit seinem ersten Schultag vor über zwanzig Jahren – dass es ihn verwunderte, dass sie jetzt nicht „Denny und Davey und Zoe" waren. Das feine Haar des Babys leuchtete golden, so wie sein eigenes und das von Denise; Zoe hatte nicht einmal den Hauch von den dunklen italienischen Zügen ihres Vaters, zumindest nicht, soweit Dave es erkennen konnte.

„Hey", murmelte er zur Begrüßung, als die Lider des Babys ein wenig flatterten und sich dann öffneten, um seinen Blick mit ernstem Blau zu erwidern. „Hallo, Zo. Ich bin Davey." Das Baby drehte sich um und kuschelte sich vertrauensvoll an seine Brust. „Ich bin dein … na ja. Ich bin der beste Kumpel deiner Mutter. Glaube ich."

„Natürlich bist du das", sagte Denise mit deutlicher Verachtung für jeglichen Gedanken, dass es daran irgendeinen Zweifel geben könnte. Zoe blickte kurz frustriert drein, dann gähnte sie, was zu einem Weinen zu werden drohte. Denise kam herüber und stellte einen Teller mit Sandwiches vor Dave auf den Tisch, dann nahm sie Zoe, setzte sich auf einen Stuhl in der Ecke und arrangierte ihre Kleidung so, dass Zoe trinken konnte. Die Selbstverständlichkeit, mit der Denise das tat, unterstrich, dass Dave jetzt als weitgehend harmlos galt; er war nicht einmal mehr der Ex, sondern nur der Freund, der keine Chance hatte, das wiederzuerlangen, was er verloren hatte.

„Wo ist Vittorio?", fragte er, griff nach einem Sandwich und wandte höflich den Blick ab – als sei ihm diese Brust nicht vor allzu langer Zeit gut vertraut gewesen.

„Auf der Arbeit. Er wurde zu einem Einsatz gerufen; es wird eine Weile dauern." Denise hielt inne und schob Zoe ein wenig in ihren Armen hin und her, als ob sie immer noch versuchte, die richtige Position zu finden. Das Baby war noch nicht einmal zwei Wochen alt. „Worüber wolltest du reden? Du hast gesagt, du hast eine Reise vor dir?"

„Ja. Ich könnte für eine ganze Zeit weg sein. Das ging alles sehr schnell."

„Das ist gut", antwortete sie – und fügte dann hinzu, wie um ihm Mut zu machen: „Das ist gut fürs Geschäft. Eine Reisegruppe, nicht wahr?"

„Nein, nur ein Typ. Ein englischer Earl, um Himmels willen! Na ja, der Sohn eines Earls, oder so. Ich hatte mit dem Butler des Vaters zu tun, und der hat sich nicht sehr präzise ausgedrückt. Um was handelt es sich dann bei ihm? Dem Sohn, meine ich."

„Um jemanden, der weit von zu Hause weg ist. Quasi ein Zeitreisender. Was will der hier?"

Dave stöhnte auf. „Er ist auf der Jagd nach einem mythischen Schmetterling. Offenbar ist niemand sicher, dass der überhaupt jemals existiert hat."

„Eine epische Suche!" Denises Augen leuchteten auf, obwohl Dave genau wusste, dass es zumindest halb im Scherz war. „Ein Ritter auf einer Suche! Ein *echter* Ritter!"

„Ähm, ja, also –"

„Und du bist sein Knappe!"

„Oh Gott, halt einfach die Klappe, ja?", brummte er gutmütig. „Wie gut, dass die japanische Reisegruppe für Juni abgesagt hat. Er hat mich für drei Monate gebucht."

Das ernüchterte sie. „Du wirst *drei Monate* lang da draußen sein?"

Dave zuckte mit den Schultern. „Natürlich nicht die ganze Zeit. Aber er will wohl, dass wir die Sache zu Ende bringen, koste es, was es wolle. Als ich denen sagte, dass ich im Juli eine Woche mit den Amerikanern unterwegs bin, hieß es, er würde auch mitkommen, wenn er willkommen sei, oder er würde solange auf mich warten, bis ich wieder zurück sei. Und wenn wir die verdammten Schmetterlinge früher finden sollten, zahlt er mir trotzdem das volle Honorar."

„Hm", war ihre einzige Antwort. Eine nachdenkliche Stille breitete sich aus, während Zoe mit der einen Brust fertig wurde und an die andere gelegt wurde. Dave starrte aus der Glastür auf den Garten, bis Denise sich wieder so weit bedeckt hatte.

„Ich weiß einfach nicht, was auf mich zukommt", sagte Dave.

„Warum? Nicht, weil er Engländer ist. Dein Vater war Engländer!"

„Ja, das vergesse ich immer." Dave lächelte ein wenig wehmütig. Er vermisste seinen Vater immer noch. „Aber das ist es nicht."

„Wo liegt dann das Problem?"

„Ich hoffe nur, dass er dazu in der Lage ist. Der Typ, der die Buchung gemacht hat – sein Butler oder Sekretär oder was auch immer – der sagte –"

„Was?"

„Kurz bevor er auflegte, meinte er – nun, ich solle ihn freundlich behandeln. Und jetzt denke ich, weiß der Himmel, was mich erwartet."

„Hat er dir nicht gesagt, warum?"

„Nein. Und ich habe sogar noch mal per E-Mail nachgehakt. Er hat mich einfach abgewimmelt, ganz korrekt und würdevoll, als hätte er gar nichts gesagt."

„Hm." Schließlich fragte Denise: „Wo fängt man an, wenn man nach einem Schmetterling sucht, der vielleicht gar nicht existiert?"

„Auf der anderen Seite von Cunnamulla. Dort soll es ein Wasserloch geben – obwohl es auf keiner Karte verzeichnet ist – und das ist –"

„Ein *mythisches* Wasserloch?"

„So ziemlich direkt aus der Traumzeit. Ja."

„Du musst mit Charlie sprechen." Denise entspannte sich sichtlich bei diesem Gedanken. „Du sprichst mit Charlie, bevor du da rausgehst, und du passt auf dich auf, hörst du, Davey? *Du passt auf dich auf.*"

„Aber natürlich", meinte er leichthin. „Wie viele Jahre mache ich das schon?"

„Ich meine das ernst. Du musst zurückkommen, denn du wirst Zoes … na ja, was auch immer die nicht-kirchliche Version eines Paten ist."

Ein nicht-kirchlicher Pate …? Dave lachte einfach. Doch bevor er ging, drückte er Zoe einen sanften Kuss auf den Scheitel ihres nach Milch duftenden goldenen Haares und wünschte ihr im Stillen alles Gute. Nur für den Fall der Fälle.

Das Flugzeug sollte kurz nach sieben Uhr morgens ankommen. Dave sorgte dafür, dass er rechtzeitig da war, auch wenn der Engländer erst durch die Passkontrolle musste, dann musste er sein Gepäck abholen und zuletzt durch die Quarantäne. All das würde wahrscheinlich eine Stunde dauern – aber wie Dave sein Glück kannte, würde er um acht Uhr ankommen und feststellen, dass der Sohn des Earls als VIP oder so abgefertigt worden war und mittlerweile längst auf ihn wartete.

Dave fand einen Platz, um sich an die hüfthohe Absperrung zu lehnen, zusammen mit den Fahrern und anderen, die Schilder hielten. Auf seinem stand *GORING*. Das war der Name des Mannes. Nicholas Goring. Das machte seinen Vater wohl zum Earl Goring, oder war es der Earl von Goring …? Wenn Dave nicht gerade angesichts der frühen Stunde ganz benommen mit seinen derzeitigen Genossen plauderte, verbrachte er die Zeit damit, sich daran zu erinnern, ob er eine Ahnung davon hatte, ob Nicholas der älteste Sohn war oder nicht – und wenn ja, ob das bedeutete, dass Dave ihn mit „Mylord" oder „Sir" ansprechen sollte. Er hatte auf Wikipedia nachgeschlagen, festgestellt, dass er den Butler per E-Mail um weitere Informationen bitten musste, und das Ganze dann prompt wieder vergessen.

Er hätte sich in den Hintern treten können, zumindest metaphorisch. Er war professioneller als das. Immer. Und gut, vielleicht spielten Titel keine große Rolle – obwohl er sich sicher war, dass sie für einen Engländer wichtiger waren als für einen Australier – aber niemand konnte es sich leisten, im Outback so nachlässig zu sein. Warum sollte Goring Dave sein Leben anvertrauen, wenn er nicht einmal dieses Detail richtig hinbekam?

Dave seufzte und beobachtete halbherzig, wie die Passagiere der anderen Flüge nach und nach eintrafen. Nach einem 24-Stunden-Flug sah niemand frisch aus. Niemand. Diese beiden da zum Beispiel – ein Vater und seine junge Tochter, wie Dave annahm – wirkten völlig übermüdet, gereizt, zerzaust, unglücklich. All das verflog jedoch, als ein älteres Paar sie begrüßte. Die Eltern des Mannes beziehungsweise die Großeltern des Mädchens, ganz klar. Gesichter erhellten sich, Körperhaltungen lockerten sich, Umarmungen für alle.

Es hätte jedoch eines Wunders bedurft, um die gleiche Verwandlung bei dem nächsten Paar zu bewirken, das durch das Gate kam. Falls das ein Ehepaar war, sah es nicht so aus, als würde die Ehe die Strapazen eines internationalen Fluges überstehen. Dave und Denny hatten das natürlich auch einmal gemacht – sie waren in ihren späten Teenagerjahren zu dem obligatorischen Rucksackurlaub aufgebrochen. Insgesamt hatten sie sich ganz gut geschlagen, obwohl sie lächerlich wenig Geld und noch weniger Verstand gehabt hatten. Aber sie waren schon immer in erster Linie Freunde gewesen, und ein bester Freund konnte einem durch alles hindurchhelfen. Sie hatten sich dabei abgewechselt, dem anderen beizustehen.

Dave bemühte sich, nicht noch einmal zu seufzen und dann, nicht zu gähnen, während er abwesend zusah, wie der nächste Mann in die Ankunftshalle trat. Als erstes erschien das Gepäck auf einem Kofferkuli, und der Typ folgte, wobei er fast stürzte, als er mit der Tür rang und dabei mit einem Fuß am Gepäckwagenrad hängen blieb. Der Kofferberg schwankte, während der Typ gleichzeitig versuchte, sich zu befreien, die Tür am Zuschlagen zu hindern und gleichzeitig an der Absperrung zu seiner Rechten entlang zu laufen. Fast wäre ihm auch all das gelungen, wenn er sich nicht plötzlich entschlossen hätte, nach links auszuscheren. So landete in einem Haufen langer Gliedmaße auf dem Boden, während sein Gepäckwagen allein ein paar Meter weiterrollte und schließlich wenig überzeugend zum Stehen kam.

Dave hatte Mitleid mit dem Typen. Das war aber auch Pech, wenn er seine Flamme oder so am Flughafen traf und sich gerade völlig zum Affen gemacht hatte. Alle um ihn herum blickten entweder taktvoll woanders hin oder lächelten den Typen mitleidig an. Es war niemand in der Nähe, der ihm hätte aufhelfen können, denn niemand war dumm genug, sich über die Absperrung hinwegzusetzen; das Sicherheitspersonal schien es noch nicht bemerkt zu haben, und im Moment war der Tollpatsch der einzige Passagier, der gerade angekommen war.

Und er lag immer noch auf dem Boden … Warum in aller Welt lag er immer noch auf dem kalten, harten Boden? Hatte er sich etwas gebrochen? Mit gerunzelter Stirn betrachtete Dave ihn genauer. Jedes einzelne schlaksige Gliedmaß schien unversehrt. Er lag auch nicht irgendwie unglücklich da. Aber sein Kopf war nach hinten geneigt, und er grinste ein bisschen dämlich … und er blickte Dave direkt an!

Das wäre auch in Ordnung gewesen, aber als er merkte, dass Dave zurückschaute, schien der Typ zu zwinkern. Oder war das ein Blinzeln? Aber in dieser Haltung wirkte sein Grinsen irgendwie verrucht – und wenn die

Situation eine andere gewesen wäre, und sie sich hier nicht frühmorgens auf einem internationalen Flughafen befunden hätten, hätte Dave meinen können, dass der Typ mit ihm flirtete …

Er wandte sich ab und verzog das Gesicht mit so etwas wie Verachtung. Das sah ihm wirklich nicht ähnlich, und er war nicht voreingenommen, das hätte er beschworen, aber ehrlich gesagt war es *viel* zu früh für laszive Blicke von unbeholfenen Fremden des falschen Geschlechts.

Einen Moment später bereute er diese Unhöflichkeit natürlich, und sein Herz pochte einmal heftig, wie um ihn zu bestrafen. Er drehte sich um, um zu sehen, ob der andere beleidigt war, und um vielleicht ein entschuldigendes Achselzucken anzubieten. Aber die Sicherheitsleute waren endlich eingetroffen und halfen dem Mann auf die Beine, klopften ihm den Staub ab, vergewisserten sich, dass er vorerst aufrecht stehen blieb, und holten sein Gepäck. Sie hörten seinem Geplauder zu und ließen sich offenbar dazu verleiten, ihn für harmlos zu halten.

Dave beobachtete das und war vage froh, dass alles in Ordnung zu sein schien. Bis der Trupp die Absperrung hinter sich gelassen hatte und die Sicherheitsleute den Typen zum Ausgang geleiteten, der sich allerdings weigerte, der wortlosen Anweisung zu folgen. Stattdessen drehte er sich um, und sein suchender Blick landete bald wieder auf Dave. Dave richtete sich langsam und vorsichtig auf, als der Mann auf ihn zukam und die Sicherheitsleute mit dem gleichen Stirnrunzeln hinter ihm herkamen.

„Ich glaube, Sie warten auf mich", sagte der Mann mit einem kultivierten englischen Akzent.

„Was?", erwiderte Dave dümmlich.

Eine lange, blasse Hand deutete auf das Schild in Daves Hand. „Ich bin Nicholas Goring."

„Oh Gott."

Seine Mundwinkel zuckten leicht, obwohl der Mann nicht länger lächelte. „*Sir* reicht völlig."

Sie schwiegen sich an, während Dave seinen Kunden zum Parkplatz führte, sein Ticket bezahlte, das Auto fand und die Taschen in den Kofferraum legte, wobei er murmelnd betonte, dass er Gorings Hilfe nicht benötigte.

Dave sprach erst wieder, als sie auf dem Kingsford Smith Drive stadteinwärts fuhren. „Ich bringe Sie zum Hotel. Ich habe einen frühen Check-in gebucht. Ich bin sicher, Sie werden sich über eine Dusche und die Gelegenheit zum Umziehen freuen." Als er einen Blick auf den Mann riskierte, stellte Dave verblüfft fest, dass Gorings Lächeln wieder einen verruchten Zug hatte. „Ähm", sagte Dave, „*Sir …*"

„Ich hatte schon immer eine Schwäche für Chauffeure", vertraute ihm der Mann an.

„Hm." Dave runzelte die Stirn und starrte angestrengt auf die Straße vor sich, obwohl er sich nicht ganz sicher war, wie viel er tatsächlich davon mitbekam. „Tja. Was tun Sie, wenn die keine Schwäche für Sie haben?"

Goring glुckste und klang wirklich amüsiert. „Ach, kommen Sie. Nutzen Sie den Tag!"

„*So* kurz ist das Leben auch wieder nicht."

Das Glucksen verwandelte sich in ein Lachen – und das gefiel Dave. Trotzdem war er erleichtert, als Goring sagte: „In Ordnung, ich höre auf. Lassen Sie sich von mir nicht stören. Ich habe kaum ein Auge zugetan in diesem verdammten Flugzeug."

„Sie waren nicht gerade in der Holzklasse unterwegs, oder?"

„Nein, aber …" Goring blickte fort und biss sich auf die Unterlippe. Er war ein großer, knochiger Mann, und seine Lippen waren das Weichste an ihm. Sie steuerten etwas Rosa zu seinem blassen Gesicht bei. Sie waren fast hübsch. „Ich habe wohl zu viel um die Ohren."

Dave ließ einen Moment verstreichen und steuerte dann sichereren Boden an. „Die allgemeine Lebenserfahrung sagt, dass man so lange wie möglich wach bleiben und erst heute Nacht schlafen sollte. So können Sie sich so schnell wie möglich auf die neue Zeitzone einstellen."

„Ja, das habe ich auch gehört."

„Und meiner Erfahrung nach beginnen die Leute gern mit einem guten Frühstück, um ihr Energielevel aufrechtzuerhalten. Das Hotel – Sie sind im Hilton – ist für sein Frühstück bekannt."

„Gut zu wissen."

„Das liegt ganz bei Ihnen, aber ich kann Ihnen Gesellschaft leisten, falls Sie wollen. So lange, wie es Ihnen passt."

„Beginnend mit dem Frühstück …?"

„Falls Sie wollen", wiederholte Dave. „Und später, wenn Sie Leute hier haben, kann ich Sie absetzen, wo Sie wollen. Sagen Sie mir einfach, was Sie vorhaben, und Sie können Ihre Pläne jederzeit ändern, falls Sie nicht mehr länger wach bleiben können oder so."

Goring starrte ihn an. „Ich verstehe." Nach einem Moment fügte er hinzu: „Ich weiß nicht, warum ich eher eine lakonische als eine gesprächige Antwort erwartet habe."

Dave blickte ihn an. „Ich weiß nicht, ob ich ein typischer Australier bin."

Wieder ein Lachen, diesmal aber eher schief als echt. Dann fragte Goring: „Wird Mr Taylor uns beim Frühstück Gesellschaft leisten?"

„Was?" Dave zog eine Grimasse, als er rechts in die Albert Street einbog. Sie waren fast da. „Nein, ich bin – *ich bin* Dave Taylor."

„Oh."

„Ich glaube, ich habe mich nicht – nein, ich habe mich nicht vorgestellt. Das Treffen am Flughafen hat nicht, äh –"

„Es lief nicht ganz so wie geplant", sagte Goring sanft.

„Nein. Mein Fehler. Hören Sie, wir sind da", sagte Dave. „Ich setze Sie ab, und Sie können einchecken, während ich mir einen Parkplatz suche."

„Nicht nötig. Ich bleibe bei Ihnen."

Dave warf ihm einen Blick zu und hatte das Gefühl, dass Goring das nicht nur aus Höflichkeit tat. Auf jeden Fall musste er sich sofort entscheiden, da er sich bereits dem Parkplatz näherte. Er nickte und schaltete den Blinker ein. Dann halt so. Heute Morgen war fast nichts so gelaufen wie geplant, warum also nicht auch das?

Sie schwiegen wieder, als Dave ein Ticket aus dem Automaten zog und sich dann schnell einen freien Platz im Erdgeschoss suchte – es war noch zu früh am Tag, als dass viel los gewesen wäre. Als er den Wagen geparkt hatte, stiegen sie beide aus und trafen sich hinter dem Auto wieder. Dave blickte dem Mann fest in die Augen und hielt ihm die Hand hin. „Guten Morgen, äh, Sir. Ich bin Dave Taylor."

Goring schüttelte seine Hand mit einem kühlen, festen Griff, bevor er sie losließ. „Ich freue mich, Sie kennenzulernen, Mr Taylor. Nennen Sie mich Nicholas."

„Dave."

„David", sagte Nicholas.

Dave grinste, drehte sich um, öffnete den Kofferraum und begann, die drei Taschen herauszuheben. „Na gut, aber so nennt mich niemand. Ich heiße Dave oder – na ja, meine Freunde nennen mich Davey."

„Möchtest du mir beim Frühstück Gesellschaft leisten, David?"

„Sicher. Danke", fügte er hinzu und meinte das aufrichtig. „Wir können deine Reise durchsprechen. Ich habe Karten und so mitgebracht."

„Gut. Hier, lass mich –"

Aber Dave übergab ihm nur die Tasche, die in das Gepäckfach eines Flugzeugs gepasst hätte und bestand darauf, die größeren Koffer hinter sich herzuziehen. „Das geht schon", sagte er. Als sie in das Sonnenlicht traten, versuchte er sich an den drei Silben: „Nicholas." Er fragte sich, wie lange es noch dauern würde, bis er Nick oder Nicky sagen durfte.

„Danke." Das Lächeln des Mannes war inzwischen etwas sanfter geworden.

Natürlich war bisher alles furchtbar schief gelaufen, und Gott allein wusste, was das für den Rest der Reise bedeutete, aber es schien, dass wenigstens Daves Anteil an dem Chaos verziehen worden war. Er nickte, um den Dank zur Kenntnis zu nehmen und zugleich zu erwidern. Nicholas schien zu verstehen. Als sie Schulter an Schulter in das Hotel gingen, wagte Dave, zu hoffen, dass die nächsten drei Monate vielleicht nicht ein komplettes Desaster werden würden.

Nicholas tauchte kaum eine halbe Stunde später wieder auf und wirkte im diffusen Sonnenlicht des Restaurants wach, frisch und fröhlich. Immer noch hoch und schlank dastehend, bot er an: „Ich entschuldige mich für die Sache mit dem Chauffeur."

Dave konnte sich ein Grinsen nicht verkneifen. „Du entschuldigst dich dafür, dass du eine Schwäche für Chauffeure hast?"

„Nein", antwortete Nicholas, der sich um die Ecke des Tisches rechts von Dave hinsetzte. „Das geht bis zu meiner ersten Liebe zurück. Das ist immer eine prägende Erfahrung, findest du nicht auch?"

Verständnisvoll stieß Dave einen Atemzug aus. „Das kann man wohl laut sagen."

„Es tut mir leid, dass ich so früh am Morgen so unverschämt war, ohne dass du mich dazu in irgendeiner Form provoziert hättest."

„Mach dir darüber keine Gedanken. Wir haben doch schon wieder von vorne angefangen, oder?"

„Indem wir uns richtig vorgestellt haben," stimmte Nicholas zu.

Ein Kellner erschien, und Dave bestellte Kaffee, während Nicholas Tee bestellte.

Vielleicht war es besser, das alles zu vergessen, aber Daves Neugier war geweckt, was die Missverständnisse anging. „Weißt du, ich mache das immer so. Ich treffe meine Kunden, sobald sie aus dem Gate kommen. Für mich ist das professionell. Vielleicht bist du daran gewöhnt, dass Butler, Dienstmädchen und Sekretäre – und Chauffeure", fügte er hinzu, als er Nicholas dabei ertappte, wie dieser versuchte, ein vieldeutiges Grinsen zu unterdrücken – „sich um dich kümmern, aber hier gibt es nur mich. Das Geschäft gehört mir, und ich versuche, die Dinge richtig zu machen." Da er vergessen hatte, worauf er eigentlich hinauswollte, sagte Dave abschließend: „Ich würde nicht einfach einen Wagen schicken, um dich abzuholen."

„Natürlich nicht", stimmte Nicholas energisch zu. „Der Fehler lag ganz bei mir."

Aus irgendeinem Grund hatte Dave das Bedürfnis, die Sache ganz klar zu machen. „Es gibt ein paar Leute, die mir helfen, wenn ich größere Reisegruppen habe, aber für kleinere Gruppen – und für dich – bin ich ganz allein verantwortlich, fürchte ich."

„Das ist völlig in Ordnung. Natürlich."

Stille breitete sich aus. Dave runzelte die Stirn, da er nicht in der Lage war, seine eigenen Gedankengänge bis zu ihrem Ende zu verfolgen oder zu ihrem Ursprung zurückzufinden.

„Hör mal", sagte Nicholas, nachdem sie ihren Tee und Kaffee bekommen hatten. „Ich werde nicht mit dir flirten. Ich werde dich nicht belästigen, wenn es das ist, was dir Sorgen macht. Was ich heute Morgen gesagt habe, war dumm. Aber wenn eine Entschuldigung und ein Versprechen nicht ausreichen, dann –"

„Doch, tun sie." Aber dann platzte es aus ihm heraus: „Der Chauffeur. Was ist mit ihm passiert?"

Nicholas legte überrascht den Kopf zurück. „Oh. Nun, er hat ein erfülltes und glückliches Leben geführt, nehme ich an. Was meinst du, was passiert ist …?"

„Er hat sicher seinen Job verloren und wurde ohne Arbeitszeugnis entlassen, oder?"

„Meine Güte", rief Nicholas lachend aus. „Selbst in meinen Augen gleicht mein Leben keineswegs einem viktorianischen Schauerroman. Nein, er hat seinen Job nicht verloren. Ganz im Gegenteil. Er ist im Mai letzten Jahres in den Ruhestand gegangen und wohnt immer noch auf dem Anwesen."

Dave starrte ihn an.

„Er war sehr freundlich zu mir", fuhr Nicholas fort. „Sehr geduldig. Und", vertraute er Dave mit hochgezogener Augenbraue an, „ausgesprochen diskret."

„Oh!" Dave hatte sich seit Jahren nicht mehr so sehr wie ein Idiot gefühlt.

„Du siehst also, dass es nicht *immer* eine reine Katastrophe ist, sich mit mir einzulassen."

„Nein. Nein, natürlich …"

„Wollen wir jetzt das Frühstücksbuffet stürmen?", fragte Nicholas freundlich.

Als sie mit dem Essen fertig waren, bestellten sie wieder Kaffee und Tee, und Dave griff nach seinem Ordner, in dem er seine Karten und Notizen aufbewahrte. „Können wir über die Reise sprechen?"

„Ja, bitte." Mit einem eifrigen kleinen Lächeln beugte Nicholas sich nach vorne, seine Hände lagen rechts und links neben seiner Tasse auf dem Tisch.

„Also", sagte Dave nach einem langen Moment.

Nicholas' Gesicht verfinsterte sich. „Gibt es ein Problem?"

„Ich will nur nicht, dass du dir zu viele Hoffnungen machst. Die Informationen, die du mir geschickt hast, sind zum Teil widersprüchlich oder ergeben nicht viel Sinn."

„Ich weiß, es sind nur Hinweise. Deshalb hatte ich gehofft, dass wir viel Zeit zum Erkunden haben würden. Vielleicht wird sich alles zusammenfügen, während wir da draußen sind."

„Genau da liegt der Hase im Pfeffer. Ich habe versucht, dieses Gespräch mit deinem Butler oder was auch immer er war, zu führen, also hoffe ich, dass er das alles weitergegeben hat. Ins Outback zu fahren – das ist nicht wie ein Spaziergang durch die Cotswolds oder so. Wenn etwas schief geht, könnten wir sterben."

„Das verstehe ich", antwortete Nicholas ernst.

„Wir brauchen also wirklich einen besseren Plan, als wahllos umherwandern und zu hoffen, dass sich die Hinweise verdichten. Falls es überhaupt Hinweise *sind*.“

„Ich verstehe das, wirklich. Und ich bin darauf vorbereitet, dass das alles nichts bringen wird. Ich weiß, dass ich vielleicht nicht mehr davon haben werde als einen ziemlich merkwürdigen Urlaub.“

Dave musste gegen seinen Willen grinsen. „Du scheinst aber nicht der Typ zu sein, der aufgibt.“

„Nein. Ich hoffe, dass ich dann nächstes Jahr wiederkommen und es noch einmal versuchen kann. Mit dir, wenn es dir recht ist; oder mit jemand anderem, wenn es dir zu viel wird.“

„Also gut“, sagte Dave. „Ich bin froh, dass du gesagt hast, dass wir viel Zeit haben. Dir ist schon klar, dass wir Brisbane nicht sofort verlassen? Es gibt noch einiges zu organisieren. Und wenn wir nach Norden fahren, ist die Regenzeit gerade erst vorüber. Dieses Jahr ist sie ziemlich spät dran. Es gibt keinen Grund, sich zu beeilen.“

„Nach dem, was ich über die Geografie weiß, glaube ich nicht, dass wir so weit in den Norden fahren werden.“

„Leben Schmetterlinge nicht normalerweise in den Tropen?“

„Diese nicht.“ Nicholas’ Finger fuhren nervös über die Tischkante, als wolle er ungeduldig dagegen trommeln, war dafür aber zu höflich. „Was meinst du, wann werden wir abreisen?“

„Frühstens in ein paar Tagen. Vielleicht in einer Woche. Wir müssen genau planen, wohin wir gehen, und wenn wir die etablierten Straßen verlassen wollen, müssen wir die Besitzer des Landes um Erlaubnis bitten.“

„Könnte das ein Problem sein?“

„Wahrscheinlich nicht. Wenn die Besitzer mich nicht schon persönlich kennen, dann kennen sie Leute, die für mich bürgen. Aber es ist am besten, eher früher als später um Erlaubnis zu bitten, wenn es geht.“

„Ja, natürlich, ich verstehe.“

„Dann ist es eine ziemliche Tour nur nach Cunnamulla. Also fahre ich an einem Tag los, und du fliegst am nächsten Tag hinterher, und ich … hole dich wieder vom Flughafen ab.“

Nicholas’ Lippen verzogen sich zu einem unUnterdrückbaren Lächeln.

„Oder vielleicht schicke ich einen Fahrer, der dich abholt und ins Hotel bringt. Falls du Glück hast.“

„Nein, mir wäre es lieber, wenn du das tätest“, sagte Nicholas mit etwas mehr Wärme, als Dave erwartet hätte. „Und überhaupt“, fuhr er etwas kühler und direkter fort, „würde ich lieber bei dir bleiben. Mir wäre es lieber, mit dir zu fahren. Es sei denn, es gibt einen besonderen Grund, der dagegen spricht."

„Es ist eine lange Strecke, und es gibt nicht viel zu sehen. Du wirst dich sicher langweilen."

Nicholas zuckte mit den Schultern. „Ich würde es lieber erleben. Ich möchte lieber … ein Gefühl für das Land bekommen."

„Du hast keine Ahnung, wie weit es ist. Ich meine, man kann doch an einem Nachmittag quer durch England fahren, oder?"

„Ein Grund mehr, um … meinen Horizont zu erweitern." Der Mann hatte wirklich ein sehr ansteckendes Grinsen.

„Nun –"

„Das ist wie beim Cricket", sagte Nicholas und überging damit den Protest, den Dave gerade hatte vorbringen wollen. „Du bist Australier, du solltest dich mit Cricket auskennen."

Dave gab ein Geräusch von sich, das sowohl vage Zustimmung andeutete als auch signalisierte, dass er im Moment nicht gewillt war, sich auf eine Diskussion über ein so strittiges Thema einzulassen.

„Es ist wie bei einem Testmatch. Es kann gelegentlich etwas langweilig werden, sich das ganze Spiel anzusehen. Aber so bekommt man ein Gefühl dafür, wie es sich entwickelt. Man bekommt ein richtiges Gefühl dafür, wie das Spiel läuft. Das entgeht einem, wenn man sich nur die Highlights ansieht."

Dave lachte und kapitulierte. „Nun, gegen einen Cricket-Vergleich komme ich nicht an."

„Meiner Meinung nach", sagte Nicholas, blickte auf die Landkarte und umkreiste eine Gegend mit der Fingerspitze, „sollten wir hier anfangen." Er hatte lange, blasse Finger; sie waren vielleicht das Eleganteste an ihm. Dave beobachtete, wie sie leicht über die Karte fuhren, als könne der Mann die Konturen des Landes fühlen. „Ja … und dann orientieren wir uns weiter nach Westen, wenn wir dort nichts finden." Nachdem ein weiterer langer Moment vergangen war, blickte Nicholas auf. „Was meinst du?"

Dave schüttelte sich aus seinem Schweigen. „Das Gebiet hat die Größe von Wales", bemerkte er.

„Ja. Ich weiß, dass es eine Nadel im Heuhaufen ist und so, aber ich muss es *versuchen*. Das könnte das Einzige sein, was ich …“

Als der Rest ausblieb, fragte Dave: „Das Einzige, was du was?“

Nicholas' Blick blieb auf der Karte haften. „Vergiss es.“

Dave ließ einen Moment verstreichen und brachte dann das Gespräch wieder in Gang. „Okay, erkläre mir noch einmal die Logik des Ganzen. Du hast mit dem Tagebuch einer Siedlerin angefangen.“

„Ja. Clemence Hall. Sie ist nicht sehr bekannt.“

„Und sie erwähnte eine blaue Wolke.“

Nicholas nickte enthusiastisch. „Sie und die anderen waren aus der Wyandra-Region in Richtung Südwesten unterwegs und ließen es langsam angehen. An jedem Nachmittag erschien eine blaue Wolke in der Nähe des Horizonts. Sie hielt sie für eine Fata Morgana, aber sie erschien immer an der gleichen Stelle, während die Expedition weiter nach Süden zog. Sie wollte der Sache nachgehen, aber jemand in ihrer Gruppe war ziemlich krank, und sie hatten nicht genug Wasser bei sich, um noch einen Umweg zu machen.“ Nicholas' Augen leuchteten vor lauter Möglichkeiten, die sich ihm eröffneten. „Und ich dachte, was könnte diese blaue Wolke anderes sein als Schmetterlinge, die in der Nachmittagssonne aufsteigen?“

„Also gut“, sagte Dave. „Aber sagte sie nicht etwas davon, dass sie sich nördlich der Triele befanden? Wenn sie damit Quilpie gemeint hat, dann waren sie nicht südwestlich von Wyandra. Quilpie liegt im Norden.“

„Ich glaube, sie meinte einen Ort aus der Traumzeit, nicht eine Siedlerstadt.“

„Oh. Natürlich.“ Dave kam sich äußerst idiotisch vor. Das musste man sich erst mal vorstellen, dass so ein hergelaufener Engländer vor einem waschechten Australier auf die Idee kam.

Nicholas warf ihm einen mitfühlenden Blick zu. „Ich bin schon eine ganze Weile davon besessen, weißt du.“

„Ich nehme an, du hast dich über mögliche heilige Stätten informiert? Dein Butler oder was auch immer hat nichts erwähnt, was mit der Traumzeit zu tun hat.“

„Ich habe in den Traumzeitgeschichten nichts über die Triele gefunden, zumindest noch nicht … aber ich habe eine Geschichte über den Grunzbarsch gefunden – toller Name übrigens.“

„Was hat der Fisch mit den Trielen zu tun?“, fragte Dave, der nicht ganz folgen konnte.

„Nein, der *scortum barcoo* hat mit den Schmetterlingen zu tun.“

„Richtig …“, sagte Dave.

„Die Geschichte endete damit, dass der Vorfahre des Grunzbarsches in seinen langen Schlaf zurückkehrte und tief in sein Wasserloch hinab sank, und Teile des Himmels – ich gebe zu, das ist eine recht grobe Übersetzung – erhoben sich, um ihn flatternd zu verabschieden und zu betrauern.“

„Aber …“

„Er verabschiedete sich von seiner Geliebten“, ergänzte Nicholas, „die im Himmel lebte.“

„Deine Schmetterlinge waren so etwas wie die Tränen des Grunzbarsches?“

„Ja.“

„Hast du je einen Grunzbarsch *gesehen*? Das sind hässliche Dinger.“

Nicholas lehnte sich mit einem missbilligenden Schnüffeln zurück. „Selbst hässliche Kreaturen empfinden Liebe, weißt du. Selbst hässliche Kreaturen können Schönheit erschaffen.“

„Natürlich. Ich –“ Dave wusste nicht so recht, was er sagen sollte. Dieser widersprüchliche Engländer hatte das persönlich genommen, was bedeutete, dass er sich selbst zu den hässlichen Kreaturen dieser Welt zählen musste, wo es doch für jeden, der Augen hatte, völlig offensichtlich war, dass … Nun. Dave hatte nicht vor, einem Typen, den er gerade erst kennengelernt hatte – oder überhaupt *irgendeinem* Typen – zu sagen, dass er schön war. Nicholas Goring war vielleicht seltsam, aber unbestreitbar schön, mit seinem langen Gesicht und seinen langen Fingern, seinem tiefblauen Blick und seinem verruchten Lächeln, und der Art, wie er aufleuchtete, wenn er von seinen mythischen blauen Schmetterlingen sprach …

Und was war überhaupt mit Dave los, dass er so etwas dachte? Über einen *Kerl*? „Also gut“, sagte Dave, und seine Stimme klang seltsam rau. „Falls irgend möglich, müssen wir also etwas über heilige Stätten für Triele und Grunzbarsche herausfinden. Ich weiß genau, mit wem wir da reden müssen. Ich rufe vorher an, aber falls er gerade zu Hause ist, fahren wir zuerst nach Charleville. Solange Zutritt zu den Orten nicht verboten ist. Die Geschichte hat vielleicht geheime Elemente, die –“

„Glaubst du, ich wüsste das nicht? Natürlich würde ich das respektieren.“

Dave ließ die Sache erst einmal auf sich beruhen. Das hier war das erste

Anzeichen von Gereiztheit bei einem Mann, der vierundzwanzig höllische Stunden in einem Flugzeug überlebt hatte. Dave selbst hätte es nicht halb so lange ausgehalten, ohne auszurasten.

„Wenn du Lust auf einen Spaziergang hast", bot Dave an, „die botanischen Gärten der Stadt sind etwa zehn Minuten entfernt und liegen in einer Flussbiegung. Die sind ziemlich cool. Und sie stammen noch aus der Zeit der Strafkolonien und sind damit auch historisch."

Nicholas betrachtete ihn einen Moment lang und sagte dann eher reserviert: „Also gut."

„Vertritt dir die Beine. Schnapp etwas frische Luft."

Ein widerwilliges Lächeln umspielte Nicholas' Mundwinkel. „Du musst mich nicht bei Laune halten."

„Habe ich das?", fragte Dave mit gespielter Unschuld. „Also, was sagst du zu einem Spaziergang durch die Gärten?"

Das Lächeln war schmal, aber jetzt echt. „Ich sage Ja."

Dave beobachtete, wie Nicholas dahin schlenderte, die Hände in den Taschen seiner Jeans, das lange Gesicht der Sonne zugewandt, die langen Wimpern dunkel über seinen Wangenknochen. In dem grellen Licht wirkte der Engländer mehr als nur blass – er wirkte fast durchscheinend, wie das feine Porzellan, das Daves Großmutter so geliebt hatte. So blass und fein, aber auch mit einem seltsamen Hauch kühler Farbe. Nicholas sah aus, als wäre er sein ganzes Leben lang im Schatten aufgewachsen. Gott allein wusste, wie er mit der rauen Wirklichkeit Australiens zurechtkommen würde.

„Du weißt doch, wie man sich schützt, oder?", fragte Dave.

Nicholas neigte den Kopf und zog anzüglich eine Augenbraue hoch.

„Vor der Sonne", stellte Dave klar.

„Himmel, kann ich nicht ein bisschen Wärme tanken – nur für ein paar Minuten?"

„Ja, aber *nur* für ein paar Minuten." Dave fügte hinzu: „Ich werde dir einen Hut kaufen."

Nicholas lachte. „Du nimmst an, dass ich keinen habe? Oder dass er unzureichend ist?"

„Nun –"

„Glaubst du, ich bin mit dem alten Tropenhelm meines Großvaters hierhergekommen?"

„Ich werde dir einen echten Akubra kaufen."

Der Ausdruck des Mannes wurde liebevoll drollig. Oder drollig liebevoll. Was auch immer schlimmer für Daves Seelenfrieden war. Aber alles, was Nicholas sagte, war ein leises „Danke."

Sie wanderten eine Weile schweigend weiter, bis sie den Fluss erreichten und dann machten sie einen Schwenk, um am Ufer entlang zu gehen. Zumindest machte Dave den Schwenk – und dann musste er nach hinten greifen, Nicholas am Ellbogen packen und ihn umdrehen, bevor der vom Weg abkam und direkt ins Wasser lief, so sehr war er damit beschäftigt, die Bäume und den Himmel anzustarren.

„Du musst aufpassen, wo du hinläufst", riet Dave.

Nicholas murmelte etwas Anerkennendes und setzte seinen Weg fort, wobei sein Kopf weiterhin metaphorisch in die unendliche blaue Weite über ihm ragte.

„Okay", verkündete Dave, „es ist Zeit für das Gespräch."

„Oh weia!", sagte Nicholas, obwohl er nicht sehr besorgt klang.

„Ich habe mich heute von dir zu einigen Dingen überreden lassen, aber du musst verstehen, dass, wenn wir da draußen sind, das gilt, was ich sage. Ich mache die Regeln, ich treffe die Entscheidungen, ich habe das letzte Wort. Jedes Mal. Hast du das verstanden?"

Nicholas zog ein langes Gesicht. „Nun –"

„Keine Spitzfindigkeiten, kein Argumentieren, kein Hinterfragen. Das hier ist keine Demokratie."

„Es geht nur darum, die Schmetterlinge zu finden."

„Ich werde deine Schmetterlinge für dich finden, wenn das nur irgend möglich ist. Aber das ist immer nur unsere zweite Priorität, klar? Unsere Erste ist es, sicher und gesund nach Hause zurückzukehren. Das sind meine Prioritäten, und das werden auch deine Prioritäten sein."

Nicholas' Mine hellte sich sofort auf. „Oh, wenn das alles ist –"

„Nein, das ist nicht *alles*."

„Was denn sonst noch?"

„Du kannst das nicht einfach so abtun. Die Sache ist ernst. Es gibt nicht mehr viele Orte auf der Welt, an denen das Überleben von einem selbst abhängt, aber dies ist einer davon. Und dein Überleben hängt von dir und von mir ab."

„Ich verstehe." Nicholas wandte das Gesicht wieder der Sonne zu, auch wenn er sich nicht mehr ganz so wonnig zu sonnen schien.

„Wirklich?" Dave klang sauer und skeptisch, das war ihm selbst klar.

Nicholas lachte. „Du bringst mich an diesen wunderschönen Ort, um mir die Leviten zu lesen …? Wie soll ich dich da ernst nehmen?"

„Mr Goring", begann Dave mit steifer Förmlichkeit, „ich muss wirklich darauf bestehen –"

„Na gut, na gut! Die einzige Regel ist, dass ich auf dich höre und tue, was du mir sagst. Ich habe es verstanden."

„Und du bist damit einverstanden?"

„Ja! Um Himmels willen", brummte der Mann leise.

Dave seufzte. Er wusste selbst von sich, dass er gern gemocht wurde. Manchmal war es das Schwierigste an diesem Job, dass er manchmal absichtlich völlig unsympathisch sein musste.

Und vielleicht konnte Nicholas all das bereits in ihm lesen, denn ohne weitere Aufforderung bot dieser an: „Ich verstehe deinen Standpunkt wirklich, und ich stimme dir völlig zu, und ich verspreche auch, dass ich mich dort draußen benehmen werde. Es würde mir das Herz brechen, wenn ich die Gelegenheit verliere, die Schmetterlinge zu finden, aber wenn du entscheidest, dass mein Herz gebrochen werden soll, dann soll es so sein."

„Ich würde nichts ohne Grund tun", bot Dave seinerseits an.

„Ich vertraue dir voll und ganz."

Sie hielten beide inne und starrten sich nun an. Dave hatte Nicholas gedrängt, das war klar, aber er hatte nicht vorgehabt, so weit zu gehen.

Nicholas zuckte leicht mit den Schultern. „Ich weiß, dass ich dir mein Leben und noch mehr anvertraue. Das fällt mir nicht unbedingt leicht, aber ich werde es anstandslos tun."

Und Dave konnte nur anerkennend nicken und sich dann umdrehen, um sie beide wieder in Bewegung zu setzen. Schulter an Schulter gingen sie langsam weiter. Bald darauf bemerkte er: „Ich habe schon viele Engländer kennengelernt. Keiner von denen hat so geredet wie du."

„Ah, nun, ich bin nicht nur englisch, nicht wahr?"

„Nein?"

„Ich bin der jüngste Sohn eines Earls. Und schwul. Unverbesserlich. Und zu einem Viertel Franzose."

„Das würde ausreichen", stimmte Dave zu. Er machte eine Pause, versuchte dann aber, das Gespräch wieder auf eine solidere Grundlage zu stellen. „Okay. Danke, dass du zugestimmt hast. Der Trick, um sicher und unversehrt nach Hause zurückzukehren, besteht darin, dafür zu sorgen, dass nichts schief geht. Überhaupt nichts."

Die Augenbrauen des Mannes fuhren hoch. „Ist das wahrscheinlich? Ich hatte angenommen, du würdest für alle Eventualitäten planen."

„Das tue ich, und ich habe Back-ups, redundante Vorräte, Notfallprozeduren. Wir sollten nie weiter als eine halbe Tagesreise vom nächsten Stück Zivilisation entfernt sein. Wir werden nie weiter als zwei Stunden mit dem Hubschrauber entfernt sein."

„Also ...?"

„Wir können es verkraften, wenn ein oder zwei Dinge schief gehen. Das wäre kein Problem. Aber Probleme sind wie eine Reihe von Dominosteinen. Es passieren Dinge, die weitere Dinge nach sich ziehen; schnell entwickelt sich das Ganze zu einem schrecklichen Chaos, und wir sind tot oder verletzt mittendrin. Und das Outback gibt einem nicht viele zweite Chancen, weißt du. Eher gar keine."

„Hör mal, ich versichere dir, dass ..."

„Zelten in den Cotswolds oder wo auch immer, fünf Minuten vom nächsten Pub entfernt, ist nicht dasselbe. So gar nicht."

„Also gut", sagte Nicholas ziemlich schroff. *Ich hab's kapiert.*"

„Habe ich dir ein bisschen Angst gemacht?", fragte Dave.

„Nun, vielleicht ein bisschen."

„Gut. Danke. Und jetzt bin ich fertig. Es sei denn, ich denke, du brauchst noch eine Dosis, damit du wieder zur Vernunft kommst."

„Betrachte die Vernunft als wieder hergestellt", antwortete Nicholas steif. Nach einem Moment sagte er, als habe er sich zu den Worten gezwungen: „Nun, ich nehme an, du musst noch wissen, dass ich Medikamente nehme."

„Das muss ich wissen, ja. Hast du genügend dabei? Was ist die Krankheit? Wir sollten vielleicht besser einen Arzt konsultieren, bevor wir aufbrechen."

„Das wird nicht nötig sein, das versichere ich. Es wird keine Probleme geben – so eine Krankheit ist es nicht."

Er wollte so offensichtlich nicht darüber reden – und Dave hatte ihm schon so sehr zugesetzt – dass Dave Mitleid mit ihm hatte. „In Ordnung“, sagte er sanft. „Das geht schon in Ordnung.“ Schließlich hatten sie noch einige Tage Zeit bis zur Abreise.

Als klar wurde, dass Dave nicht auf eine Antwort bestehen würde, nickte Nicholas leicht und dankte ihm. Sie beendeten ihren Spaziergang schweigend.

Am selben Abend rief Denise an und kam wie immer gleich zur Sache. „Wie ist dein Earl so?“

„Er ist kein Earl.“

„Nun, dann eben dein kleiner Earl … also ein Earlchen!“, erklärte sie lachend. „Wie ist dein Earlchen so?“

Dave runzelte kurz die Stirn über die wirren Eindrücke des Tages und wagte dann den Satz: „Nicht so wie erwartet.“

„Ah“, antwortete Denise klugerweise, als bedeute ihr das tatsächlich etwas. „Kommt ihr gut miteinander klar?“

„Ja, es ist fast so, als ob … Na ja, kennst du das Gefühl, wenn man jemanden eine Weile kennt und die Anfangsschwierigkeiten überwunden hat, und dann ist es, als ob man ihn schon ewig kennt.“

„Man spielt sich aufeinander ein. Vor allem, wenn man eine lange Reise vor sich hat.“

„Ja, und wir sind nur zu zweit, und –“ Er seufzte, mehr aus Verwirrung als aus Niedergeschlagenheit oder Frustration. „Nun, es ist, als wären wir schon so weit. Als hätten wir den Rest einfach übersprungen.“

„Na, das ist doch gut, oder? Ich meine, so treibt ihr euch in den nächsten drei Monaten nicht gegenseitig in den Wahnsinn …“

„Ja. Ja, ähm …“ Er versuchte, dieses Gefühl des Unbehagens, das mit dieser Leichtigkeit einherging, zu durchdenken. „Es sei denn, die Schwierigkeiten kommen erst später.“

„Du kommst schon klar“, sagte sie energisch.

„Meinst du?“

„Du machst das doch schon seit Ewigkeiten.“

„Sechs Jahre mit Papa, neun Jahre allein.“

„Und bisher hast du noch nie einem Kunden die Schaufel über den Kopf gezogen und ihn unter einem Eukalyptusbaum begraben, oder …?“

„Nein, bisher nicht. Nein, wirklich nicht.“
„Siehst du? Du schaffst das schon.“

Kapitel 2

Fünf Tage später verließ Dave Brisbane in seinem Land Cruiser, der hinten und auf dem Dachgepäckträger mit Vorräten vollgestopft war, und Nicholas saß neben ihm auf dem Beifahrersitz. Der Engländer saß still und ruhig da, die Hände entspannt auf seinen langen Oberschenkeln, und doch schien er vor Vorfreude zu vibrieren; es war ansteckend, die Luft selbst schien damit zu glitzern. Dave grinste in sich hinein. Obwohl er das hier schon fast sein ganzes Leben lang machte, war er so empfänglich für die Aufregung einer neuen Reise, wie es nur irgendjemand sein konnte.

Und schließlich war es nicht nur die Reise, sondern auch der neue Cruiser, der Daves Bauch angenehm kribbeln ließ. Was für ein tolles Auto. Er hatte erst vor Kurzem auf das 2011er-Modell in der Farbe „Magnetic Gray" aufgerüstet, mit Kängurufänger, Seitenleisten, Schnorchel, Langstreckentank und so weiter. Dies war die erste richtige Reise mit dem Wagen, und um ehrlich zu sein, war er ein wenig enttäuscht, dass er ihn auf dieser ersten Etappe der Reise nicht für sich allein haben würde. Nicholas blieb jedoch still, was Dave die Gelegenheit gab, all die Vorzüge des neuen Cruisers zu genießen. Der Wagen war natürlich grundsolide, aber auch schnittig und wendig und fuhr sich genau richtig – leichtgängig, aber nicht sprunghaft. Im Moment waren sie nur auf normalen Straßen unterwegs, aber Dave war begeistert davon, wie gut der Wagen sich auf den Geraden und in Kurven fuhr.

Nicholas und er redeten nicht miteinander. Nicht, dass es draußen viel gab, was sie ablenken oder interessieren konnte. Der Warrego-Highway hatte sie rasch aus den Vorstädten und dann durch scheinbar endloses Farmland und Städte geführt. Dave musste annehmen, dass die Landschaft für seinen englischen Begleiter nicht sonderlich aufregend war, aber Nicholas beobachtete alles aufmerksam; offenbar wollte er wirklich ein Gefühl für die Landschaft bekommen und dafür, wie sie sich nur sehr langsam veränderte, als sie die Küstenregion hinter sich ließen.

Sie sprachen nicht miteinander. Sie hatten den ganzen ersten Tag miteinander verbracht und geredet, und seitdem hatten sie sich nicht mehr gesehen. Dave war damit beschäftigt gewesen, die letzten Vorbereitungen für die Reise zu treffen und sein Haus für seine lange Abwesenheit vorzubereiten. Nicholas hatte sich derweil mit den Insektensammlungen der Universität, des Museums, des Ministeriums für Grundstoffindustrie und Gott weiß wo sonst noch beschäftigt.

Eigentlich hatten sie sich am Dienstagabend zum Abendessen treffen wollen, aber Nicholas war so in seine Studien vertieft gewesen, dass er in letzter Minute angerufen und abgesagt hatte, nachdem der Nachmittag unbemerkt verstrichen war. Er wollte sich unbedingt am nächsten Tag mit Dave treffen, aber Dave hatte bereits andere Pläne – er wollte ein paar letzte Stunden mit Denise, Vittorio und der kleinen Zoe verbringen, und er wollte ihnen nicht absagen, zumal sie deutlich gemacht hatten, dass die Einladung im Namen von allen dreien ausgesprochen worden war.

Unter anderen Umständen hätte sich Dave vielleicht Sorgen gemacht, dass er seinen Kunden so nicht gut genug kennenlernen würde, aber er hatte den Eindruck, dass sie sich an diesem ersten Tag gut verstanden hatten; er war felsenfest davon überzeugt, dass etwaige Probleme zwischen ihnen nur geringfügig sein würden und dass sie die dann bewältigen konnten, wenn sie auftauchten.

Nach etwa anderthalb Stunden schlängelte sich die Straße durch etwas, das wie echtes Buschland aussah. Nicholas lächelte glücklich und ließ sich ein wenig in seinen Sitz sinken, als würde er das genießen. Dave musste ihm die Illusion rauben.

„Genieße es, solange es noch geht", riet er. „Auf dem Weg durch die Hügel gibt es noch ein bisschen Busch, und dann sind wir in Toowoomba."

„Der Stadt."

„Ja. Möchtest du auf einen Tee anhalten oder so?"

Nicholas lenkte seinen Blick für einen Moment von der Landschaft ab. „Zu einem Tee würde ich nie Nein sagen, aber willst du nicht lieber weiterfahren? Wir haben noch nicht einmal ein Viertel des Weges hinter uns, nicht wahr?"

„Nein, aber wir haben es nicht eilig. Wir können genauso gut das Beste daraus machen. Wie ich schon sagte, wir sollten nicht versuchen, die ganze Strecke an einem Tag zu schaffen."

„Aber du würdest das, wenn du allein wärst, oder nicht?"

„Das ist etwas anderes."

„Dann also eine Tasse Tee", sagte Nicholas schließlich. „Falls es dir nichts ausmacht, anzuhalten."

Und schon waren sie wieder in einer Vorstadt. Dave fuhr gemächlich weiter, kaum ein oder zwei – na ja, vielleicht fünf – Kilometer über dem Tempolimit. „Du bist der Kunde", bemerkte er milde. „Du kannst jederzeit bestimmen, wann du eine Tasse Tee möchtest."

Nicholas lächelte ihn sanft an – und wechselte das Thema. „Du hast recht – wir wären jetzt schon auf halber Strecke nach Wales."

„Wir wären schon *in* Wales."

Nicholas lachte, konnte es sich aber die Haarspalterei nicht verkneifen. „Autofahren in Großbritannien ist qualitativ anders, nicht nur quantitativ."

„Gesprochen wie ein echter Wissenschaftler."

„Es dauert viel länger, irgendwohin zu fahren. Alles ist viel dichter bebaut und überfüllt, was alles komplexer macht. Und die Straßen sind nicht so leer."

„Dafür habt ihr Autobahnen."

„Das ist etwas anderes. Und die bringen ihre eigenen Probleme mit sich."

Dave zuckte mit den Schultern und suchte sich einen Parkplatz.

Nach einer höflichen Bitte in seinem englischen Akzent und einem gewinnenden Lächeln bekam Nicholas ein Kännchen Tee, das mit einem Augenzwinkern serviert wurde – woraufhin Nicholas die Kellnerin anstrahlte. Suzie stand mit einer etwas kecken Haltung da, während sie die Männer eingehender betrachtete. „Ah, Davey, den hier kannst du jederzeit wieder herbringen."

„Langsam entwickelst du eine Vorliebe für Engländer, was?", fragte Dave gespielt säuerlich.

„Bei dem Lächeln ist es egal, welchen Geschmack er hat."

„Dem Lächeln?", wiederholte Dave wie ein Echo und musste einen Moment lang nachdenken, um darauf zu kommen, was an dem Satz falsch war. Dann hatte er es. „Diese Lächeln", korrigierte er sie. „Der Mann hat ein ganzes Repertoire davon."

„Oh wirklich …?" Sie klang neugierig.

Doch Nicholas' Aufmerksamkeit wandte sich jetzt Dave zu. Als er ihn über den klapprigen, alten Cafétisch hinweg anblickte, wurde sein Lächeln wehmütig – doch als er sprach, wandte er sich damit an Suzie. „Ich hätte gedacht, du würdest David um seinetwillen ermutigen, zurückzukehren, nicht um meinetwillen.“

„Ah“, sagte sie bedauernd, machte einen metaphorischen Schritt zurück und schnalzte mit einem Kaugummi. „So ist das also, ja? Tja, Kumpel, Davey ist für keinen von uns zu haben, fürchte ich. Er ist ein reiner Ein-Frau-Mann.“

Dave versuchte, bei seinem Protest nicht zu stottern. „Wir haben uns vor *Ewigkeiten* getrennt! Das ist ein Jahr oder länger her!“

„Was hat das damit zu tun?“

„Sie ist –“ Jetzt schlichen sich Zweifel bei Dave ein, aber er sagte es trotzdem und schaute Nicholas an, als könne der ihn retten. „Denny ist verheiratet und hat schon ein Kind! Sie ist *längst* vom Markt.“

„Ja, ja, wie du meinst.“

„Ich werde so etwas wie die *Patenschaft* für das Kind übernehmen.“

Suzie blickte ihn unverwandt an. „Keine weiteren Fragen, Euer Ehren.“ Und mit Verspätung stellte sie Daves Kaffeetasse ab, bevor sie sich umdrehte und davon schlenderte.

Daves stumme Bitte führte dazu, dass Nicholas nichts sagte. Nun, er war offensichtlich schwul genug, um neugierig zu sein, aber zumindest war er Manns genug, um zu wissen, dass man über manche Sachen einfach nicht sprach. „Ähm“, sagte Dave und suchte nach einem anderen Gesprächsthema. Nur für den Fall der Fälle. „Ähm … Oh. Hast du etwas Neues über deine Schmetterlinge erfahren? Ich meine, nach dem Besuch all dieser Sammlungen?“

Nicholas’ Blick wurde wacher und sein Lächeln für einen langen, langsamen Moment wärmer. Dann rügte er sanft: „Ich hätte es dir gesagt, wenn es etwas gäbe, das unsere Pläne ändern würde.“

„Ich weiß“, antwortete Dave leichthin. „Deshalb habe ich nicht gefragt.“

Das Lächeln wurde breiter, je länger ein weiterer Moment andauerte. Es schien, als sei Nicholas glücklich darüber, dass sie sich gegenseitig vertrauten. Schließlich sagte Nicholas: „Nein. Nein, wenn ich sie finde, dann besteht die Chance, dass ich damit eine neue Art entdecke. Es wurden nur sehr wenige Sichtungen von *Lycaenidae* in diesem Gebiet gemeldet. Zumindest nicht von der Art, die ich erwarte.“

„Die was?“

„Die Familie *Lycaenidae*: die Bläulinge. Und wenn ich ‚dieses Gebiet‘ sage, meine ich den gesamten Südwesten des Staates. Obwohl ich denke …

Nun, ich extrapoliere ziemlich viel aus sehr wenigen Daten. Es könnte natürlich auch alles ins Leere laufen."

„Hm." Bis jetzt hatte Dave die Tragweite dieser Entdeckungsreise nicht ganz begriffen. „Ein ganz neuer Schmetterling … Du wirst ihm also deinen Namen geben können?"

Nicholas lächelte wieder mit langsamer Genugtuung. „Ja, das werde ich."

„Auf Lateinisch, wie Whatever Goringi. Oder Blah-blah Nicholasi. Nicholai … ?"

Das Lächeln wurde zu einem Lachen. „So ähnlich."

„Cool."

„Und dann werde ich einen Forschungsbericht für das *Australian Journal of Entomology* verfassen, und darin werde ich schreiben, dass ich das nur dank Mr David Taylors aus Brisbane habe erreichen können."

„Endlich Ruhm!" Dave lachte. „Danke, Mann."

„Könnte gut fürs Geschäft sein."

„Schmetterlingsjagd. Um ehrlich zu sein, weiß ich nicht, wie groß die Nachfrage danach ist. Die meisten Leute, die sich ins Outback wagen, wollen lieber ihre Kräfte an einem Krokodil messen."

„Ah, aber wenn du die eher charmant-exzentrischen Kunden anziehen willst …"

Dave konnte sich ein Grinsen nicht verkneifen; Nicholas' vieldeutig-spielerische Art war definitiv ansteckend. „Nun, bisher klappt das ganz gut", stimmte Dave schließlich zu.

Der Warrego-Highway führte sie von Toowoomba aus nach Nordwesten. Die Landschaft um sie herum war immer noch größtenteils von Menschenhand geprägt, aber die Zahl der vereinzelten Häuser und kleinen Städte nahm langsam ab. Während der Fahrt entspannte sich Nicholas schließlich, da er merkte, dass er nichts verpassen würde, wenn er seine Aufmerksamkeit für einen oder zwei Momente schweifen ließ. Sie sprachen jedoch immer noch nicht viel.

In Chinchilla hielten sie zum Mittagessen an und fuhren dann weiter. Wenig später bog der Highway nach Westen ab; sie näherten sich der Stadt Miles.

„Ich dachte, wir würden dort im Hotel übernachten", sagte Dave in die

Stille hinein. „Nicht, dass es in Miles viel zu tun gäbe, aber wir können in den Busch hinausfahren, wenn du willst. Dann bekommen wir ein besseres Gefühl dafür, als wenn wir nur daran vorbeifahren. Und an unserem Ziel gibt es vermutlich nur wenige Bäume. Wir sollten sie genießen, solange wir können.“

„Können wir anhalten?“, fragte Nicholas. „Oder hättest du etwas dagegen?“

„Natürlich nicht. Ich meine, natürlich macht es mir nichts aus“, stellte Dave klar. „Sag mir einfach Bescheid.“

„Oh, aber es sind *Deine* Regeln“, lautete die neckische Antwort. „Was du sagst, gilt.“

Dave lachte leise. „Wir sind noch nicht ganz bei dem Teil der Reise, bei dem es um Leben und Tod geht. Aber danke“, fügte er hinzu, „dass du mich ernst nimmst.“

„Mit Vergnügen“, antwortete der andere schlicht und leichthin.

Und Dave trat sich metaphorisch in den Hintern, weil er viel zu viel gesagt hatte.

Dave hatte Zimmer im Hotel und nicht im Motel gebucht, da ihm die schmalen Zimmer mit den eukalyptusgrünen, holzgetäfelten Wänden viel typischer für Australien vorkamen. Die Zimmer waren spärlich, aber elegant mit einem einzelnen Bett mit Eisenrahmen, einem Kleiderschrank, einem Schminktisch und einem Stuhl eingerichtet; vor den hohen Schiebefenstern hingen einfache weiße Vorhänge. Das Hilton war es zwar nicht, aber Dave glaubte, dass Nicholas dies mehr zu schätzen wusste als die Art von Motelzimmern, die man auf Roadtrips überall fand.

Sie checkten ein und gingen mit ihrem Übernachtungsgepäck nach oben. Nicholas schmunzelte, als er entdeckte, dass sie nebeneinanderliegende Zimmer bekommen hatten – und dann zwinkerte er Dave über die Schulter hinweg zu, während er an seiner Tür vorbei in sein eigenes Zimmer ging.

Kaum eine Minute später klopfte es an Daves Tür. „Am Ende des Flurs auf der linken Seite!“, rief Dave.

„Was? Oh!“ Wieder ein leises Lachen. „Nein, ich wollte nur sagen, dass es toll wäre, wenn wir wieder losfahren könnten. Wann immer du fertig bist.“

„Oh." Dave ging, um die Tür zu öffnen, und betrachtete den anderen Mann. „Du bist ja voller Tatendrang."

„Das bin ich. Aber wenn du eine Pause brauchst –"

Dave streckte einen Arm aus, um die Schlüssel vom Tisch zu nehmen. „Dann mal los."

Sie fuhren in Richtung Norden, vorbei am alten Friedhof und ein Stück die Pelham Road entlang, bis Dave auf einen Pfad abbog, der sie in die lebendige Stille inmitten von Eukalyptusbäumen führte. Nicht, dass es richtige Wildnis oder so etwas gewesen wäre, aber es war auch nicht wie alles andere, was sie an diesem Tag erlebt hatten – und wahrscheinlich auch in den nächsten Tagen erleben würden. Nicholas war ganz stiller Erwartung und blickte sich um, während Dave zügig weiterfuhr.

Als er das Gefühl hatte, dass sie die Zivilisation so weit wie möglich hinter sich gelassen hatten, fragte Dave: „Was möchtest du sehen? Wonach suchst du?"

„Alles." Nicholas wandte sich ihm zu, seine dunkelblauen Augen leuchteten vor Eifer. „Ehrlich gesagt, alles. Es gibt hier noch so viel zu entdecken!"

„Nun, es ist deine erste Reise ..."

„Nein, ich meine – Australien ist so *groß*. Und es gibt so wenige Leute, die sich wirklich intensiv damit befassen. Du wärst überrascht wie ... nun, oder vielleicht auch nicht. Aber die Entdeckungen, die manche Leute machen! Und die Dinge, die man entdeckt hat und die dann wieder verloren gegangen sind ... Und das Land ist so *alt* ..." Nicholas unterbrach sich lachend. „Aber warum erzähle ich dir das alles? Du weißt das alles doch besser als ich."

„Nicht wirklich", gab Dave zu. „Ich meine, ich weiß ein *bisschen* was davon. Klingt, als hättest du eine ganz andere Perspektive. Und ich bin nicht – ich war nie auf dem College oder so. Aber in der High School mochte ich Geologie sehr."

„Das ist in Ordnung – Du hast es gelebt. Nicht nur wie ich darüber gelesen."

„Wir wissen also beide unterschiedliche Sachen", versuchte sich Dave. „Oder wir betrachten alles aus verschiedenen Blickwinkeln."

„Wir haben uns noch *so viel* zu erzählen", schloss Nicholas ziemlich glücklich.

Dave wandte den Blick ab. „Wo soll ich anhalten?"

„Hier", sagte Nicholas, ohne ihn anzusehen.

Und Dave hielt sofort an, obwohl der Platz völlig zufällig war. Er parkte sorgsam etwas abseits des Pfades, obwohl ihnen niemand begegnet war, seit sie Miles verlassen hatten. Nicholas grinste ihn einen Moment lang an, bevor er sich langsam abwandte, seinen Sicherheitsgurt löste und ihn zurückgleiten ließ. Dann öffnete er die Beifahrertür und stieg vorsichtig aus.

Dave stieg ebenfalls aus und ging zum Heck des Cruisers, um eine Kiste zu holen. Vielleicht klopfte er dem Cruiser bei der Gelegenheit auch in dankbarer Bewunderung auf die Heckklappe, auch wenn er das niemandem erzählt hätte. Als er weiter um den Wagen herumging, bemerkte er, dass Nicholas sich nicht von der Stelle bewegt hatte. Er hatte sich kaum gerührt, schien aber hin und her zu blicken, seine Augen huschten umher, als sei er hin- und hergerissen, welche Richtung er einschlagen sollte.

„Hier", sagte Dave – und Nicholas warf ihm einen dankbaren Blick zu, als sei er froh, dass die Sache für ihn entschieden worden war, zumindest für den Moment. „Hier, das ist für dich."

Nicholas freute sich wie ein Kind an Weihnachten. Er nahm die Schachtel vorsichtig in beide Hände und strahlte Dave glücklich an. Anhand der Aufschrift war klar, um was es sich handelte, ganz zu schweigen davon, dass Dave bereits angekündigt hatte, was er für ihn kaufen würde. Trotzdem war Dave überwältigt von Nicholas' Lächeln. Er beobachtete, wie Nicholas mit einer gewissen Ehrfurcht die Schachtel aufklappte, das Seidenpapier aufschlug, den Akubra herausnahm – und ihn lange Zeit bestaunte, bevor er ihn aufsetzte. Er passte genau und sah genau so aus, wie Dave es sich vorgestellt hatte.

Nicholas' Lächeln wurde so überwältigend, dass Dave nach Worten rang. Er musste sich räuspern, bevor er etwas Sinnvolles sagen konnte. „Das ist der klassische Stil. Du weißt schon. Der Cattleman."

„Er ist wie deiner", bemerkte Nicholas.

Dave hatte seinen eigenen alten Cattleman aufgesetzt, sobald er aus dem Cruiser ausgestiegen war. Er war ein Teil von ihm, und das schon seit mehr Jahren, als er zurückdenken konnte. Sein Vater hatte ihm den gekauft … das hieß, es musste sein achtzehnter Geburtstag gewesen sein.

„Er ist perfekt!" Nicholas fuhr fort: „Woher wusstest du –"

„Ich habe deinem Butler eine E-Mail geschickt und ihn gefragt, wie groß dein Kopf ist. Er sagte: *sehr.*"

Nicholas wurde rosa um die Wangenknochen. „Das hat er nicht."

„Nein. Er hat mir deine Maße geschickt. Na ja, Du weißt schon. Zumindest für Hüte."

„Und die Farbe?"

Es war Bluegrass Green. Dave hatte eigentlich einen Sandfarbenen nehmen wollen, dieselbe Farbe wie sein Eigener, weil das ebenfalls ganz klassisch war. Aber dann hatte er an Nicholas' schwarzes Haar und seine dunkelblauen Augen gedacht. An die blauen Jeans, die er am ersten Tag getragen hatte, an das salbeigrüne T-Shirt und den schwarzen Pullover. Heute trug Nicholas wieder blau, schwarz und grün. Und Dave hatte darüber nachgedacht, wie die dunkleren Hutfarben – Schwarz, Grafitgrau, und das Western Navyblau – die Hitze aufsaugen würden. Er hatte sich wieder an die beunruhigende ozeanische Tiefe von Nicholas' Augen erinnert. Und sich für Bluegrass Green entschieden.

„Du hast ihn auch wegen der Farbe gefragt?", hakte Nicholas nach.

„Was?"

„Hast du Simon auch wegen der Farbe gefragt …?"

„Oh." Dave spürte, wie seine Wangen heiß wurden. „Nein, ich bin meinem Bauchgefühl gefolgt."

„Er ist *perfekt.*" Nicholas hatte den Hut wieder in der Hand, drehte ihn um und bewunderte ihn. Als er es wieder aufsetzen wollte, grinste er Dave an – und machte den üblichen Anfängerfehler. Er klemmte die Krone vorne zwischen Daumen und zweitem Finger ein und hob sie mit einer Hand an.

„So nicht!", rief Dave und griff instinktiv nach Nicholas' schmalem Handgelenk, um ihn davon abzuhalten. Gott, jetzt wurden sie beide rot. Dave zog seine Hand weg.

Glücklicherweise nahm Nicholas daran keinen Anstoß. „Was habe ich falsch gemacht?", fragte er, offenbar begierig auf die Antwort.

„Ich weiß, dass sie es in den Filmen so machen. Und es sieht auch gut aus, oder? Ich meine, es kommt einem so vor, als sollte man das so machen. Aber so übt man Druck auf die Falten hier aus, und da werden sich Risse bilden. Vielleicht erst in ein paar Jahren, aber du willst ja nicht –"

„Nein, das will ich wirklich nicht", stimmte Nicholas zu.

„Ähm, also, so sollte er schon eine ganze Weile halten …“ Er brach unsicher ab.

„Und wie sollte ich ihn halten?“

Dave sah hin und schnaubte, als er sah, wie die Krempe des Akubra nun vorsichtig auf den Spitzen von Nicholas’ langen Fingern balancierte. „So auch nicht! Hier, du kannst ihn mit beiden Händen so fest anfassen, wie du willst, aber vorne und hinten gleichzeitig.“ Er machte es mit seinem eigenen Hut vor, nahm ihn ab und setzte ihn wieder auf. „Die Vorderseite tief auf die Stirn setzen, dann hinten runterdrücken, bis er sitzt … Genau so“, fügte er anerkennend hinzu und begutachtete das Ergebnis.

Nicholas lächelte immer noch, jetzt dankbar. Sogar mit einer seltsam trockenen Liebenswürdigkeit. „Danke“, sagte er in einem Ton, der zu seinem Lächeln passte.

„Gern geschehen“, antwortete Dave, der sich nun völlig ratlos fühlte.

Und Nicholas schien es genauso zu gehen, denn er wandte sich schließlich ab und wanderte langsam davon, wobei er das Unterholz auf der Suche nach etwas genau betrachtete. Dabei verbarg er das Gesicht, wann immer das möglich war, hinter der gesenkten Hutkrempe.

Dave folgte ihm und beobachtete ihn, wobei er ab und zu einen Blick auf die schönen rosa Lippen warf, die jetzt vor Konzentration leicht geschürzt waren. Wie seltsam, dachte Dave, dass er sich so sehr auf Nicholas’ wunderbares Lächeln fixiert hatte. Und wie unangebracht, dass er so viel über den Mund eines anderen Kerls nachdachte …

Die Stille des Busches hatte eine beruhigende Wirkung. Die köstliche, vollkommene Stille wurde durch das gelegentliche glockenhelle Zwitschern eines Vogels und das geschäftige Treiben eines vierfüßigen Lebewesens ergänzt, das sich nicht um die beiden menschlichen Eindringlinge kümmerte. Dave seufzte zufrieden. Flora und Fauna waren nicht seine Stärke, abgesehen von dem zum Überleben nötigen Wissen, was er im Notfall essen konnte und was nicht, aber er liebte es hier draußen, im Busch, im Outback zu sein. Er liebte es, dass Flora und Fauna größtenteils bereit waren, mit ihm friedlich nebeneinander zu existieren, wenn er ihnen nur den gebührenden Respekt zollte.

Trockene Rinde knirschte unter Nicholas’ Schritten, und Daves

Aufmerksamkeit kehrte wieder zu ihm zurück. Der Engländer bewegte sich langsam, schaute sich die unteren Sträucher, den Boden und die spärlichen Gräser genau an, duckte sich und runzelte ab und zu die Stirn, schwankte hin und her, bis – „Da! Mein erster australischer Schmetterling.“

„Was?“

„Nun, mein Erster in freier Wildbahn, sozusagen.“

Dave trat erstaunt näher. „Du machst jetzt schon Entdeckungen?“

„Nein. Oh, nein … Das ist nur ein Kohlweißling oder einer der Perlweißlinge, denke ich. Ich muss mal im Bestimmungsbuch nachsehen.“

„Wo?“, fragte Dave leise und sah sich nach schönen weißen Flügeln um.

„Hier.“ Nicholas ging in die Hocke und deutete auf ein madenartiges Gehäuse. „Er befindet sich im Puppenstadium. Eines Tages in nicht allzu ferner Zukunft wird sie aufbrechen, und ein prächtiger Schmetterling wird zum Vorschein kommen.“

„Oh. Oh, natürlich.“ Dave kam sich wie ein Idiot vor. Er hatte ein wenig zu dem Thema recherchiert, aber dabei war ihm auch bewusst geworden, dass Schmetterlinge eher Nicholas’ Sache waren, während die Organisation und Sicherheit ihrer Reise Daves Angelegenheit war. Offensichtlich hatte seine Lektüre – oder besser gesagt, sein Stöbern im Internet – keinen bleibenden Eindruck hinterlassen.

Nicholas hatte sich aufgerichtet und betrachtete Dave freundlich, als sei er zu bemitleiden. „Du weißt nichts über Schmetterlinge, oder?“

„Sie sind hübsch, so viel weiß ich.“

„Ja, das sind sie.“

„Ich mag die Farben“, murmelte Dave, der sich damit vermutlich nicht rettete. „Als ich mir die Bilder auf der Google-Seite angesehen habe, gefielen mir die Blauen am besten.“

Nicholas nickte ernst. „Unsere – *unsere* Schmetterlinge – werden *wunderschön* sein. Wie lebendig gewordene Teile des Himmels.“ Er trat einen Schritt näher an Dave heran, die Hände in der Luft zwischen ihnen, als ob er versuchte, angemessene Worte zu finden. „Aber du denkst nur an ihr letztes Lebensstadium. Sie *verwandeln* sich.“

„Das tun sie“, stimmte Dave zu und blickte zur Puppe, die genauso gut ein altes Stück Stock hätte sein können. „Ist das – ist das der Grund für dein Interesse? An Schmetterlingen, meine ich. Weil sie sich so sehr verändern?“

„Entschuldigung … Was?“

„Ich habe mich nur gefragt“, plapperte Dave weiter: „*Warum Schmetterlinge?*“

Aber Nicholas war einen Schritt zurückgetreten, und sein langes Gesicht wurde nüchtern. Es war, als sei die Sonne untergegangen.

Nun gut. Zeit, den Kurs zu ändern. „Möchtest du noch ein bisschen hier herumlaufen?“, fragte Dave. „Wenn wir schon mal hier draußen sind.“

Ein kurzes Nicken.

„Wir holen uns das Bestimmungsbuch, ja? Liegt es im Wagen?“

„Ja“, war die leise Antwort.

Dave sprach danach kaum noch ein Wort, da er die Sache nicht noch weiter verderben wollte. Sie gingen zurück und holten Nicholas’ Tasche, in der sich sein Bestimmungsbuch, seine Kamera, ein Notizbuch und Stifte befanden. Dann folgte Dave Nicholas auf Schritt und Tritt, während dieser wahllos umherschweifte und behielt dabei im Gedächtnis, wo genau sie den Wagen hatten stehen lassen. Es dauerte nicht allzu lange – kaum eine halbe Stunde – bis sich um sie herum wieder die Stille herabsenkte.

Kapitel 3

Am nächsten Tag fuhren sie in Richtung Westen durch Akaziengestrüpp nach Charleville. Die Eukalyptusbäume wurden spärlicher, und die Akaziensträucher gewannen die Oberhand, mit vereinzelten trockenen Grasbüscheln und viel nackter rotbrauner Erde dazwischen. Das Land wurde schnell flacher. Viele Leute hassten diese halbtrockene Landschaft, und Dave gab ihnen in der Hinsicht recht, dass keines der einzelnen Elemente besonders attraktiv war. Der Gesamteindruck war jedoch von einer kargen, elementaren Schönheit. Und er wusste, dass sie alle möglichen Arten von Leben beherbergte, manche verborgen, andere weniger. In einer Landschaft wie dieser, dachte er, würde Nicholas seine Schmetterlinge finden.

Nicholas saß auf dem Beifahrersitz und sah sich mit seinem seltsam kindlichen Eifer um. Es war wirklich sehr drollig, und Dave konnte nicht anders, als ihn deswegen aufzuziehen. „Nimm das nicht *alles* auf einmal in dich auf. Lass dir Zeit. Wir werden noch viel davon sehen."

„Ja?"

„Je nachdem, wie weit wir noch fahren, werden wir vielleicht nichts anderes als Akaziengestrüpp sehen. Je weiter wir nach Westen kommen, desto mehr lichtet es sich und desto niedriger wird es sein. Das wird dir schnell langweilig werden."

„Aber noch nicht", sagte Nicholas grinsend. „Ähm … Können wir anhalten?"

„Sicher." Dave warf vorsichtshalber einen Blick in den Rückspiegel, aber zwischen ihnen und dem Horizont war in beide Richtungen niemand sonst zu sehen. Er steuerte den Cruiser von der Straße und hielt an. Den Blick hielt er taktvoll abgewandt. „Im Handschuhfach ist eine Rolle Klopapier, falls du sie brauchst."

„Oh! Nein. Danke, aber nein."

„Na, dann. Mal sehen, wie viele Maden du aufspüren kannst."

Nicholas grinste, setzte seinen Akubra auf, schnappte sich seine Tasche und kletterte aus dem Wagen. „Das ist alles nützlich", erklärte er mit liebenswerter Ernsthaftigkeit, während Dave hinter ihm herlief. „Wie ich schon sagte: Es gibt so wenige Leute, die sich damit befassen. Jede zuverlässige Beobachtung ist willkommen.“

„Toll.“ Zuvorkommend hielt Dave bei Bedarf die Gegenstände fest, hielt Ausschau nach allem, was Nicholas interessant finden könnte, nur für den Fall, dass er es selbst nicht bemerkte, und machte gelegentlich interessierte oder beeindruckte Geräusche, während Nicholas vor sich hin plapperte.

Irgendwann, nachdem Daves Aufmerksamkeit abgewandert war, setzte sich Nicholas plötzlich in den Dreck, und Dave trat besorgt auf ihn zu und dachte: *Könnte dieser Typ noch unbeholfener sein?* und: *Wie zum Teufel soll ich ihn vor Schaden bewahren?*

Aber natürlich ging es Nicholas gut. Er saß da, lächelte Dave verwirrt an und sagte: „Ich habe gerade nach oben geschaut.“

„Oh ja. Der Himmel.“

„Er ist etwas weiter als der, den wir zu Hause haben.“

Dave legte den Kopf zurück und blickte nach oben. Es gab keine Wolke, die den riesigen Bogen aus reinem Blau unterbrochen hätte, der jedem, wenn man ihn nicht – beängstigenderweise – in seine Seele eindringen ließ, in der Tat das Gefühl geben konnte, völlig bedeutungslos zu sein. Dave stieß einen Atemzug aus. „Du bist mir wichtig. Wenn der Himmel das auch anders sieht.“

„Das ist es weniger. Mir ist da schwindelig geworden. Nur einen Moment lang.“

„Als ob du da oben reinfallen würdest?“

„Ja. Und dann wegschwimme.“

„Ich halte dich auf dem Boden. Es ist alles in Ordnung.“

Nicholas sah einen Moment lang auf seine Hände hinunter, die langen, blassen Finger ineinander verschränkt. „Ist das ein weiterer Grund für die Hüte? Um den Himmel draußen zu halten?“

„Nein! Nein, du wirst dich daran gewöhnen.“ Dave lachte leise. „Warte, bis du ihn bei Nacht siehst.“ Hier draußen, wo es kaum Licht gab, waren die Sterne mehr als beeindruckend. Dave hatte sich immer noch nicht daran sattgesehen.

„Spektakulär?“

„Du hast es erfasst. Nicht heute Abend, wenn wir in Charleville sind. Warte, bis wir draußen zelten.“

Nicholas grinste und hob eine Hand, die Dave ergriff. „Das werde ich“, murmelte Nicholas, als er sich vom Boden erhob, wobei ein Teil seines

Gewichts ein nicht unerwünschter Test von Daves Stärke war und der Rest von diesen langen Schenkeln getragen wurde. Als er wieder stand, wich Nicholas nicht zurück. Nicht sofort. Er blieb einen Moment lang ganz nah an Dave stehen, und flüsterte ihm ins Ohr: „Ich werde darauf warten, dass du es mir zeigst.“

Dave neigte den Kopf näher, als wolle er sich dem anderen Mann anvertrauen – aber was er sagte, war: „Du hast versprochen, nicht zu flirten.“

„*Ich* kann nichts dafür, dass du so unwiderstehlich bist, ganz zu schweigen davon, dass du mir spektakuläre Nächte versprichst.“

„Hm.“ Dave wich zurück. Ja, unwiderstehlich, dachte er säuerlich, wo doch die einzige Person, von der er je gewollt hatte, dass sie das über ihn dachte, vor etwas mehr als einem Jahr bewiesen hatte, dass er das nicht war. Und damit hatte sich die Sache. Da spielte es kaum eine Rolle, ob irgendein exzentrischer englischer Earl es sich in den Kopf gesetzt hatte, sich angezogen zu fühlen. Dave murmelte ein paar sorgsam ausgewählte Schimpfwörter vor sich hin und trat missmutig gegen den nächstgelegenen Strauch, der stur und unbeeindruckt dastand.

„David …“ Nicholas klang unendlich mitfühlend, voller Kummer und Anmut.

„Lass es“, beharrte Dave. Dann sagte er, etwas vernünftiger: „Lass dir Zeit. Es gibt keinen Grund zur Eile. Ich werde beim Cruiser warten.“

„Natürlich.“ Und Nicholas ging in die Hocke, um etwas am Boden zu untersuchen, wobei er seinen Bluegrass Green Akubra neigte, um sein Gesicht zu verbergen.

Dave machte einen so coolen Abgang wie möglich.

Als Nicholas schließlich zum Cruiser zurückkehrte, war Dave tief in *Anker vor Australien* vertieft – und fühlte sich deutlich besser. Er hob den Kopf, nachdem Nicholas wieder auf den Beifahrersitz geklettert war, und sah, dass der Mann ihn liebevoll anlächelte.

„Du bist ein Leser“, bemerkte Nicholas. „Das erklärt eigentlich eine ganze Menge.“

„Nicht wirklich.“ Dave zuckte mit den Schultern.

„Aber du magst die Aubrey-Maturin-Romane? Das ist wunderbar! Und was sonst noch?“

„Davon gibt es zwanzig“, erklärte Dave. „Einundzwanzig, wenn man den Letzten mitzählt, aber der war erst halb fertig, als er starb. Wenn ich fertig bin, fange ich einfach wieder beim ersten Band an.“

Nicholas lachte und klang dabei eher erfreut als grausam.

„Ich habe *Der letzte Mohikaner* gelesen. Und *Moby Dick*. Aber eigentlich nur diese. Denise ist die ernsthafte Leserin. Sie liebt George Eliot – die eine Frau ist. Und Tschaikowsky.“

Nicholas holte tief Luft und blickte ihn fragend an, bevor er deutlich absichtlich nichts sagte.

„Also gut, ich habe also wieder die Namen durcheinandergebracht, oder?“

„Ähm … Dostojewski?“, riskierte Nicholas es.

„Genau der“, stimmte Dave zu. Er gab nicht vor, besonders gebildet zu sein, aber diese Romane liebte er. „Ich glaube, die werde ich mein ganzes Leben lang lesen.“

„Ich kann mir nichts Besseres vorstellen“, sagte Nicholas.

Sie erreichten Charleville am späten Nachmittag, checkten im Hotel ein und trafen sich dann eine halbe Stunde später in der Lobby. Obwohl sie wieder nebeneinanderliegende Zimmer hatten, hatte Dave den Ort ihres Treffens sehr bestimmt festgelegt, und er ging früh hinunter, während er noch hören konnte, wie Nicholas nebenan herumlief und sich offenbar Zeit nahm, auszupacken und sich frisch zu machen.

Als Nicholas sich zu ihm gesellt hatte, gingen sie die Straße hinunter zu dem Pub, in dem Charlie Stammgast war. Die westliche Sonne tauchte sie in goldenes Licht, während sie nebeneinander hergingen.

„Jetzt müssen wir taktvoll vorgehen“, brach Dave das Schweigen mit seiner besten *„Ich stelle hier die Regeln auf“*-Stimme. „Wir werden nicht dort hineinplatzen, wo wir nicht erwünscht sind, klar?“

„Ja, David“, antwortete Nicholas mit einem respektablen Versuch, den sanftmütigen und gehorsamen Kunden zu spielen. Das Problem war, dass das immer *immer*, das hatte Dave bereits gelernt – von einem fröhlichen kleinen Grinsen untergraben wurde, das sich um die wohlgeformten rosa Lippen des Mannes legte.

„Charlie ist ein Kumpel, wir kennen uns seit Jahren. Wir sagen Guten Tag und ich werde dich vorstellen, sobald es sich richtig anfühlt. Ich meine, so wie bei jedem anderen auch. Vielleicht ist er schon mit seinen Freunden zusammen. Ich meine, mit seinen eigenen Leuten. In dem Fall stören wir ihn nur, wenn klar ist, dass wir willkommen sind.“

Nicholas nickte ernst. Offenbar hing er jetzt an jedem Wort.

„Es ist nicht so, dass Charlie sich nicht in beiden Kulturen völlig wohlfühlen würde. Aber wenn er mit seinen Aborigine-Freunden abhängt, dann können wir nicht erwarten, dass er sofort zu unserem Register wechselt.“

„Nein, natürlich nicht.“

„Und wenn wir erst einmal im Gespräch sind, dann musst du dich an mir orientieren, klar? Wenn du anfängst, nach Dingen aus der Traumzeit zu fragen, dann gehst du vorsichtig vor und achtest darauf, wem du auf die Füße treten könntest. Wenn etwas geheim ist, dann ist es geheim, und wir drängen nicht auf Antworten.“

„Ich verstehe, David.“

„Und kannst du dich daran halten? Denn alles, was du tun kannst, ist, dein Anliegen zu erklären und um Hilfe zu bitten, richtig? Du darfst nicht erwarten, dass du irgendwelche Antworten bekommst. Und selbst wenn du spürst, dass er sich zurückhält, musst du ihm die Entscheidung überlassen.“

„Nun, damit das klar ist“, sagte Nicholas endlich mit einem Funken Zorn, „ich bin kein völliger Tölpel.“

„Das *ist* mir klar“, sagte Dave. „Ich will damit nur sagen, dass noch mehr Taktgefühl als sonst gefragt ist.“

Nicholas stieß einen Atemzug aus. „Eines Tages werde ich mich an das hier erinnern und lachen. Ein Australier, der einen Engländer über Takt belehrt!“

Sie hatten den Pub erreicht, und Dave ging als Erster durch die Tür. Er war zu sehr in ihren Wortwechsel vertieft, als dass ihm mehr aufgefallen wäre als die Tatsache, dass der Pub so voll war wie immer. Er drehte sich zu Nicholas um und nutzte das laute Treiben der Gäste als Vorwand, um die Stimme zu heben. „Stimmt ja, ihr Engländer habt so viel aus den jahrhundertelangen guten Beziehungen zu den Aborigines gelernt, was?“

Nicholas wollte aus instinktiver Höflichkeit seinen Akubra abnehmen, aber Dave schüttelte verärgert den Kopf, und nach einem Blick in die Runde musste Nicholas wohl erkannt haben, dass niemand hier den Hut abnahm. Er setzte ihn wieder auf und straffte sich. „Versuch nicht, so zu tun, als ob du nicht auf der weißen Seite der Gleichung stündest, *Kumpel*“, erwiderte

Nicholas barsch. „Dieses ganze Herumeiern lässt dich wie einen Teil des Problems aussehen, nicht wie die Lösung.“

„Respekt ist kein Herumeiern!“

„Ich werde ihn genug respektieren, um ihm direkt zu sagen, was ich brauche, und dann überlasse ich ihm die Entscheidung, was er mir sagt.“

„Das ist doch genau das, worum ich dich gebeten habe“, meinte Dave frustriert.

„Das hast du nicht, du hast es mir befohlen. Und so was braucht man mir nicht zu befehlen.“

Dave fühlte sich von einer unerwarteten Zuneigung übermannt, als er die verschränkten Arme, die hochgezogenen Schultern und die hocherhobene Nase seines Kunden betrachtete. Er stieß ein leises Lachen aus. „Nicholas“, begann er in beschwichtigendem Tonfall …

„Nicholas … ? Nicholas Goring!“

Charlie, natürlich. Nicholas hatte sich bereits dem Mann zugewandt, der gefragt hatte, und nun brach er in ein fröhliches Grinsen aus. „Charles!“ Die beiden Männer schüttelten sich enthusiastisch die Hände, während Dave verblüfft zuschaute. „Wie wundervoll!“, sagte Nicholas gerade. „Ich hatte nicht zu hoffen gewagt, dass du es bist, den David mir vorstellen wollte.“

„Wer denn sonst?“ Als Charlie endlich damit fertig war, Nicholas zu begrüßen, drehte er sich zu Dave um, und auch sie schüttelten sich die Hände.

„Hallo, Charlie“, sagte Dave, nicht allzu nachtragend. Er wollte aber nicht fragen. Die Welt war schließlich klein. Das wusste er bereits.

„Wir folgen uns gegenseitig auf Twitter“, erklärte Nicholas, und er klang tatsächlich freundlich und recht entschuldigend.

„Kommt“, sagte Charlie und ging voran. „Besorgen wir uns einen Tisch und ein Bier.“

„Tut mir leid, David. Ich hätte es dir sagen sollen.“

„Nein, ich hätte das nicht einfach so voraussetzen sollen.“

„Nicholas hier ist in *Ordnung*“, versicherte Charlie Dave, als sie alle saßen. Tatsächlich zog Charlie Nicholas so nach unten, dass er sich ganz nahe neben ihn setzte, wie Dave zu seinem eigenen Ärger und Verdruss feststellte. „Nicholas hat Schmetterlingsträume, weißt du?“

Nicholas lachte fröhlich. „Ach, jetzt schmeichelst du mir nur. David wird das genauso wenig glauben wie ich.“

„Wie auch immer, du bist jetzt Australier, Nicholas. Du hast den Hut dazu."

Die Wangenknochen des Mannes färbten sich fröhlich rosa. „David hat mir den gekauft."

„Hat er das …?" Charlie blickte Dave nachdenklich an.

„Ich bin sicher, dass er dasselbe für alle seine Kunden tut."

„Nicht, dass ich wüsste", antwortete Charlie.

„Ach, halt die Klappe", brummte Dave.

„In der Tat", fuhr Charlie fort, als hätte er ihn nicht gehört, „würde ich sagen, du hättest da ein Herz im Sturm erobert, Nicholas …"

Die schamhafte aber sehr zufrieden Röte des Mannes blühte weiter auf.

Bis Charlie mit Bedauern hinzufügte: „Wenn Dave nicht ein Ein-Frau-Mann wäre."

„Oh Gott!", rief Dave. „Ihr denkt alle, ihr wisst, wovon ihr redet, aber das tut ihr nicht. Ihr wisst gar nichts."

„Tun wir das nicht?", fragte Charlie.

„Nein. Das ist einfach –" Er hatte es sich zur Regel gemacht, vor seinen Kunden nicht zu fluchen, selbst wenn sie es von ihm erwarteten. „Blödsinn. Das ist einfach nur Schwachsinn."

Charlie legte den Kopf zurück und betrachtete Dave für einen langen, langen Moment … bevor er Nicholas mit dem Ellbogen anstupste. „Im Sturm, Kumpel."

Nicholas lachte vergnügt vor sich hin.

„Ach, ihr könnt mich doch alle mal", murmelte Dave. Und ging los, um eine Runde Bier zu holen.

Trotz des unaufhörlichen, fröhlichen Lärms in der Kneipe saß Dave nah genug, um zuzuhören, wie Charlie und Nicholas bald über Traumzeitplätze, blaue Wolken und Steinkurven plauderten. Dave schüttelte in selbstironischer Ungläubigkeit den Kopf. So viel zum Thema Taktgefühl! Er war sich sicher, dass Charlie ihn darüber informieren würde, wenn sie zu irgendwelchen praktischen Schlussfolgerungen kämen, und ließ sie einfach gewähren.

Während er darauf wartete, dass eine Bedienung auftauchte, öffnete Dave ein Browserfenster auf seinem Handy. Er hatte sich vor ein paar Jahren auf Twitter angemeldet, weil Denise auch da war, aber seit ihrer Trennung hatte er Twitter kaum besucht. Mit Charlie war er da natürlich schon verbunden. Und als er anfing, durch Charlies Followerliste zu scrollen, fand er Nicholas. Sein Profilbild war, wenig überraschend, ein Foto von einem wunderschönen blauen Schmetterling. Dave drückte auf „Folgen" und begann dann, die Tweets des Mannes zu lesen. Abgesehen von der Begeisterung über die Aussicht auf diese Reise war nichts Besonderes zu finden. Ansonsten schien er mit einer Vielzahl von Freunden zu chatten, durchsetzt mit vagen philosophischen Fragen über das Leben und die Verwandlung eines Schmetterlings. *Erinnert sich der Schmetterling an sein früheres Larven-Selbst?* las Dave. Eine andere Frage, früher in der Zeitlinie: *Wovon träumt eine Puppe, während sie fabelhaft wird?*

Nicholas, mein Guter, hatte Charlie darauf geantwortet, *sag du es mir. Wovon hast DU geträumt?*

Nein, ich bin immer noch die Raupe. Fabelhaft bin ich noch lange nicht.

Bist du dir da so sicher, mein Freund?

Charles, ich träume noch nicht einmal …

Dave blickte auf und bemerkte Nicholas' tiefdunkelblauen Blick, der auf ihm ruhte, und für einen Moment wurde die Welt um sie herum ganz still und leise. Sie starrten sich an, und Dave wusste es. Irgendwie wusste er, dass sich etwas in Nicholas seit dem Austausch dieser Tweets verändert hatte. Etwas, das sich nicht mehr ändern würde – nicht mehr ändern konnte. Er fragte sich, ob …

Doch dann stupste Charlie Nicholas an und deutete auf einen Fleck auf der Karte, die sie vor sich ausgebreitet hatten, und Rosie hinter der Bar fragte: „Was willst du haben, Dave?", und der Moment war vorbei.

Dave runzelte die Stirn und tat so, als würde er überlegen, welche Biere sie gerade im Angebot hatten. Aber es war ein Kinderspiel, und Rosie wusste es. „Drei Cascades, danke dir."

Als er zum Tisch zurückkam, saßen Nicholas und Charlie immer noch über die Karte gebeugt da. Dann lehnte sich Charlie zurück und nahm das Bier mit einem dankbaren Nicken entgegen. Das Glas war bereits mit Kondenswasser beschlagen. Nicholas nahm seins ebenfalls mit einem zufriedenen Lächeln entgegen – und dann drehte er sich um und betrachtete Charlie einen langen Moment lang. Er nahm Charlies Nachdenklichkeit wahr und senkte dann taktvoll den Blick. Geduldig, ohne Erwartung nippte er an seinem Bier.

Wenn Nicholas in diesen Momenten zu Dave aufgeschaut hätte, vermutete Dave, dass er einen sehr liebevollen Blick zurückbekommen hätte. Vielleicht war es gut, dass er es nicht tat.

Die erste Hälfte von Daves Cascade glitt kühl die einladende Kehle hinunter.

Schließlich setzte sich Charlie auf und sagte zu Nicholas: „Zeig es mir noch einmal."

„Hier", murmelte Nicholas und zeichnete mit einem seiner langen, blassen Finger einen groben Kreis in die südwestliche Ecke von Queensland. „So in diesem Gebiet."

Charlie nickte und schaute jeden von ihnen nacheinander an, wie um sie abzuschätzen. Dann drückte er mit einem Finger auf eine Stelle in der unteren Hälfte des Kreises. „Hier. Bleibt nördlich von hier, schätze ich. Das ist nur eine Vermutung", fügte er hinzu, „von einem alten Kerl, der schon *lange* nicht mehr in der Gegend unterwegs war."

„Nein, das ist großartig", sagte Dave, der wusste, dass Charlie soeben ein Geheimnis mit ihnen geteilt hatte, wenn auch nur indirekt. „Danke."

„Danke", erwiderte Nicholas mit genau der richtigen Zurückhaltung. „Ich weiß das wirklich zu schätzen, Charles."

Charlie lehnte sich entspannt zurück und kippte die Hälfte seines Bieres hinunter. „Wir müssen dir deine Schmetterlinge finden", sagte er zu Nicholas. „Ich glaube … wir werden alle etwas von ihnen lernen."

„Ich werde mein Bestes tun."

„Ich will nicht den ganzen Weg umsonst gekommen sein", fuhr Charlie fort, wobei seine ausladende Geste sowohl Dave als auch die Schmetterlinge irgendwie mit einbezog.

Nicholas wurde rosa um die Wangenknochen und lachte. Es war ein entzückendes Geräusch. Das hätte Dave vielleicht sogar gefallen, wenn er nicht so sehr darauf versessen gewesen wäre, sich leise zu beschweren.

Und Dave war noch nicht einmal halbwegs fertig damit, als Nicholas zuvorkommend anbot: „Ich besorge uns die nächste Runde." Er neigte den Kopf in Richtung Dave, um heimlich zu fragen: „Was genau soll ich bestellen?"

„Drei Cascades", ergänzte Dave. „Und sag Danke, nicht bitte."

Unkompliziertes Vergnügen verbreitete Nicholas' Grinsen. „Drei

Cascades, danke", probte Nicholas.

Dave nickte aufmunternd und ignorierte Charlies fragenden Blick, bis Nicholas es sicher zur Theke geschafft hatte und seine Aufmerksamkeit darauf richtete, die bunten australischen Dollarnoten in seiner Brieftasche zu sortieren. Und dann fragte Dave: „Was?", obwohl er es genau wusste.

„Du kannst nicht einmal wütend auf ihn bleiben", bemerkte Charlie.

„Oh Gott, lass es *bitte* sein."

„Kumpel, du hast ihn nicht einmal in die Falle gelockt."

„Natürlich nicht. Er ist ein Kunde."

„Ach, komm schon. Eine klassische Gelegenheit für ein bisschen Spaß, und ich weiß, dass du das schon mal gemacht hast. Rosie hätte auch mitgespielt, und das weißt du."

„Hör zu", sagte Dave, entschlossen, zumindest diese Chance zu nutzen. Er stützte die Ellbogen auf den Tisch und lehnte sich näher heran, um vertraulich mit ihm zu sprechen. „Wie gut kennst du ihn? Nicholas, meine ich."

„Ja, von wem solltest du sonst besessen sein?"

„Wie gut?", setzte Dave nach.

„Hmmm …", machte Charlie.

„Es ist nur so, dass sein Butler oder wer auch immer zu mir sagte, ich solle ihn freundlich behandeln, aber nicht erklären wollte, was er damit meinte."

„Vielleicht hat er nichts Besonderes damit gemeint."

„Doch, das hat er."

„Dann hat er vielleicht nur gemeint, dass Nicholas ein netter Kerl ist. Der es wert ist, dass man gut auf ihn aufpasst."

Das war nicht genug. Dave schüttelte den Kopf.

„Und der ganz allein hierher kommt", beharrte Charlie. „Er wollte nur sichergehen, dass Nicholas sich auf dich verlassen kann."

„Es muss etwas Spezifischeres geben. Es muss einfach."

„Worüber machst du dir Sorgen? Mit dem ist alles in Ordnung! Glücklich sieht er aus. Der strahlt geradezu."

Dave nickte zögernd. „Er *hat* in letzter Zeit etwas mehr Farbe bekommen. Ich vermute, das liegt daran, dass er in der Sonne war, obwohl er dabei einen Hut getragen hat."

„Siehst du? Mit ihm ist alles in Ordnung."

„Ich weiß nicht …“

„Davey“, sagte Charlie.

„Ja?“

„Du machst dir zu viele Sorgen, Kumpel. Es geht alles in Ordnung. Mit euch beiden.“

Nun, da konnte Dave nur hoffen, dass das wahr war.

Spät in der Nacht lag Dave wach und lauschte dem leisen Rascheln der rhythmischen Bewegungen auf dem Bettzeug, das aus dem Nebenzimmer zu hören war, und Nicholas’ leisen, keuchenden Atemzügen. Dave fragte sich, ob Nicholas an ihn dachte. Es fühlte sich bereits unausweichlich an, dass das der Fall war. Andererseits, wenn Dave unbedingt solche voreiligen Schlüsse ziehen wollte, sollte er lieber nicht so ein Aufheben darum machen. Er war nicht das Zentrum von irgendjemandes Universum. Nicht mehr.

Nicholas kam bald mit einem leisen Stöhnen zum Ende, und dann wurde es still im Hotel, in der Stadt und auf dem Land um sie herum. Doch die Stille war lebendig. Erfüllt von Sehnsucht. Irgendwie hatte Dave den Eindruck, dass Nicholas noch wach dalag. Nicht ganz befriedigt.

Dave seufzte und wandte sich ab. Er drehte den Rücken zur Wand, die er mit Nicholas teilte. Als spielte das überhaupt eine Rolle. Er schloss die Augen, und mit einem weiteren einsamen Seufzer entschwand er in die Dunkelheit.

Kapitel 4

Dave war am nächsten Morgen früh mit seiner Checkliste am Cruiser und vergewisserte sich, dass sie alles hatten, was sie brauchten. Ihm fiel nichts ein, was er übersehen hatte, nichts, wofür sie die Geschäfte in Charleville hätten aufsuchen müssen – und schon das machte ihm Sorgen. Es wäre fast eine Erleichterung, wenn ihm etwas einfiele, das er vergessen hatte. Dave seufzte und legte die Checkliste zu seinen anderen Papieren.

Das war der Moment, in dem Nicholas etwas aufgeregt aus dem Hotel kam; sein schwarzes Hemd war zugeknöpft, aber die Knopflöcher waren jeweils um eins versetzt. Er war barfuß, hatte aber bereits seinen Akubra auf. „Bin ich zu spät dran? Ich habe noch nicht gepackt. Dauert aber keine Minute. Gute Idee von dir, eine separate Übernachtungstasche zu haben", fügte Nicholas hinzu, bevor er in den Himmel linste. „Ich habe doch nicht verschlafen, oder?"

Dave lachte leise. „Nein, ich mache nur einen letzten Check. Ich denke, es ist alles in Ordnung – aber das ist für eine Woche für dich die letzte Gelegenheit, etwas einzukaufen."

Eine Wolke zog über das lange, ausdrucksstarke Gesicht. „Ich denke, dass ich eine Woche lang ohne Einkäufe auskommen kann." Der schwule Mann war beleidigt.

„Ich wollte nur sagen, wenn du etwas brauchst …"

Aber Nicholas grinste schon wieder, mit einem verschmitzten kleinen Kick darin. „Ich weiß."

Dave verdrehte die Augen. „*Wie auch immer*", fuhr er fort, „wir müssen eines von Billys kompletten Frühstücken zu uns nehmen, bevor wir losfahren. Dann müssen wir nichts mehr essen, bis wir wieder in der Zivilisation sind."

„Cool, okay. Und dann –" Nicholas' Lächeln war jetzt ruhiger, aber rein und echt – und Dave musste wirklich aufhören, sich ständig über das Lächeln des Mannes Gedanken zu machen, um Himmels willen! „Und dann sind wir weg."

„Ja. Weg wie ein Eimer Krabben in der heißen Sonne."

„Was?"

„Egal. Ja, dann fahren wir in die Anderwelt." Dave war auch nach all den

Jahren nicht immun gegen die Aufregung. Aber er berührte mit einer Hand Nicholas' Koffer, dessen eine Seite inmitten all ihrer Habseligkeiten und Ausrüstung und Notwendigkeiten hervorragte – und runzelte die Stirn. „Ähm … Hast du all deine Medikamente und so?"

„Ja, Schatz", antwortete Nicholas mit der Stimme eines leidgeprüften Ehemanns.

„Gut. Ja, ja. Bin halt ein bisschen pingelig mit so was."

„Es geht um Leben und Tod!", protestierte Nicholas. „Natürlich nimmst du es ernst."

Dave grinste ihn an. „Schon gut, schon gut. Und jetzt geh wieder hoch und hol deine Schuhe. Ich kann nicht zulassen, dass du barfuß durch das Outback läufst, genauso wenig wie du ohne Hut herumlaufen kannst."

„An den Akubra habe ich gedacht", sagte Nicholas mit gespielter Unschuld.

„Ich werde dir ganz sicher nicht auch noch Schuhe kaufen", antwortete Dave mit gespielter Strenge. „Geh schon! Und dann können wir frühstücken, sobald du bereit bist."

„David, ich bin *immer* bereit …"

Dave knurrte nur – und Nicholas verzog sich mit einem gurgelnden Kichern.

Nicholas wollte an diesem späten Vormittag nicht einmal für eine Tasse Tee anhalten – obwohl das ihre letzte Chance auf einen Tee war, den sie nicht selbst zubereitet hatten –, also fuhr Dave weiter, und sie teilten sich eine Flasche Wasser. Innerhalb von ein paar Stunden waren sie im Suchgebiet – das riesig war. Solange sie sich noch am Rand befanden, hatte Dave Nicholas dazu überredet, nicht mehr jede Meile, sondern alle zehn Kilometer anzuhalten. Sie hielten an, und Nicholas sah sich um, identifizierte alles, was mit Schmetterlingen zu tun hatte, fotografierte es und machte handschriftliche Notizen. Dann fuhren sie weiter. Viel entdeckte er nicht und darunter befand sich nichts Unerwartetes, auch wenn er manchmal eine ganze Weile lang stirnrunzelnd in seinem Buch blätterte.

Irgendwann am frühen Nachmittag entdeckten sie einen Schwarm weißer Schmetterlinge, die sich über einer bestimmten Stelle versammelten, die für Dave genauso aussah wie jede andere in dem relativ unscheinbaren

Gebüsch. Nicholas strahlte wie an Weihnachten – Gott allein wusste, wie er aussehen würde, wenn sie seine Bläulinge fanden. Sie hielten an, und als Nicholas damit fertig war, alle relevanten Details zu notieren, hatte Dave zwei Klappstühle im Schatten des Cruisers aufgestellt und kalte Getränke sowie die Zutaten für die Sandwiches zum Mittagessen herausgeholt. Gemeinsam saßen sie da und beobachteten das Treiben und Schweben der winzigen weißen Fetzen vor dem riesigen Bogen des strahlend blauen Himmels. Nicholas *schwelgte* nur so in diesem Anblick.

Doch Dave sah sich veranlasst, etwas anzusprechen, das ihn hatte innehalten lassen. „Wie können wir eine *blaue* Wolke finden? Ich meine, ich kann das hier *sehen*. Und ich verstehe das mit den Wolken. Aber wie um alles in der Welt können wir sie vor einem blauen Himmel erkennen?"

Nicholas war zu glücklich, um zu zweifeln. „Wenn Clemence Hall sie sehen konnte, können wir es auch."

„Vielleicht muss es bewölkt sein, damit sich das Blau vom weißen Dunst abhebt."

Doch Nicholas schüttelte den Kopf. „Nicht, wenn sie nur bei direkter Sonneneinstrahlung fliegen. Schmetterlinge müssen warm genug sein, um fliegen zu können, verstehst du? Sonst bleiben sie sitzen."

„Deshalb fliegen sie auch nur tagsüber", sagte Dave mit einem Gefühl der Erkenntnis.

„Ja." Nicholas blickte ihn an; offensichtlich wusste er, dass da noch mehr war und wartete darauf.

Dave schüttelte den Kopf. „Da ist eine Geschichte, die ich einmal gehört habe. Ich muss mich erst richtig daran erinnern, bevor ich sie dir erzähle."

„In Ordnung", stimmte Nicholas zufrieden zu.

Sie saßen noch eine Weile da.

Schließlich räusperte sich Dave. „Gibt es noch mehr zu sehen?"

Nicholas wandte sich mit einem entschuldigenden Blick an ihn. „Können wir warten, bis sie sich wieder hinsetzen haben? Jede Beobachtung –"

„– ist nützlich, ja. Keine Sorge", fügte Dave hinzu. Und er entspannte sich noch ein wenig mehr in seinem Stuhl. Vielleicht war er in der Nachmittagswärme sogar eingenickt …

Als Dave die Augen wieder öffnete, hatte sich der Schatten des Cruisers weiter über seine Füße hinaus erstreckt, und Nicholas' warmer, amüsierter Blick ruhte auf ihm – und Nicholas' Hand lag leicht auf Daves Unterarm. Sobald Dave sich bewegte, hob sich Nicholas' Hand und legte sich wieder auf das Hemd über seiner Brust. Er drückte sie flach über sein Brustbein. Dave beäugte ihn stirnrunzelnd, noch immer nur halb wach.

„Tut mir leid", bot Nicholas an, „ich dachte, du wolltest …"

„Natürlich", stimmte Dave zu. Er griff nach der Wasserflasche und trank etwas, was ihn wieder munterer machte. „Natürlich, ja." Er setzte sich aufrecht hin und blickte auf seine Uhr. Es war schon fast fünf. Dann dachte er daran, nach den Schmetterlingen zu sehen. Und stellte fest, dass die Luft leer war, so weit er sehen konnte. „Haben sie –"

„– sich für die Nacht zurückgezogen. Ja."

„Das sollten wir auch." Dave runzelte einen Moment lang nachdenklich die Stirn. „Noch eine Zehn-Kilometer-Etappe", schlug er vor, „und dann suchen wir uns einen Platz, um unser Lager aufzuschlagen."

„Nur eine … ?"

„Es ist unser erstes Camp. Es wird eine Weile dauern, bis wir es aufgebaut haben. Wir sollten sicherstellen, dass wir dafür genug Tageslicht haben."

Nicholas nickte. „In Ordnung, ja. Ich verstehe."

„Gut." Dave trank noch etwas Wasser und fühlte sich wieder fit genug, um weiterzumachen. „Ich packe alles zusammen, wenn du bereit bist."

„Ich bin bereit", sagte Nicholas. „Und werde dir helfen."

„Danke."

Die Realität sah natürlich so aus, dass auf so einer Reise jeder auf die eine oder andere Weise mithelfen musste. Und da sie nur zu zweit waren, gab es in vielerlei Hinsicht genauso viel zu tun und weniger Leute, mit denen man alles erledigen konnte. Natürlich hatte Dave Nicholas deswegen gewarnt, und er wusste, dass Nicholas mehr als bereit war zu helfen, aber bis sie losgefahren waren, war Dave skeptisch gewesen, zu wie viel der Engländer imstande sein würde. Immerhin war er der Sohn eines Earls, der Diener hatte. Er konnte durchs Leben kommen, ohne viel tun zu müssen, was er nicht wollte. Ganz zu schweigen davon, dass der Mann schlank, ja geradezu dürr war, mit blasser, fast durchscheinender Haut.

Doch Nicholas war unermüdlich und schien eine geschmeidige, drahtige Kraft zu besitzen, die Dave nicht einmal vermutet hatte. Ganz und gar nicht wie zerbrechliches Porzellan. Er tat fröhlich alles, was man von ihm verlangte, und sogar noch mehr, wenn er sah, dass etwas getan werden musste. Nun, er war fröhlich, als es darum ging, Nicholas' Zelt aufzustellen. Aber sein Gesicht verfinsterte sich, als er merkte, dass sie ein zweites Zelt für Dave aufstellen würden. Erst verfinsterte sich seine Miene, dann funkelte Groll in diesen tiefen, dunklen Augen auf.

„Vertraust du mir wirklich nicht?"

„Das ist es nicht", sagte Dave unbehaglich.

„Ich bin nicht der Typ, der sich aufdrängt, wenn ich nicht willkommen bin. Das *verspreche* ich."

„Ich weiß", sagte Dave. „Ich weiß."

„Diese Zelte sind … Nun ja, nicht riesig. Aber sicher groß genug für zwei."

„Wenn es sein muss, passen da auch vier Leute rein. Normalerweise stelle ich ein Zelt für jeweils zwei oder drei Personen zur Verfügung."

Nicholas starrte ihn hart an. „Also was?"

„Weißt du es nicht zu schätzen, deinen eigenen Raum zu haben?"

Der Blick flackerte ein wenig, und etwas von der Selbstgerechtigkeit verflog. „Ich nehme an. Ja." Nicholas seufzte. „Ja."

„Ich habe immer mein eigenes Zelt", erklärte Dave. „*Immer*. Das ist eine meiner Regeln. Und niemand darf reinkommen. Das ist mein Bereich, verstehst du?"

Nicholas erschlaffte noch ein wenig mehr. „Ja, natürlich. Ich verstehe."

„Das hat nichts mit dir zu tun. Ich meine, nicht mehr als bei jedem anderen Kunden."

„Ich verstehe."

„Gut." Dave wandte sich ab. Es war ja nicht so, dass irgendetwas passieren würde, egal, ob sie sich nun ein Zelt teilten oder nicht. So etwas hatte er nicht einmal in seine Berechnungen einbezogen.

„Ich nehme an, du hast auch eine Regel, dass du nie mit einem Kunden schlafen würdest, oder?"

„Natürlich."

Eine Sekunde Stille. Noch eine.

„Na dann", sagte Nicholas mit freundlicher Lebhaftigkeit. „Dieses Zelt baut sich nicht von selbst auf."

Und Dave wandte sich mit einem anerkennenden Lachen wieder dem Mann zu.

Dave zündete natürlich ein Lagerfeuer an. Zum Teil wegen der Wärme, zum Teil wegen des Mittelpunktes, den es bildete, und zum Teil, weil es erwartet wurde. Für den Buschtee ließ er eine Kanne aufkochen, aber ansonsten kochte er Fleisch, Kartoffeln und Gemüse auf dem Gasherd. Während er darauf wartete, dass das Abendessen fertig wurde, räumte er fröhlich herum und organisierte alles genau richtig. Und er vergaß nicht, Denise über das Satellitentelefon anzurufen, um ihr die Koordinaten zu geben und ihr zu versichern, dass alles in Ordnung war. Dave war zwar vor dem Anruf auf die andere Seite des Cruisers gegangen, aber das hatte nichts zu bedeuten. Ohnehin hatte Denise nur Zeit, die Details zu notieren, da Zoe nach Aufmerksamkeit schrie, aber sie sagte ihm ausdrücklich, er solle aufpassen. Das erwärmte sein Herz, sogar jetzt noch. Dave legte auf und kümmerte sich um seinen eigenen Schutzbefohlenen.

Das Abendessen war ein Erfolg. Nicholas aß mit großem Appetit und Dankbarkeit – und als er schließlich seinen leeren Teller beiseitestellte, erklärte er: „Das war lecker!"

„Im Freien schmeckt das Essen immer besser."

Der Mann lachte, beharrte aber darauf: „Nein, es war wirklich toll."

„Danke." Dave füllte den Tee in die Kanne, fügte ein paar Eukalyptusblätter hinzu, die er für diesen Zweck aufgehoben hatte, und ließ ihn ziehen. „Komm", sagte er und winkte Nicholas zu sich. „Weg vom Feuer."

Nicholas warf einen etwas nervösen Blick in die Runde. „Bist du sicher? Warum?" Er stand jedoch auf und kam hinter Dave her. „Was ist da draußen?", fragte er in gedämpftem Ton, als könne man Raubtiere durch Flüstern vermeiden.

„Nichts. Mach dir keine Sorgen."

Aber Nicholas' Hand war in die von Dave geglitten, so einfach, als hätte Dave sie einladend ausgestreckt. Natürlich würde der schwule englische Earling seine Geste so interpretieren! Doch als Dave sich umdrehte, um ihn zurechtzuweisen, sah er, dass Nicholas' Augen weit aufgerissen waren, der ehrlich unschuldig und wirklich ängstlich wirkte.

„Wenn da draußen irgendetwas ist, dann schläft es entweder, oder es wird dir aus dem Weg gehen, wenn du ihm die Chance dazu gibst. Das verspreche ich dir. Dir wird nichts passieren.“

Nicholas' Hand drückte die seine, als wolle er die Beruhigung erwidern. „Was denn –“

„Halte einfach den Rücken zum Feuer. Lass deine Augen sich daran gewöhnen.“

Sie entfernten sich vom Feuer, wobei Dave Nicholas bei der Hand führte. Sie bahnten sich einen Weg durch das Gestrüpp und achteten sorgsam darauf, wohin sie ihre Füße setzten.

Endlich war es so weit. Dave blieb stehen, und Nicholas ließ sich neben ihm nieder und beobachtete ihn vertrauensvoll.

„Jetzt“, sagte Dave, „schau nach oben.“

Und anstatt selbst die Wunder des Nachthimmels zu bestaunen, beobachtete Dave Nicholas' verblüffte Reaktion. Er starrte und schwankte einen Moment lang zurück, als würde er sich plötzlich wieder auf den Hosenboden setzen. „Oh mein …“, murmelte er. Dave hatte Nicholas losgelassen, um seine Hand auf den Rücken des Mannes zu legen und ihn aufrecht zu halten. Nicholas hatte ebenfalls ein gutes Stück von Daves Hemd in einer Hand gepackt und hielt sich fest. Er hielt sich an ihm fest. Irgendwie hielt er sich davon ab, Dave tatsächlich zu berühren, wofür Dave ihm Punkte gab.

Hier draußen waren so viele weitere Sterne zu sehen, dass es wie eine Art Wunder wirkte. Ein völlig anderes Universum vielleicht, oder mehr als eines, das seine Schönheiten mit dem vertrauten Himmel der Erde vermischt hatte.

„Oh, David“, murmelte Nicholas.

„Ich weiß.“

„Das alles kann man nicht einmal erahnen. Nicht einmal vom Lande, geschweige denn aus einer Stadt. In England, meine ich.“

„Das liegt nur am Fehlen anderer Lichter hier draußen“, erklärte Dave. „Wir sind jetzt weit weg von allem. Das hier ist immer da, über unseren Köpfen. Wir können es nur nicht sehen.“

Nach einem Moment bemerkte Dave, dass Nicholas den Kopf gesenkt hatte und Dave mit der gleichen Verwunderung anstarrte. „Das ist sehr weise.“

„Ja?“

„Glaubst du nicht, dass ...“, setzte Nicholas langsam an. „Das ist so eine Metapher. Für unser Leben, meine ich. Die Schönheit ist da – die überwältigende Schönheit – aber wir sehen sie einfach nicht. Die meiste Zeit ist sie direkt über unseren Köpfen, und wir laufen herum, ohne sie zu bemerken.“

Dave zuckte unbehaglich mit den Schultern. „Ich habe nur von den Sternen gesprochen. Ich weiß nicht, ob es hier irgendwelche Lektionen fürs Leben zu lernen gibt.“

Nicholas betrachtete ihn einen Moment lang nachdenklich. Dann ließ er Dave absichtlich los und blieb allein stehen. Dave ließ seine Hand sinken und bedauerte es fast. Nicholas wandte sein Gesicht wieder zu den Sternen, und nun tat Dave das auch.

„Es tut mir leid“, murmelte Nicholas schließlich. „Ich habe einen philosophischen Berg aus etwas gemacht, das einfach eine schöne Erfahrung sein sollte.“

„Alles in Ordnung“, murmelte Dave unbehaglich.

„Einige von uns brauchen nur ein wenig mehr Glauben, um uns daran zu klammern, das ist alles.“

Dave machte ein recht behagliches, aber neutrales Geräusch und beließ es dabei. Die Sterne waren so spektakulär ... Allerdings fragte er sich, was Nicholas wirklich brauchte. Und warum.

Dave wachte wie immer früh auf – wenn er keine besonderen Pläne für den Tag hatte, ging er gerne wieder ins Bett, um ein weiteres Schläfchen zu halten. An diesem Morgen jedoch stellte Dave fest, nachdem er sich um das Nötigste gekümmert hatte, dass Nicholas bereits wach war – und das vielleicht schon seit einiger Zeit, obwohl es noch weitgehend dunkel war. Der östliche Horizont begann sich gerade erst aufzuhellen. Und Nicholas saß mit einer Decke um die Schultern auf dem Frontschutzbügel des Cruisers.

Er schenkte Dave ein entschuldigendes Lächeln, als er näher kam. „Guten Morgen. Ich hoffe, ich habe dich nicht geweckt.“

„Morgen. Nein, hast du nicht. Das ist so ziemlich meine übliche Zeit.“ Dave vermutete, dass Nicholas sehr leise gewesen sein musste;

normalerweise hatte Dave ein Gespür dafür, was in seinem Camp so vor sich ging. „Wie lange bist du schon wach?"

„Oh, mindestens eine Stunde. Ich wollte wieder die Sterne sehen. Und den Sonnenaufgang."

„Klar", sagte Dave, als wäre es das Natürlichste der Welt. Was es auch wirklich war. „Ich mache uns einen Tee."

„Danke. Kann ich dir dabei helfen?"

„Nicht nötig", antwortete er leichthin.

Dave setzte heißes Wasser auf, bereitete den Tee vor und brachte dann noch ein paar Decken zum Cruiser. „Komm schon, du musst nicht da oben sitzen." Dave breitete eine der Decken über die Motorhaube und die Windschutzscheibe aus und deutete dann an, dass Nicholas es sich dort oben bequem machen sollte.

„Bist du sicher?", fragte Nicholas.

„Aber klar. Mach schon. Sei nur vorsichtig mit den Scheibenwischern. Setz dich nicht direkt darauf oder so."

„Das werde ich nicht. Ich weiß, was dir dieses Auto bedeutet … Nun, es ist kein *Auto*, oder? Dieses Fahrzeug", korrigierte er sich. Und dann traf er es auf den Punkt: „Dein geliebter Cruiser."

Dave lachte leise vor sich hin. „Bin ich so offensichtlich?"

„Für jemanden, der auf so etwas achtet, schon." Nicholas grinste unverblümt.

Dave wagte es nicht, zu antworten. „Ich hole eben den Tee." Als sie sich beide auf der Motorhaube niedergelassen hatten, eingewickelt in Decken und mit dampfenden Bechern Tee in der Hand, sagte Dave: „Mir ist diese Geschichte für dich eingefallen. Die über Schmetterlinge … ?"

Nicholas wandte sich ihm mit dem schönsten und herzlichsten Lächeln zu.

Dave räusperte sich und deutete auf den östlichen Horizont, der schon blassgolden zu leuchten begann. „Nein, sieh dir den Sonnenaufgang an und lass mich reden."

Das reizende Lächeln zuckte humorvoll, und Nicholas wandte sich wieder ab. „Also gut."

„Es gibt diesen australischen Singer-Songwriter, Pete Murray. Er ist wirklich gut. Ich kann dir die CDs vorspielen, wenn du Interesse hast."

„Gern", murmelte Nicholas.

„Jedenfalls gibt es einen Song von ihm, der ‚Ten Ft. Tall‘ heißt. Er erzählt die Geschichte dahinter, bevor er ihn bei Auftritten live spielt. Der Song handelt von zwei Freunden, die seit ihrer Kindheit ein Paar sind. Sie wurden erwachsen, heirateten und waren so glücklich, wie es nur geht. Sie liebte Schmetterlinge“, fuhr Dave mit einem Nicken zu Nicholas fort. „Sie sagte immer, wenn sie stirbt, kommt sie als Schmetterling zurück.“

Nun schwieg Nicholas und starrte in den sich aufhellenden Himmel, hörte dabei aber aufmerksam zu.

„Nun, sie bekam Krebs, obwohl sie alle noch recht jung waren. Sie kämpfte ein paar Jahre lang dagegen an, aber schließlich starb sie.“ Er holte tief Luft. „Es war ungefähr eine Woche nach der Beerdigung, als ihr Mann und seine Kumpels in der Kneipe still einen Drink zu sich nahmen. Es war schon spät, fast Feierabend. Und dieser Schmetterling flog durch ein Fenster herein, flatterte direkt auf den Mann zu und setzte sich auf seine Schulter. Und er sagte kein Wort. Er stellte einfach sein Bier ab und ging hinaus. Und der Schmetterling blieb den ganzen Heimweg über bei ihm.“

Nicholas war völlig still. Das Gold wurde immer heller, und der Himmel über ihnen färbte sich von Blau über kräftiges Violett bis hin zu schwarzem Samt.

„Und Pete sagt zum Schluss immer, dass Schmetterlinge nachts nicht fliegen.“

Schweigen.

„Es ist wirklich fantastisch. Ich meine, es ist ein großartiger Teil der Show. Ein toller Song.“

Immer noch nichts von Nicholas. Okay, irgendwo war offensichtlich etwas schief gelaufen.

„Kumpel …“ Dave beugte sich vor, um einen Blick auf Nicholas’ Gesicht zu erhaschen. Und entdeckte, dass seine Augen und Wangen tränennass waren. „Kumpel, du hättest mir sagen sollen, ich soll aufhören. Ich weiß, dass es eine traurige Geschichte ist.“

Nicholas blickte ihn mit einer Andeutung seines üblichen reizenden Lächelns an, aber es wirkte nun etwas unsteter. „Es ist eine schöne Geschichte“, korrigierte er. „Und du bist ein Romantiker, David Taylor!“

„Das bin ich nicht!“, erwiderte er.

„Nein, natürlich nicht“, stimmte Nicholas zu, obwohl seine Stimme dabei schwankte. Er wandte sich wieder ab und blickte entschlossen auf den

Sonnenaufgang, den anbrechenden Tag. Entweder war der Anblick eine Ablenkung oder er brachte einem das Schicksal eines Menschen näher, sei es im Guten oder im Schlechten. „Es tut mir leid!", sagte Nicholas keuchend. Und, offensichtlich stand er jetzt kurz davor, richtig zu weinen.

„Ach, Kumpel …" Dave klopfte ihm als Zeichen des Mitgefühls und zur Beruhigung auf die Schulter.

Und sie saßen da und sahen zu, wie sich der Himmel aufhellte, und schließlich – plötzlich – erschien eine geschmolzene Linie aus Gold. Nicht lange danach wurde die Magie durch den neuen, unberührten Tag verjagt. Dave war sich nicht sicher, wie viel Nicholas davon mitbekommen hatte, aber als es vorbei war, schlich sich der Mann mit einer weiteren leisen Entschuldigung davon und verschwand in seinem Zelt.

Dave seufzte und ging, um mehr Tee zu kochen und das Frühstück zu machen.

Kapitel 5

Die Tage und Nächte der ersten Woche ihrer Reise verliefen ganz ähnlich. Abgesehen von den Tränen in der Morgendämmerung; sie vermieden jede Wiederholung dieser Szene. Wann immer Dave den Verdacht hatte, dass Nicholas draußen den Sonnenaufgang beobachtete, drehte er sich einfach in seinem Schlafsack um und schlief eine Weile weiter.

Sie kamen gut miteinander aus. Nicholas war mit seiner Jagd beschäftigt, auch wenn er im Grunde genommen im Moment nicht mehr tat, als weitere Aufzeichnungen über ziemlich bekannte Phänomene zu liefern. Dave war geduldig, wenn es darum ging, seinem Kunden zu helfen, und Nicholas war ein effizientes und beschwerdeloses Mitglied in Daves Lager.

Das einzige Mal, dass sie in die Nähe von Schwierigkeiten kamen, war am dritten Abend, nachdem Dave sich bei Denise gemeldet hatte. Nachdem er das Gespräch beendet hatte, ging er zurück zu seinem Zelt, um das Satellitentelefon wegzulegen – nur um auf halbem Weg Nicholas' verwirrtem Blick zu begegnen.

Dave stolperte fast einen Schritt, halb überrascht, halb abwehrend.

„Wirst du sie *jeden* Abend anrufen?", verlangte Nicholas zu wissen.

„Was? Ja."

„Ernsthaft?"

„Ja. Es ist eine Frage der Sicherheit. Vor allem bei einer Reise wie dieser, bei der wir nicht wissen, wo wir landen werden. Ich habe dir doch gesagt, dass sie sich den Längen- und Breitengrad notiert, also –"

„Das verstehe ich."

Damit sie wissen, wo die Leichen zu finden sind. Aber natürlich war er nicht so gemeint oder unprofessionell, das auszusprechen. „Früher habe ich Dad genauso oft angerufen wie Denny. Bevor er – du weißt schon. Gestorben ist."

„Aber *jede* Nacht?", fragte Nicholas nach, als würde er um Vernunft bitten.

Die Abwehrhaltung schlug abrupt in ihr Gegenteil um. „*Meine* Regeln, schon vergessen? Leben und Tod? Vielleicht bist du eines Tages dankbar, dass ich vorsichtig war. Sogar", erlaubte er, wobei die Wut bereits schwächer wurde – „sogar ein bisschen vorsichtiger, als ich sein musste."

„Ich glaube, das benutzt du nur als Ausrede."

Daves Kopf fuhr zurück, und zwischen ihnen herrschte ein Moment der Fassungslosigkeit. Dann schluckte er den Köder. „Und wenn ich es bin? Was ist dein Problem? Bist du etwa eifersüchtig?"

Dave bedauerte die Frage in dem Moment, in dem sie herauskam, aber Nicholas reagierte schnell, als betrachte er das überhaupt nicht als unangebracht. „Ob ich das nun bin oder nicht – ich denke, dass jeder deiner Freunde wollen würde, dass du darüber hinwegkommst – es ist mehr als ein *Jahr* her, dass sie dich zurückgelassen hat."

„Nun", begann Dave. „Sieh mal, sie –" Aber er brach ab.

Was sollte er auch sagen? Wie sollte er gegen eine Wahrheit argumentieren, die ihm niemand außer Denise selbst zu sagen gewagt hatte.

Er flüchtete sich in eine Regel, an die er sich eigentlich schon längst hätte erinnern müssen. „Ich weiß deine Besorgnis zu schätzen", sagte Dave frostig, „aber es geht dich nichts an. Genauso wie dein Privatleben mich nichts angeht."

„Natürlich", erwiderte Nicholas knapp und wandte sich mit einem finsteren Blick um.

Trotzdem saßen sie sich zum Abendessen eine halbe Stunde später am Lagerfeuer gegenüber und unterhielten sich – ein wenig gestelzt, aber mit gutem Willen. Und schließlich, in einem ruhigen Moment, murmelte Nicholas: „Es tut mir leid, David."

„Kein Problem", antwortete Dave. „Ich habe mich auch daneben benommen."

Und er wurde mit einem von Nicholas' schönen, sanften Lächeln belohnt.

Der eigentliche Ärger begann am Ende der Woche. Dave hatte wie üblich mit dem Zusammenpacken des Lagers begonnen, aber statt wie immer mit anzupacken, lungerte Nicholas herum und sah unzufrieden aus.

„Ich möchte bleiben", verkündete Nicholas schließlich.

„Was?"

„Ich möchte hier auf dem Campingplatz bleiben."

„Nein. Nein, wir waren uns einig. Einmal in der Woche –"

„Nachschub, ich weiß. Aber du kannst doch losfahren, nicht wahr, David? Du hast doch schon mal alleine Benzin und Wasser geholt."

„Nur einmal!" Dave schob eine der Kisten in den Kofferraum des Cruisers und drehte sich dann zu dem anderen Mann um. „Es geht nicht nur um Vorräte. Es geht um Zivilisation. Um andere Menschen, ein richtiges Bett für die Nacht und eine richtige Mahlzeit. Um Nachrichten, das Internet und einen Anruf nach Hause. Hast du noch nicht genug von meiner Gesellschaft?"

Das war natürlich die falsche Frage. Nicholas senkte den Kopf, schenkte Dave aber unter der Krempe seines Akubra eines seiner verruchten kleinen Lächeln. Er wusste wirklich schon, wie man diesen verdammten Hut einsetzte. „Nein, ich habe noch nicht genug von dir. Vielleicht nie."

„Nun. Meinst du nicht, dein Vater würde sich freuen, wenn du deinem Butler oder wem auch immer eine E-Mail schickst und ihm sagst, dass du noch am Leben bist?"

Das brachte ihm überraschenderweise einen weiteren finsteren Blick ein. „Gott, hörst du endlich auf, ihn so zu nennen?"

„Wen? Deinen Vater …?"

"Meinen Butler *oder wen auch immer*", erwiderte Nicholas spöttisch. „Ich nehme an, du hältst dich für sehr egalitär, aber ich sehe nicht ein, warum du etwas dagegen haben solltest, dass jemand gut bezahlt wird, um gute Arbeit zu leisten. Er hilft uns, dieses riesige alte Haus zu verwalten, was schwieriger ist, als man denkt, und er gehörte schon zur Familie, bevor ich überhaupt geboren wurde."

„Also gut."

„Und sein *Name*, den du wissen würdest, wenn du aufgepasst hättest, ist Simon."

„Ja. In Ordnung. Simon. Ich hatte ziemlich viel mit Simon zu tun, als er diese Reise gebucht hat, und ich vermute, er würde gerne wissen, dass du noch lebst."

„Dann kannst *du* ihm doch eine E-Mail schicken, oder nicht?"

Dave schmunzelte. „Ich glaube, er erwartet mehr von mir, als dass ich dich auf einem Campingplatz hinter Bourke allein lasse …"

Nicholas starrte ihn stur an, die Hände fest in die Taschen seiner Jeans geschoben. „Ich komme schon zurecht. Was soll denn schon passieren? In dieser Woche ist nichts Schlimmes passiert!"

„Man sollte es nicht darauf ankommen lassen", riet Dave. Er stellte sich vor, wie Nicholas sich ungeschickt anstellte: Er stolperte über seine eigenen

Füße, schlug sich den Kopf an, als er wieder aufstand, und Gott allein wusste, was dann folgte. „Es können hundert Sachen schiefgehen, es könnte wirklich schlimm werden, und es wäre meine Schuld, dass ich dich hier gelassen habe."

„David –"

„Nein, das kann ich nicht tun."

„Kannst du nicht oder willst du nicht …?"

„Beides!"

„David, ich komme vielleicht nie wieder hierher zurück. Ich möchte das Beste daraus machen."

„Man muss wissen, wann man aufhören muss, Kumpel."

„Die schlichte Wahrheit ist, dass es mir hier draußen *gefällt*. Ich möchte einen Tag voller Ruhe und Frieden hier draußen haben, anstatt –"

„Nein", unterbrach Dave ihn und trat näher heran, um seinen Standpunkt deutlich zu machen. „Ich *kann nicht*, Nicholas. Und was ich sage, gilt, schon vergessen? Du hast mir versprochen, dass du das respektieren würdest."

„Um Himmels willen … ich verlange doch nicht viel."

„Du verlangst viel zu viel. Du sagtest, du würdest mir vertrauen."

„David –"

„Mr Goring –"

Nicholas stieß ein unglückliches „Hah!" aus und wandte sich ab. Ein Schweigen breitete sich aus, das Dave klugerweise nicht brach. „Also gut. Wenn du mich mit *Mr Goring* anredest, muss ich dich ernst nehmen."

„Danke."

„Aber nur unter Protest."

Dave seufzte. „Würdest du bitte deine Tasche packen? Ich muss dein Zelt abbauen."

„Natürlich", sagte Nicholas leise. „Ich helfe dir dabei."

Aber das war nur der Anfang.

Es war eine andere Stadt, etwas rauer als Charleville. Dave hatte Freunde dort, aber für ihn war es eher eine Halbwildnis als Zivilisation. Dennoch … in der heutigen Zeit hätte er nicht gedacht, dass es einen Ort gab, an dem er vielleicht zweimal hätte darüber nachdenken sollen, Nicholas mitzunehmen.

Sie kamen am Nachmittag an, checkten in ein Motel ein, brachten ihren angesammelten Müll zur Mülldeponie und gingen dann einkaufen. Nicholas kam mit, entschlossen zu helfen, obwohl Dave ihn von jeder weiteren Verantwortung entbunden hatte. Während Dave den Cruiser mit den neuen Vorräten und Wasser belud und Benzin auftankte, ging Nicholas über das Wi-Fi des Motels ins Internet.

„Ich werde Simon von dir grüßen", sagte Nicholas über seine Schulter hinweg, als er sich auf den Weg machte.

So weit alles in Ordnung.

Und zwischen ihnen war wirklich alles in Ordnung, als sie in dem an das Motel angeschlossenen Café zu Abend aßen. Erst als sie am Abend in den örtlichen Pub gingen, kam es zur Katastrophe.

„Day!", rief jemand, als sie gemeinsam eintraten.

„Oh Gott", murmelte Dave, während er sich nach der Quelle umsah. Wenn die Jungs schon so betrunken waren, dass sie nicht einmal mehr ein *Dave* zusammenbrachten, dann hatten sie schon reichlich Vorsprung und standen zweifellos kurz vor dem Ziel. „Hey", grüßte er den kleinen Haufen besoffener Kerle rechts von der Bar. „Wie läuft's?"

„Day, Kumpellll!", war die Antwort, und „Taaay!" Jemand schaffte seinen vollen Namen: „Day Taaay …"

„So gut also?", fragte Dave und warf Nicholas einen entschuldigenden Blick zu, aber der sah unbeeindruckt und auch ein wenig müde aus, als hätte er das alles schon einmal gesehen. Und sicher waren Männer auf der ganzen Welt so, vor allem, wenn sie dumm, jung und betrunken waren. „Was geht denn so ab?", fragte Dave.

„Wir machen Paaarty, Daaay! Aaaba volle Kanne!"

„Wie schön." Er sah keinen Sinn darin, zu fragen, was, wenn überhaupt, den Vorwand für so ein Besäufnis geliefert hatte. Zweifellos würde er die ganze Geschichte später erfahren. „Gut, dann lasst euch nicht stören. Bis später dann."

Leider war aber einer von ihnen noch in der Lage, zwei und zwei zusammenzuzählen und etwas Zusammenhängendes zu sagen. „Day", sagte der Typ eindringlich. „Dave, Kumpel."

Dave drehte sich mit einem diskreten Seufzer um. „Ähm, ja?"

„Ist das …“, der Mann deutete mit einer wilden Geste auf Nicholas, der das Bier überall hinschüttete. „Ist das also die englische Schwuchtel?“

„Ähm, *Earl*“, antwortete Dave prompt. „Ich bin mir ziemlich sicher, dass ich englischer *Earl* gesagt habe.“

„Um Himmels willen“, murmelte Nicholas neben ihm.

Dave war innerlich ein wenig am Sterben.

„Semantik“, bemerkte der Betrunkene abschätzig.

„Meine Güte, was für komplizierte Worte du kennst“, gab Dave zurück und versuchte, das Ganze in ein harmloses Geplänkel zu verwandeln. Denn er wusste, dass diese Idioten so etwas nur bis zu einem gewissen Grad verfolgen würden. Sie mochten unausstehlich sein, aber gefährlich waren sie nicht.

Aber es war zu spät. Die Stimmung war gereizter geworden – und Nicholas war bereits gegangen.

„Danke, Jungs“, sagte Dave geradeheraus. „Vielen herzlichen Dank. Abgesehen von allem anderen, *er ist ein Kunde*.“

„Oh, der arme Day, der seine englische Schwuchtel betüddelt …“

„Ganz zu schweigen davon, dass er ein Mensch ist, ihr Neandertaler!“

Sie waren natürlich zu besoffen, als dass sie das interessiert hätte. Dave wandte sich ab und folgte Nicholas zur Theke. Er war erleichtert, dass Nicholas wenigstens noch bereit zu sein schien, dort etwas zu trinken.

Aber vielleicht würde er seine Meinung bald ändern, denn die Jungs riefen ihm hinterher: „Tut uns leid, wir servieren hier keinen eisgekühlten Chardonnay!“ Und: „Vielleicht haben wir ja einen Sherry für die Laaaadys.“

Nicholas war vor Wut angespannt, aber er hatte beide Hände auf die Kante der Theke gelegt, bereit, etwas zu bestellen, und als Dave an seiner Seite ankam, drehte sich Nicholas halb um, um Dave mit knapper Höflichkeit mitzuteilen: „Sie haben Cascade vom Fass.“

„Großartig. Das wäre großartig, danke, Kumpel.“ Dave räusperte sich, und bevor der Barmann näher kam, bot er an: „Hör zu, diese Idioten –“

„– sind Idioten. Ich weiß. Vergiss es.“

Und vielleicht wäre es das gewesen, wenn die betrunkene Meute nicht auf die Idee gekommen wäre, Dave und Nicholas mit einem mitreißenden Refrain von „Tiptoe Through the Mulga“ ein Ständchen zu bringen.

„Also“, sagte Nicholas. „Fünf Minuten kann ich davon ertragen, aber nicht einen ganzen Abend.“

„Die werden nicht lange durchhalten. Deren Aufmerksamkeitsspanne ist kurz.“

Doch Nicholas schüttelte den Kopf. „Dann sehen wir uns im Motel.“

„Nicholas –“

Aber der Mann war bereits auf dem Weg nach draußen und ignorierte geflissentlich die Idioten, die jetzt darüber lästerten, dass jemand wohl keinen Spaß vertrug. Und natürlich folgte Dave Nicholas nach draußen, was zu einem Krakeelen über einen Streit zwischen Liebenden führte.

Und dann war es vorbei, Gott sei Dank, und Dave war draußen in der kühlen Nachtluft, während Nicholas mit seinen langen Beinen, die offensichtlich viel mehr Kraft hatten, als Dave vermutet hatte, vorwärts schritt. Dave rief ihm nicht nach, sondern folgte dem Mann einfach und holte ihn schließlich ein, als Nicholas’ lange, blasse Finger an seiner Motelzimmertür Schwierigkeiten mit dem Schlüssel hatten.

Nicholas war wütend, und das zu Recht, aber Dave konnte sehen, dass sich unter der Wut ein Teil von ihm befand, der einfach nur verletzt war – und schlimmer noch, der sich ein wenig schämte. Der Mann blickte auf, erschrocken und für einen Moment sogar verängstigt, bis er sah, dass es nur Dave war. Nicholas blickte ihn herausfordernd an. Aber als Nicholas den Blick senkte, konnte Dave nur noch diese perfekten, vollen Lippen sehen und wie sie zitterten. Und er war sich ziemlich sicher, dass Nicholas, wenn er sich etwas selbstbewusster fühlte, wenn er zu Hause und nicht allein am anderen Ende der Welt wäre, jede Hänselei gelassen hingenommen und mit gleicher Münze heimgezahlt hätte, und dabei zweifellos den Sieg davongetragen hätte.

„Diese Idioten“, bot Dave leise an, „hätten das nicht sagen sollen. Aber sie reißen nur das Maul auf, das kann ich dir garantieren.“

„Also“, erwiderte Nicholas mit leiser Stimme, aber immer noch mit einem Zittern, „soll ich mich nicht gedemütigt fühlen?“

„Sie sind es nicht wert. Du weißt, dass du keinen Grund hast, dich schlecht zu fühlen.“

„David – ich werde vielleicht nie –“

Die Worte verstummten, und der Kopf des Mannes war immer noch gesenkt, aber Nicholas hatte sich ihm wieder zugewandt, als gäbe es etwas, das er dringend erklären müsste.

Und die Sache war die – selbst wenn diese Kerle größtenteils harmlos waren, war es für Nicholas eine schreckliche Erfahrung gewesen, und dazu völlig unverdient. Und die Sache war die – Dave wollte es so gerne wieder gutmachen, ihn wieder zum Lächeln bringen. Und der Gedanke, ihn zu überraschen, fühlte sich auch gut an.

Der Moment dehnte sich.

Dann beugte sich Dave vor und presste seinen Mund auf den von Nicholas. Nur für ein oder zwei Herzschläge. Der andere Mann war immer noch erschrocken. Aber dann drückte er für eine Sekunde dagegen, aber vertiefte den Kuss nicht wirklich. Er drängte nicht auf mehr. Er erwiderte die Geste einfach. Ein dankbares, wehmütiges Lächeln war Daves Belohnung, als er sich einen Moment später zurückzog.

„Jetzt", sagte Dave, ganz forsch und doch freundlich, „möchte ich, dass du da reingehst", er deutete auf das Motelzimmer, „und du musst dir keine Sorgen machen, aber ich möchte hören, wie du die Tür abschließt", er machte einen Schritt zurück, in Richtung seines eigenen Zimmers, „denn ich möchte wissen, dass du für die Nacht sicher bist und dass du dich auch sicher *fühlst* – und dann sehe ich dich morgen früh zum Frühstück."

Nicholas sah zu, wie er sich zurückzog, und ein Hauch von Belustigung umspielte sein schönes Lächeln. Er stieß sogar einen Atemzug aus, der fast ein Lachen hätte sein können. „Danke, David", sagte er. „Gute Nacht."

Und damit schlüpfte Nicholas hinein, und Dave wartete, bis sich das Schloss drehte und die Kette einrastete, dann wandte er sich um und ging in sein eigenes Zimmer. Eigentlich hatte er das ganz gut hinbekommen. Er war recht zufrieden mit sich selbst. Extrapunkte für Kreativität, definitiv. Nicholas war glücklicher, und er würde hoffentlich gut schlafen. Alles war in Ordnung.

Nur, dass Daves Herz ein wenig zu schnell schlug und er fast Angst hatte einzuschlafen, aus Angst vor den Träumen, die ihn erwarten könnten.

Kapitel 6

Auf der Fahrt zurück in ihr Suchgebiet redeten sie nicht viel. Dave war sich bewusst, dass Nicholas friedlich neben ihm saß, hochgewachsen und doch bequem auf dem Beifahrersitz, immer noch um sich blickend, fröhlich beschäftigt mit allem, was es hier draußen zu erleben gab.

Dave konnte sich kaum nicht Nicholas' bewusst sein, aber der größte Teil seiner Aufmerksamkeit galt dem Cruiser. Sie hatten den größten Teil der vergangenen Woche auf befestigten Straßen verbracht, aber jetzt wollten sie beginnen, die unbefestigten Wege zu erkunden. Bislang gab es noch keine Anzeichen für blaue Wolken oder unbekannte Wasserlöcher, aber es war noch früh – und Dave dachte auch, dass es eine ziemliche Enttäuschung wäre, wenn sie Nicholas' Bläulinge zu schnell fänden. Manchmal kam es nicht nur auf das Ziel an. Selbst Dave wusste das.

Der Cruiser ließ sich natürlich wunderbar fahren. Über die nächsten Jahre würde er daran noch so viel Freude haben …

„Ja, ich bin mir sicher, dass ihr sehr glücklich miteinander sein werdet", murmelte Nicholas mit einem Lächeln auf den Lippen.

„Was?" Er hatte das doch nicht laut gesagt, oder?

„Du bist nicht der erste Mann, den ich kenne, der in sein Auto verliebt ist."

Dave warf ihm einen Seitenblick zu. „Nicht dein Chauffeur …"

„Genau der. Unsere Familie hat einen Rolls-Royce Silver Cloud, für den er eine tiefe Zuneigung empfand, aber seine wahre Leidenschaft galt –"

„Dir."

Nicholas bekam rosa Wangen, ignorierte die Bemerkung aber ansonsten. „– einem MGB V8 Roadster in British Racing Green." Ein pfeifender Laut ertönte. „Ich war total eifersüchtig, aber ich konnte sehen, was er daran liebte."

Dave lachte. „Wie ausgesprochen vernünftig von dir."

„Wenn ich ein guter Junge gewesen bin, hat er mich einen Nachmittag lang auf eine Spritztour mitgenommen."

„Gut in was?"

„Ach, halt die Klappe!", rief Nicholas lachend. „Du solltest aufpassen, bevor du mich so neckst. Sonst erzähle ich dir alle Details, wenn du nicht aufpasst."

„Da schlottern mir die Knie.“

„Das sollten sie auch“, riet Nicholas düster.

Dave grinste ihn nur ohne Reue an. Es schien, dass zwischen ihnen absolut alles in Ordnung war.

„Ich habe heute Nachmittag ein paar sehr verschämte Anrufe bekommen“, sagte Denise, als Dave sie am Abend anrief.

„Ach ja?“

„Von deinen Kumpels aus Woop Woop.“

„Gut. Ich bin allerdings erstaunt, dass sie sich überhaupt an irgendetwas erinnern, um ehrlich zu sein.“

„Sie haben anscheinend doch noch ein paar intakte Gehirnzellen.“ Denise wirkte verblüfft. „Was in aller Welt haben sie gesagt? Ich glaube, ich habe noch nie einen Kerl gehört, der sich so entschuldigt hat.“

„Oh, nicht Besonderes. Aber sie wollten es nicht auf sich beruhen lassen. Es war nicht toll, aber Nicholas ist darüber hinweg.“

„Wenn du ihn wieder dahin zurückbringst, werden sie sicher so peinlich berührt sein, dass selbst er es nicht aushalten wird. Und zweifellos werden sie dir die ganze Nacht einen ausgeben, wenn du willst.“

Dave lachte. „Das Letzte, was wir brauchen, ist eine weitere betrunkene Begegnung mit diesem Haufen. Aber ich werde die Entschuldigung weitergeben.“

„Überleg es dir. Es wird ihnen guttun, das wiedergutzumachen.“

„Nun, vielleicht irgendwann. Ich glaube, Nicholas war eher … wütend auf sich selbst, weil es ihm nicht gleichgültig war.“

„Das verstehe ich“, sagte Denise. „Also gut, wenn es keine weiteren Neuigkeiten gibt, lege ich mal auf, in Ordnung?“

„Wir sprechen uns morgen, Denny.“

„Bis morgen, Kumpel. Pass auf dich auf.“

Und sie passten tatsächlich auf sich auf. Der Cruiser schlug sich wacker – obwohl es für ihn ja nicht gerade ein anspruchsvolles Terrain war. Der Pfad führte gelegentlich durch den feinen Sand, in dem weniger geeignete Fahrzeuge versanken, und manche Pfade standen kurz davor, den Kampf gegen das nachwachsende Gestrüpp zu verlieren, aber Dave fand seinen Weg ohne Probleme. Seine einzige Sorge galt dem eingebauten Satellitennavigationsgerät, das gelegentlich flackerte, die Orientierung verlor und sich dann wieder beruhigte, aber Dave nahm an, dass dies wahrscheinlich nur mit der lückenhaften Satellitenabdeckung hier draußen zusammenhing. Und es beruhigte sich auch immer wieder. Und für den Fall der Fälle hatte er eine gute, altmodische Papierkarte und einen echten Kompass sicher im Kofferraum verstaut.

Nicholas fuhr fröhlich damit fort, alles zu notieren, was mit Schmetterlingen zu tun hatte. An diesem Nachmittag entdeckten sie eine Gruppe von Schmetterlingen mit goldenen Flügeln, die umherflatterten, und Nicholas machte rasch Notizen und Fotos, wobei sein konzentriertes Stirnrunzeln bei gleichzeitigem erfreuten Grinsen seltsam aussah.

Dave beobachtete ihn und half ihm, wenn nötig.

„Hier“, sagte Nicholas da und reichte Dave seine Sachen. „Beweg dich einfach ein paar Minuten lang nicht.“ Und Nicholas stand mit leicht angehobenen Armen neben den Schmetterlingen und wartete.

„Was machst …?“

„Pscht …“ Nicholas grinste ihn an, dann wurde er wieder still. Und schon bald kamen die Schmetterlinge näher und begannen, sich auf seiner Haut niederzulassen, auf seinen Unterarmen, und ein paar mutigere auf seinem Hals und dem bisschen Brust, die seine offenen Hemdknöpfe offenbarten. Nicholas sah so selig aus wie der heilige Franziskus an einem besonders schönen Tag.

Nun, da gab es nur eines zu tun – zumindest sobald Dave aufgehört hatte, den Mann anzugrinsen, verstand sich. Langsam und leise legte er alles außer Nicholas’ Kamera ab, und begann dann zu fotografieren. Ein paar Ganzkörperaufnahmen, dann Nahaufnahmen der Schmetterlinge und von diesem selig strahlenden Lächeln.

„Hier“, sagte Nicholas nach einer Weile. „Ich möchte auch welche von dir.“

Dave schnaubte zwar, aber natürlich würde er tun, was Nicholas wollte. Der Mann näherte sich vorsichtig und ermutigte einen der Schmetterlinge auf seinem Arm, stattdessen auf Daves zu wandern. Das Ding kitzelte ihn dort, so schön und so zart. Dave betrachtete es fasziniert, bis das Klicken und Surren des Kameraverschlusses seine Aufmerksamkeit erregte und er

Nicholas ein aufrichtiges Lächeln schenkte, um es in Pixeln zu verewigen.

Jetzt, wo Nicholas sich bewegte, hatten sich die Schmetterlinge größtenteils in die Luft erhoben und umschwebten ihn jetzt, aber ein paar waren stattdessen zu Dave gekommen. Sie schienen … Er hob vorsichtig einen Arm, um einen näher zu betrachten. Er schien an ihm zu riechen oder so etwas, und ein langes, tastendes Ding wickelte sich direkt unter seinem Kopf aus, um damit gegen seine Haut zu stupsen und zu tupfen. „Was macht er da?"

„Deinen Schweiß trinken", sagte Nicholas in einem Tonfall, der amüsiert und – definitiv – ein wenig neidisch war.

„Ihr seid doch alle alte Perverse", erwiderte Dave, allerdings liebevoller, als er es beabsichtigt hatte.

Nicholas lachte und setzte sich auf einen der Stühle, die Dave neben den Cruiser aufgestellt hatte. „Oh, alt ist er nicht. Er ist frisch geschlüpft. Und die längste bekannte Lebenszeit eines Schmetterlings beträgt elf Monate. Die wissen, wie man die Stunde nutzt. Das müssen sie auch!"

„Sie sind wunderschön, nicht wahr?", fragte Dave.

„Ja." Da war Nicholas' Lächeln wieder. Er nahm sein Handbuch und blätterte schnell zu einem bestimmten Kapitel. „Also lass uns herausfinden, um was es sich bei ihm genau handelt …"

„Ich hatte heute schon wieder einen Anruf für dich", sagte Denise am Abend.

„Was, noch mehr Entschuldigungen? Jetzt fällt ihnen langsam wieder alles ein, was?"

„Nein, nicht die Truppe. Ein Kunde. Ein potenzieller Kunde. Glaubst du, du bleibst die vollen drei Monate bei deinem Earling?"

„Das will ich doch hoffen."

Eine Sekunde Stille.

Dave fragte sich, was zum Himmel er da gerade gesagt hatte.

„Wirklich?", fragte Denise verspätet. „Ich dachte, du hättest das eher stark befürchtet."

„Nein, es ist in Ordnung, er ist – toll. Wie auch immer, hoffentlich findet er, was er sucht, und bekommt die Chance, es richtig zu studieren, und –"

„Und du magst ihn, nicht wahr?"

„Nicht so."

Denise lachte nur. „Davey, darauf wollte ich gar nicht hinaus, aber da du das Thema angesprochen hast …"

„Ach, halt die Klappe", brummte er ohne viel Nachdruck.

„Also gut, ich sage diesem Typen, dass du für die nächsten drei Monate ausgebucht bist, aber dass du danach wieder verfügbar bist. Er hat viel Gutes über dich gehört, Davey. Ich nehme an, er wird versuchen, den Termin auf später im Jahr zu verschieben."

„Okay, danke, Denny, das ist toll." Aber er sah Nicholas dabei zu, wie er das Lagerfeuer anzündete, und als er, nachdem er das Telefon weggelegt hatte, zu ihm hinüberging, begegnete Dave Nicholas' liebevollem Lächeln mit einem seiner eigenen.

An diesem Abend saßen sie weniger um das Lagerfeuer herum, als gemeinsam in seiner Nähe. Denn Nicholas hatte seinen Stuhl dicht neben den von Dave gestellt. Na ja, nicht ganz dicht dran, aber auch nicht weit weg. Und so saß Nicholas da – mit dem Unterarm auf der Stuhllehne, und seine lange Hand mit den blassen Fingern baumelte von dem schmalen Handgelenk. Und er griff ganz bewusst *nicht* nach Daves Hand, um sie zu halten. Dave beobachtete ihn misstrauisch aus dem Augenwinkel, und er konnte sehen, dass Nicholas sich zurückhielt, fast so, als wäre die bloße Vorfreude darauf, dass er diese Grenze überschreiten *könnte,* das Köstlichste überhaupt.

Ausnahmsweise sprachen sie nicht viel. Bis Dave schließlich meinte, es sei besser, die Dinge jetzt zu klären, als Missverständnisse zu riskieren. Denn es schien, dass die Dinge unbeabsichtigt – und um ehrlich zu sein, war er sich nicht sicher wie – eine gewisse Wendung genommen hatten.

„Also", sagte Dave in die Stille hinein. „Nicholas." Er starrte angestrengt auf die Flammen, die auf dem Holz tanzten.

„Mmm … ?", war Nicholas' Antwort.

„Ich bin *nicht* homophob. Das ist nicht der Grund, warum ich das sage. Aber ich bin *nicht* schwul."

„Ich glaube, dass –"

Dave redete einfach weiter. „Es macht mir nichts aus, dass du Männer magst. Ganz ehrlich. Ich dachte immer, dass es egal ist, ob man einen Mann oder eine Frau liebt. Was zählt, ist, dass man die *Person* liebt. Man verliebt sich in eine Person.“

Nicholas beobachtete ihn mit einer Art vorsichtigem Interesse. „Warum kann deine Person also nicht ein Mann sein?“

Das verblüffte ihn. Dave dachte darüber nach. „Denny“, sagte er nach einer Weile. „Da ist Denise.“

„Ich weiß, dass du sie geliebt hast“, sagte Nicholas. Vernünftig. „Du bist loyal genug, um sie immer noch zu lieben, was kein so großes Hindernis ist, wie dein Freund in Toowoomba zu glauben scheint. Aber ich denke, du könntest auch für einen Mann so empfinden. Ich denke, wenn du die richtige Person triffst, wäre es egal, ob es ein Mann oder eine Frau ist.“

„Nun, ich denke, im Großen und Ganzen stimmt das –“

„Ach, komm schon!“, rief Nicholas. „Es geht nicht um die Theorie, es geht um die Praxis.“

„Aber ich will nicht ...“

„Du hast mich *geküsst*.“

Dave runzelte die Stirn und fragte sich, ob die Dunkelheit der Nacht die Tatsache verbergen würde, dass er gerade blass geworden war. „Das habe ich“, gab er zu. „Aber nur, um ... dich aufzumuntern.“

„Natürlich ...“

„Es ist ja nicht so, dass es ein echter Kuss gewesen wäre.“

Nicholas’ leichte Skepsis war erbarmungslos. „Das kannst du dir selbst einreden, David, wenn es dir dabei hilft, nachts ruhig zu schlafen.“

„Eigentlich macht es doch keinen Unterschied, oder? Ob Mann oder Frau. Es war immer noch ein Kuss. Es ist ja nicht so, als ob – ihre diversen Körperteile daran beteiligt gewesen wären.“

Nicholas lachte hohl. „Oh, meine männlichen Körperteile haben sich beteiligt, das kannst du mir glauben.“

Dave warf ihm einen finsteren Blick zu, runzelte dann aber die Stirn, als er versuchte, die Sache zu durchdenken. „So etwas habe ich noch nie gemacht“, fuhr er schließlich fort. „Bisher war ich nur mit Denise zusammen. Das wird sich für dich sicher erbärmlich anhören, aber ich habe noch nie jemand anderen geküsst.“

Auf dieses Geständnis hin schlug Nicholas einen sanfteren Ton an. „Dann fühle ich mich geehrt, und ich bin froh. Ich danke dir, David.“ Nach einem Moment setzte Nicholas so stark wie immer an: „Aber damit gehöre ich zu einer Kategorie, die nur aus zwei Menschen auf der ganzen Welt besteht. Und ich sage, dass ein Kuss nicht nur ein Kuss ist. Abgesehen davon hast du mich schön genannt."

Dave wechselte innerhalb einer Millisekunde von blass auf knallrot. „Das habe ich nicht!"

„Doch, hast du. Während du gefahren bist. Zuerst dachte ich, du würdest dem Cruiser süße Nichtigkeiten zuflüstern. Aber das hast du nicht." Nicholas zog eine kleine Grimasse. „Vermutlich sollte ich das nicht hören. Du schienst laut zu denken."

„Oh."

„Ha! Du leugnest also nicht, dass du es gedacht hast."

„Nun –"

„Offensichtlich hast du einen furchtbaren Geschmack, aber in diesem speziellen Fall werde ich dir den nicht ausreden."

„Also", erwiderte Dave schließlich. „Nur weil ich gesagt habe – ich meine, du bist es, Punkt, und ich kann eine rein objektive Meinung haben, oder? Ich kann denken, dass Männer schön sind, auf eine rein äs … äst …"

„Ästhetisch."

„Danke. Art. Ich kann mich an einem Mann genauso erfreuen wie an einem Sonnenaufgang."

„Genau. Besonders an einem, den du geküsst hast."

„Oh Gott, halt einfach die Klappe, ja?"

„Ich glaube einfach nicht, dass Heteros so *denken*."

„Nun, natürlich tun sie das. Das ist doch selbstverständlich! Denn hier stehe ich und denke so."

Nicholas setzte gerade an, um etwas zu erwidern, doch dann schien er es sich anders zu überlegen und schloss wieder den Mund. Es dauerte einen Moment, bis Nicholas seufzte und fragte: „Warum kämpfst du dagegen an?"

„Was? Warum lässt du nicht locker?"

„Weil ich auf dich stehe, natürlich! Ich schwärme für dich, seit ich dich am Flughafen gesehen habe. Ich bin dir zu Füßen gefallen, weißt du noch?"

„Du bist über den Wagen gestolpert."

„Du hast mich abgelenkt, so fit und goldhaarig und *mehr* als gut aussehend, wie ein australischer Gott …"

Auf all das hatte Dave keine Antwort.

„Seitdem habe ich dich ein bisschen kennengelernt. Und ich mag dich,

David. Sehr gern. Ich mag dich sehr.“

„Na ja, und ich mag dich auch“, brachte Dave hervor, „aber das heißt nicht, dass –“

„Schon gut, schon gut!“ Nicholas hob die Hände, die Handflächen nach außen, als würde er endlich aufgeben. Oder er ertrug es einfach nicht, noch mehr davon zu hören. „Es tut mir leid. Ich werde dich in Ruhe lassen. Natürlich will ich nicht, dass du dich belästigt fühlst. Ich dachte nur –“

„Was? Was hast du gedacht?“

„Dass wir vielleicht eine Chance haben.“

Dave blickte ihn an und sah die sehr echten Gefühle, denen es kaum gelang, sich hinter einer kühlen Fassade zu verbergen. Und zum ersten Mal seit einer sehr, sehr langen Zeit benutzte er das L-Wort. „Es tut mir leid, Kumpel“, murmelte er.

Und Nicholas antwortete leise: „Mir auch.“

Nicholas schien diese endgültige Ablehnung gelassen hinzunehmen. Er wurde nicht wütend, er schmollte nicht. Er wurde nicht einmal traurig, obwohl seine Frohnatur eine Nuance weniger strahlend war. Dave vermisste dieses Hundert-Watt-Grinsen, obwohl er die Dinge kaum wieder ändern konnte, da sie auf einem Missverständnis beruht hatten. Er bemühte sich jedoch, weiterhin ein so professioneller Fremdenführer und freundlicher Gastgeber zu sein, wie er es immer gewesen war, und Nicholas war ebenfalls weiterhin der vollkommen ausgeglichene und hilfsbereite Kunde. Vielleicht redeten sie nicht mehr ganz so viel, aber das war auch schon alles.

Und eine Sache, über die sie definitiv nicht redeten, war der nächste Abstecher in eine Stadt.

Dave stand an diesem Tag früh auf und musste feststellen, dass Nicholas schon früher aufgestanden war und sich bereits eine Kanne Tee zubereitete. Nicholas saß auf einem der Stühle und hatte sich eine Decke um die Schultern gewickelt. Und er hatte sein störrisches Gesicht aufgesetzt.

„Morgen“, sagte Dave.

„Guten Morgen, David“, lautete die Antwort, die förmlicher als je zuvor war.

Nachdem er sich um das Nötigste gekümmert hatte, kam Dave zurück und setzte sich auf den Stuhl neben dem von Nicholas. Er nahm eine Tasse

Tee an. „Und?", fragte er, sobald der Tee kühl genug war, um ein oder zwei belebende Schlucke zu nehmen.

„Ich werde nicht mit dir in die Stadt kommen, David. Nicht dieses Mal."

„Meine Regel gilt immer noch."

„Ich denke, du kannst eine Ausnahme machen."

„Ich mache mir Sorgen um deine Sicherheit. Es könnte alles Mögliche passieren. Und du hast in zwei Wochen nicht genug gelernt, um zu wissen, wie du hier draußen überleben kannst."

Nicholas sah zu ihm hinüber und sagte sehr vernünftig: „Ich gehe nicht. Es tut mir leid, aber ich gehe nicht mit."

Dave ließ einen oder zwei Augenblicke verstreichen. Er trank noch etwas Tee. Er seufzte. „Wir werden die Dramen der letzten Woche nicht wiederholen. Wie du vielleicht bemerkt hast, habe ich uns generell nach Nordosten geführt. Ich dachte mir, wir fahren nach Charleville. Da ist doch nichts Schlimmes passiert, oder? Und wenn Charlie dort ist … Nun, er weiß, wer du bist, und er hat dich willkommen geheißen."

Nicholas nickte nüchtern. „Ich werde es vermissen, Charles wiederzusehen. Aber ich bleibe hier. Es tut mir leid, David", sagte er erneut.

Eine ganze Weile – solange diese Tasse Tee andauerte und dann noch die zweite – herrschte Schweigen, und Dave dachte über die Situation nach. Nun, er dachte nicht wirklich darüber nach, sondern dachte über eine Unausweichlichkeit nach, die ihn überhaupt nicht glücklich machte. Es schien, dass Nicholas fest entschlossen war, seinen Willen durchzusetzen. Und während der Profi David Taylor sich über seinen Willen hinwegsetzen und ihn zwingen konnte, wusste der weichherzige Davey, dass er bereits zu sehr mit diesem Mann verstrickt war, um das zu tun. Doch damit musste Dave eine Entscheidung treffen, von der er wusste, dass sie falsch war, und die ihm jetzt schon Magenschmerzen bereitete.

Er dachte noch etwas länger nach.

„In Ordnung", stimmte David schließlich zu, nachdem Nicholas in aller Ruhe das Frühstück für sie beide vorbereitet hatte. „Also gut, du kannst bleiben. Aber ich werde nur für den Tag gehen. Zum Abendessen bin ich wieder da."

„Du musst mir zuliebe nicht auf deine Nacht in der Stadt verzichten."

„Ich habe keine andere Wahl", erklärte Dave einfach. „Ich werde dich auf keinen Fall über Nacht allein hier draußen lassen. Auf *keinen* Fall."

„Aber –“

„Nein, Nicholas. Ich bin ohnehin nicht glücklich darüber. Du hast deine Grenze gezogen, und du musst mich einfach meine ziehen lassen.“

Nicholas starrte ihn mit diesen tiefen, dunklen Augen an, und in ihnen tobte ein Sturm, auch wenn die Oberfläche ruhig war. Sie saßen an dem ausklappbaren Tisch, und keiner von ihnen aß etwas. „David, ich wollte nicht, dass du –“

„Wenn ich mein Leben ohne Regeln leben könnte“, platzte Dave heraus, „wäre das großartig. Na ja, du weißt schon, nicht ohne anständig zu sein und die goldene Regel zu befolgen, und so. Aber hier draußen – wenn du nicht aufpasst, wirst du nicht lange überleben. Für jede einzelne meiner Regeln gibt es einen Grund. Wirklich.“

„Ich weiß, David. Ich verstehe, dass sie nicht willkürlich sind.“

„Denk also nicht, dass ich auch in anderen Fällen nachgeben werde, nur weil ich in diesem Fall nachgegeben habe. So funktioniert das nicht.“

„Ich werde um nichts anderes bitten“, versprach Nicholas. Er klang fast so, als ob er sich wünschte, er hätte gar nicht darum gebeten. „Ich komme mit dir mit, wenn du darauf bestehst. Wenn wir beide für einen Tag gehen –“

„Nein“, sagte Dave bitter. Dummerweise. „Nein, du bleibst hier, wenn du das wirklich willst.“

Jetzt war der Aufruhr auf Nicholas’ Gesicht zu sehen. „David –“ Er legte eine kühle Handfläche und lange Finger auf Daves Hand, die auf dem Tisch lag.

Dave zog seine Hand zurück und ging, um das Satellitentelefon zu holen. „Ich habe dir gezeigt, wie man das benutzt. Erinnerst du dich daran?“

„Ja, David.“

„Die erste einprogrammierte Nummer ist die von Denise, die zweite ist Charlies. Ich habe jetzt auch meine Handynummer eingegeben, das ist die siebte. Aber wenn du mich brauchst, egal wofür, und du mich nicht erreichen kannst, dann ruf Charlie an. Wenn du ihn nicht erreichen kannst, dann ruf Denise an. Sie wird wissen, was zu tun ist. In Ordnung?“

„Ja, David“, stimmte Nicholas demütig zu.

„Und du tust, was sie dir sagen, auch wenn es für dich keinen Sinn ergibt. Selbst wenn du es nicht willst.“

„Ja, David.“

„Versprichst du mir das? Und ich meine das ernst. Ruf mich an, egal, um was es geht. Selbst wenn du dich nur nicht entscheiden kannst, ob du gebackene Bohnen oder Spaghetti mit Fleischbällchen zu Mittag essen willst."

Das entlockte dem Mann ein Lächeln. „Ich verspreche es. Und ich weiß es zu schätzen, was du tust. Sehr sogar."

„Ich bin ein Idiot", sagte Dave, wütend auf sich selbst, aber unerklärlich angetan von dem Mann, wegen dem er sich wie ein Idiot aufführte.

„Du bist der erstaunlichste Mann auf der ganzen Welt."

„Hm", machte Dave. Und er ging, um seine Einkaufsliste zu holen. Als er aus seinem Zelt kam, wartete Nicholas bereits mit einer Thermoskanne voll Kaffee auf ihn. „Na ja", musste er murmelnd zugeben, „du bist auch nicht übel."

Dave war den ganzen Tag über nicht gut drauf, und er wusste auch genau, warum. Er hatte nicht nur das Falsche getan, sondern auch aus dem falschen Grund. Dahinter verbarg sich ein leises, ziemlich realistisches Gefühl der Angst, von dem er wusste, dass es sich erst legen würde, wenn er Nicholas gesund und unversehrt wiedersehen würde.

Seine Gedanken kamen nicht zur Ruhe und gingen alle Ratschläge, die er erteilt hatte, immer wieder durch. *Wandere nicht so weit, dass das Lager außer Sichtweite ist. Du könntest dich verirren und in die falsche Richtung gehen, und du wärst verloren. Lass kein Essen oder Wasser draußen stehen, ohne es abzudecken. Damit würdest du die falsche Art von Aufmerksamkeit auf dich lenken.* Und so weiter und so fort. Wie viel davon Nicholas tatsächlich aufgenommen hatte, war eine ganz andere Frage. Dave hoffte, dass er das nicht auf die harte Tour herausfinden würde.

Charlie suchte ihn im Supermarkt auf. „Ich habe gehört, dass du wieder in der Stadt bist."

„Nur für heute, Kumpel."

Nachdem er sich kurz umgesehen hatte, fragte Charlie: „Wo ist dein Mann, Davey?"

„Nicholas ist wohl *kaum* mein Mann."

„Bring ihn zum Mittagessen in den Pub. Es wird gut sein, ihn wieder zu sehen.“

„Ich kann nicht“, sagte Dave. Und dann erklärte er, warum.

„Komm trotzdem, Kumpel. Du musst reden.“

„Ich habe noch nie etwas Dümmeres gemacht“, verkündete Dave, als das Essen serviert wurde. Ihm war nicht wirklich nach Essen zumute, obwohl er sich immer darauf freute, in der Stadt eine richtige Mahlzeit einzunehmen.

„Dem passiert schon nichts“, sagte Charlie.

„Woher weißt du das?“, fragte Dave und forschte in Charlies fröhlichem Gesicht hoffnungsvoll nach einer Art mystischen Traumzeit-Bestätigung – zwar würde er nicht wirklich daran glauben, aber tröstlich anfühlen würde es sich schon.

„Ich glaube nicht, dass das Nicholas’ Schicksal ist.“

„Du glaubst?“ Dave seufzte. Glaube war für ihn wenig mehr als blinde Hoffnung. „Weißt du, was wie tollpatschig er ist? Wenn sich jemand –“ Er zwang sich, sich keine weiteren katastrophalen Szenarien auszumalen. „Ich hätte mich auf keinen Fall von ihm überreden lassen sollen.“

„Sei nicht so streng mit dir.“

„Irgendjemand muss es ja sein“, sagte Dave düster.

Charlie betrachtete ihn eine Zeit lang schweigend, zwischen zwei Bissen Steak, Kartoffeln und Gemüse. Schließlich bemerkte der Mann: „Du sorgst dich um ihn, Davey.“

„Natürlich“, antwortete er etwas verächtlich. „Ich weiß, er ist ein bisschen – seltsam. Nicht das, was ich erwartet habe. Aber er ist ein Kumpel geworden.“

„Natürlich“, stimmte Charlie leise zu. „Heute wird ihm nicht zustoßen. Und ich weiß, dass du dich gut um ihn kümmern wirst. Aber du musst auch besser auf dich aufpassen, Davey.“

„Mmm“, stimmte Dave neutral zu, während er einen Bissen Steak aß.

„Wie läuft die Suche nach Nicholas’ Schmetterlingen?“

Dave verdrehte die Augen. „Bisher null. Nun, nur die Art von Larven und Schmetterlingen, die man anscheinend hier erwarten kann. Er freut sich darüber und sammelt alle Daten, die er bekommen kann. Aber keine blauen Wolken, keine geheimnisvollen Wasserlöcher – nichts, was man noch nie gesehen hat.“

Charlie nickte einen Moment lang weise. „Die Zeit muss reif sein.“

„Zur richtigen Zeit am richtigen Ort. Das ist mir klar. Bei den Entfernungen, die wir jeden Tag zurücklegen, haben wir jede Chance, darüber zu stolpern.“

„Mmm.“ Charlie lehnte sich zurück und grübelte über seinem Bier nach. „Es gibt … etwas Seltsames da unten. Dort gibt es ein Geheimnis.“

„Okay“, stimmte Dave zögernd zu und fragte sich, ob er es wagen sollte, Charlie um weitere Informationen zu bitten – oder ob es vielleicht doch besser wäre, wenn Dave sich nicht mit halben Andeutungen von Traumzeitgeheimnissen selbst den Kopf verwirrte.

„Du kannst davon ausgehen, dass ihr es nicht auf normalem Weg finden werdet.“

„Mmm …“

„Vielleicht – darf man sie nicht finden *wollen*.“

„Was?“

Charlie zuckte mit den Schultern. „Vielleicht muss man einfach *nicht* danach suchen.“

„Und wie soll das funktionieren?“

Ein weiteres Achselzucken, und Charlies Blick glitt davon.

Dave seufzte. Manchmal hatte er das Gefühl, dass er für das Outback ein bisschen zu weiß und zu gewöhnlich war.

Als Dave zum Lager zurückfuhr, fing das Navigationsgerät des Cruisers wieder an, seltsam zu flackern und sich zurückzusetzen. Das trug nicht gerade zu seinem Seelenfrieden bei, obwohl er einen guten Orientierungssinn hatte und davon ausging, dass er das Lager mit ziemlicher Sicherheit allein mithilfe seines Instinkts wiederfinden würde. Trotzdem beunruhigte ihn das ein wenig, und zweifellos sollte er versuchen, jemanden sich das Gerät mal ansehen zu lassen, bevor er und Nicholas sich wirklich in die Wildnis begaben.

Seine Gedanken kamen nicht zur Ruhe, als die Sonne anfing, sich nach Westen zu neigen. Doch schon bald erblickte über die flache Landschaft hinweg das Lager in der Ferne, und endlich konnte er Nicholas ausmachen, der dort stand und auf ihn wartete, und Nicholas schien aufrecht und unversehrt zu sein, also war vielleicht alles ganz unerwartet gut ausgegangen.

Nach langen Momenten riss Dave seinen Blick von dieser langen, hochgewachsenen Gestalt in ihrem Akubra, dem salbeigrünen Hemd und den blauen Jeans los, um das Lager zu überblicken, das sich in demselben Zustand zu befinden schien, in dem er es am Morgen verlassen hatte. Vielleicht war also wirklich alles in Ordnung.

In diesen letzten Momenten, bevor er den Cruiser abstellte, übermannte Dave plötzlich die Wut – die Art Wut, die in Eltern in dem Moment aufflackerte, wenn ihr Kind in Sicherheit und die Gefahr vorüber war. *Was hast du dir dabei gedacht?! Wie konntest du nur so dumm sein?!* Aber dann verflog auch das, und ließ ein Gefühl der Erleichterung zurück, und Dave wusste, dass er wie ein Verrückter grinste, als er schließlich die Zündung ausschaltete und aus dem Cruiser kletterte. Er ging auf Nicholas zu, sein Grinsen wurde noch breiter, während er sich immer idiotischer fühlte – und Nicholas stand da, die Hände in den Jeans vergraben, sein Grinsen war genauso breit wie das von Dave, und er schwankte irgendwie auf den Beinen, als ob er nicht ganz stillhalten könnte, aber sich dazu zwang – und dazu, Dave nicht einfach zu packen und zu umarmen, dachte Dave.

„Also", sagte Dave. „Du hast es geschafft, keine Gliedmaßen zu verlieren oder dein Zelt in Brand zu setzen oder so?"

„Sieht so aus", stimmte Nicholas zu. „Aber ich –"

„Aber was?", fragte Dave nach einer Pause, obwohl er irgendwie wusste, dass es nichts Ernstes war.

Nicholas hatte den Mund fest verschlossen und schüttelte nur den Kopf, um anzuzeigen, dass er nichts weiter sagen würde, wohl aus Angst, sich selbst zu belasten.

Dave musste es versuchen. „Aber du hast mich vermisst."

Die Lippen blieben zusammengepresst, wurden aber breiter und verzogen sich zu einer flachen Version des verruchten Grinsens, das Dave gut kannte, während seine tiefblauen Augen funkelten und seine Schultern vor Lachen bebten.

„Du wirst nie wieder zurückbleiben."

Nicholas schüttelte energisch den Kopf. *Niemals.*

„Gut", sagte Dave. Er ließ sein Lächeln für einen Moment liebevoll werden und riskierte, dass der Mann das als ein ‚*Ich habe dich auch vermisst*‘ interpretierte.

Und in der Tat öffneten sich Nicholas' Lippen mit einem leisen

Ausatmen und wurden dann wieder ganz lieblich …

Oh Gott, dachte Dave, *und da ist noch eines der tausend Lächeln des Nicholas Goring. Warum um alles in der Welt hat er noch keinen Mann gefunden, der begreift, wie weise es ist, sein Leben der Katalogisierung all dieser Lächeln zu widmen?*

Jetzt stand Nicholas ganz still mit frei baumelnden Händen da und beobachtete Dave. Anscheinend atmete er nicht einmal.

Es war das erste Mal, dass Dave sich bewusst war, dass er hier tatsächlich in Gefahr schweben könnte. *Wann ist das passiert?*, fragte er sich. *Und wie?*

Natürlich gab es keine Antwort darauf. Der Moment dehnte sich, während sie sich gegenseitig musterten; Nicholas wartete ab, und Daves Stirn begann sich vor Verwunderung zu runzeln.

Doch dann räusperte sich Dave und wandte sich ab. „Also. Einkäufe. Packen wir die Sachen aus und verstauen alles", sagte er und ging zum hinteren Teil des Cruisers. „Und dann habe ich eine von Billys selbst gemachten Fleischpasteten fürs Abendessen besorgt. Zur Feier des Tages, verstehst du?"

„Was für eine Feier?", fragte Nicholas in einem neutralen Ton. Er stand jetzt neben ihm und ließ sich von Dave klaglos mit Einkaufstüten beladen.

„Meine sichere Rückkehr. Dass du gesund und munter bist. Dass das Lager nicht in Trümmern liegt."

Nicholas nickte, als ob er sich immer noch nicht ganz traute zu sprechen.

Dave ging es ganz anders; er plapperte weiter und konnte nicht aufhören, obwohl er wusste, dass das nur eine Vermeidungstaktik war. „Damit wir weiterhin unsere unveräußerlichen Rechte genießen können", sagte er.

Vorsichtig fragte Nicholas: „Und die wären …?"

„Leben, Freiheit und die Jagd nach Schmetterlingen, natürlich. Was denn sonst?"

Nicholas lachte vergnügt, und alles war wieder gut. Zwischen ihnen war alles wieder in Ordnung. Alles zwischen ihnen fühlte sich leicht und ungezwungen an. Nichts musste sich ändern.

Obwohl Dave Nicholas' wohlige Zufriedenheit nach seinem vergnügten Lachen geistig aufzeichnete, und dachte: *Tausend und eins.*

Kapitel 7

In der dritten Woche beschlossen sie, sich darauf zu konzentrieren, das Wasserloch zu finden, in dem der Vorfahre des Grunzbarsches während seines langen Schlafes träumte. Sie hatten sowohl historische als auch aktuelle Karten dabei, und Dave hatte eine Route ausgearbeitet, die alle Wasserstellen umfasste, egal ob sie noch existierten oder nicht. Sollte das nicht zu Ergebnissen führen, würden sie mit der Erkundung von tiefer gelegenem Gelände beginnen. Die Landschaft schien ziemlich flach zu sein, aber der Schein trog; es gab leichte Erhebungen und Senken, dazwischen Falten und Knicke, in denen sich jedes bisschen des seltenen Regens sammelte und dann ablief. Das Wasserloch war vielleicht mehr Mythos als Realität, aber sie mussten es versuchen.

Die Suche war allerdings entmutigend. „Ich wusste gar nicht, dass hier draußen alles so trocken ist", sagte Nicholas am dritten Nachmittag, als Dave den Cruiser aus einer Delle in der Landschaft wieder auf einen unbefestigten Weg lenkte. „Schmetterlinge brauchen irgendeine Art von Flüssigkeit, wobei sie nicht wählerisch sind. Es kann ziemlich widerlich sein, was sie trinken, aber *irgendetwas* brauchen sie schon."

„Das gilt doch für jedes Lebewesen, oder?"

„Dazu kommt, dass erwachsene Schmetterlinge nur trinken – sie fressen nicht. Aber hier draußen gibt es nicht einmal Blumen, aus denen sie Nektar schlürfen könnten."

Dave musste lachen. „Blumennektar schlürfen klingt jetzt nicht gerade widerlich."

Nicholas warf ihm einen finsteren Blick zu. „Dann beenden wir das Thema einfach an dieser Stelle."

„Kein Problem! Wohin jetzt?", fragte er Nicholas, der ihm mit einem Arm voller Karten und den handschriftlichen Notizen, die sie beide gemacht hatten, die Richtung vorgab.

Nicholas seufzte und zeichnete mit einem seiner langen, blassen Finger ihre jüngsten Irrwege auf der Karte nach. Dave riss seinen Blick gerade noch rechtzeitig weg, um nicht vom Weg abzukommen und den Cruiser an einem der älteren knorrigen Sträucher zu zerkratzen. Natürlich war er nur an ihrer Route interessiert. Und nur die Sorge um den Cruiser und ihre Sicherheit ließ seinen Blick zu Nicholas wandern, der mit einer Fingerspitze sanft auf das Navigationsgerät tippte und es zum Neustart aufforderte.

„Das zickt schon wieder herum", bemerkte Dave.

„Es ist, als ob etwas das Signal stört. Aber ich kann mir nicht vorstellen, was, hier draußen."

Dave blickte ihn an. „Du glaubst nicht, dass es einfach nur ein Defekt ist?"

Nicholas keuchte mit gespieltem Entsetzen auf. „Wie kannst du es wagen! Das ist eines der Instrumente des Cruisers, das du da verunglimpfst."

„Ich glaube, man nennt das ‚Stockholm-Syndrom', oder?"

„Als Nächstes wirst du dich auch in Schmetterlinge verlieben", sagte Nicholas.

„Sie sind wunderschön!", protestierte Dave wie ein wahrer Bekehrter.

Nicholas lächelte ein wenig süffisant und ließ ihn in Ruhe. Und im Nachhinein dachte Dave, dass das vielleicht auch ganz gut so war, denn Gott allein wusste, wozu Nicholas ihn sonst noch bekehren würde.

„Meinst du, es liegt an der Satellitenabdeckung?", fragte Nicholas ein paar Kilometer später. „Ich meine, vielleicht gibt es nicht viele, die diese Region überfliegen."

„Ja, aber das war noch nie ein Problem. Es hat immer gereicht."

„Was ist mit dem Telefon? Du kannst die Verbindung zu Denise jeden Abend herstellen."

„Zumindest bis jetzt. Es gab nur ein oder zwei Nächte, in denen die auch nicht so besonders war."

Nicholas gab ein unverbindliches Geräusch der Zustimmung von sich und wandte seine Aufmerksamkeit wieder den Karten zu.

Noch einige Kilometer weiter hatte sich die Landschaft fast nicht verändert. Aber sie befanden sich jetzt fast auf dem Gipfel eines langen Anstiegs, und wenn sie sich wieder auf den Weg nach unten machten, würde es etwas zu erkunden geben.

„Was ich mich immer noch frage", sagte Dave in die gesellige Stille hinein, „wie findet man eine blaue Wolke gegen einen blauen Himmel?"

„Das erscheint mir langsam ziemlich unmöglich."

„Was? Nein, gib noch nicht auf!" Diese plötzliche Wendung ins Negative fühlte sich ziemlich beunruhigend an.

„Ich habe halt nicht endlos viel Zeit …“, bemerkte Nicholas, langsam und leise.

„Nein, du bist noch nicht einmal drei ganze Wochen hier. Du wusstest, dass es eine Weile dauern könnte. Deshalb hast du doch drei Monate gebucht, oder?“

Stille breitete sich aus. Das Satellitennavigationsgerät flackerte und ging offline.

Dann sagte Nicholas: „Vielleicht wollen wir es zu sehr. Vielleicht müssen wir es *nicht* finden wollen.“

Dave sah ihn fragend an. Nach einem Moment gab er zu: „Das hat Charlie auch gesagt.“

„Was?“

„Als ich neulich nach Charleville fuhr.“

„Warum hast du mir das nicht gesagt?“

„Weil es keinen Sinn macht!“

„Das ist mir egal. Lass es uns versuchen.“

Dave verdrehte die Augen. Aber er wartete auch darauf zu hören, wie sie weiter vorgehen würden.

Nicholas saß da und dachte angestrengt nach. „Vielleicht müssen wir das *Bedürfnis* loslassen.“

„Und das könntest du? Aufhören, deine Schmetterlinge zu brauchen.“

„Wenn ich muss.“

Dave seufzte. Er war so weit, dass er fast alles versuchen würde. „Also gut. Lass uns aufhören, es zu versuchen. Wir fahren hier nur zu unserem Vergnügen herum.“

Mit einem recht überzeugenden Versuch, Weltschmerz auszudrücken, sagte Nicholas: „Es interessiert mich nicht mehr. Wem könnte so was schon wichtig sein?“

„Es war doch nur ein Vorwand für einen Urlaub, oder?“

„Genau“, stimmte Nicholas zu. „Nur eine Ausrede, um dich drei Monate lang für mich allein zu haben.“

„Hm.“ Der trockenste Hinweis auf ein altes Bachbett tauchte auf beiden Seiten der Stelle auf, an der der Weg es durchschnitt. Daves Instinkt sagte ihm, er solle nach rechts abbiegen, also bog er mit einem seltsam verwegenen Gefühl nach links ab.

„Moment, das ist die falsche Richtung!“, rief Nicholas aus.

„Es gibt kein Richtig oder Falsch", argumentierte Dave. „Es ist ja nicht so, als ob wir nach irgendetwas suchen würden, oder? Es ist ja nicht so, als ob wir irgendwohin unterwegs wären."

Nicholas grinste ihn an und setzte sich wieder hin. „Natürlich." Er blickte sich müßig um und tat so, als wäre er nicht mehr auf der Jagd.

Sie fuhren eine Weile weiter, und Dave konzentrierte sich voll und ganz auf das Gelände; hier lagen gelegentlich Felsen, obwohl der Boden ansonsten ziemlich eben blieb. Doch dann erklommen sie eine weitere leichte Anhöhe, und auf der anderen Seite schien es keine entsprechenden Spuren von ablaufendem Wasser zu geben. Dave hielt einen Moment inne und betrachtete das neue Terrain, das ein weites, flaches Becken zu sein schien; der Horizont wirkte auf jeder Seite deutlich näher, als sie es bisher gewohnt waren.

„Wo –", begann Nicholas und blickte von der Landschaft zu den Karten und versuchte, das eine mit dem anderen in Einklang zu bringen. „Ich kann nicht ganz –"

Als Dave sich wieder umsah, konnte er aus dem Augenwinkel etwas erkennen. Es war, als ob sich ein winziger Teil des Himmels bewegt hätte.

„Was war das?", fragte Nicholas in diesem Moment in gedämpftem Tonfall. Er hatte sich wieder verkrampft, als ob ein elektrischer Strom durch ihn geflossen wäre.

„Was war was?", fragte Dave – aber seine plötzliche Irritation verriet, dass er es auch gesehen hatte.

„Wie ein Schimmer oder so."

„Hitzedunst", sagte Dave und verwarf die ganze Sache. Aber er hatte den Cruiser bereits in die Richtung gelenkt, und sie fuhren langsam ins Tal hinunter.

Sie starrten beide nach vorn und versuchten, ein Stück Himmel zu verfolgen, das die meiste Zeit über wie jedes andere Stück Himmel aussah, während Dave weiterhin sehr darauf bedacht war, den Cruiser sicher durch das Gestrüpp zu steuern, das hier etwas dichter war als auf der anderen Seite des Bergrückens.

„Da!", rief Nicholas. „Ein bisschen nach links."

Dave korrigierte den Kurs, da er dachte, er hätte das Flattern ebenfalls gesehen, obwohl er da gerade geblinzelt hatte.

Schweigend fuhren sie weiter, sahen aber keine weiteren Anzeichen für was auch immer sie gesehen hatten, und erreichten schließlich eine seltsame Stelle, an der ein ausgefranster alter Wasserlauf aus einem versunkenen Stück Boden hervorkam. Dave brachte den Cruiser ein paar Meter entfernt zum Stehen, und sie lehnten sich in ihren Sitzen nach vorne, um diese neue Entdeckung zu betrachten.

Es war schwer, es genau auszumachen, aber dieses Tal in einem Tal schien ziemlich groß zu sein – und es wuchsen größere Sträucher und Bäume darin, obwohl keine davon so hoch waren, dass sie sich von dem umgebenden Gestrüpp abgehoben hätten. Wenn man nur über das Gelände blickte, konnte man es wahrscheinlich nicht einmal sehen.

„Ich habe Google Maps haarklein *durchforstet*", sagte Nicholas mit leiser Ehrfurcht. „Ich meine die Satellitenbilder."

„Es hätte nur wie ein dichterer Teil des Gestrüpps ausgesehen", bekräftigte Dave.

„Und es gab ein paar Stellen, an denen die Bilder ein bisschen verschwommen waren, ein bisschen seltsam …" Sie blickten beide wieder auf das Navi, das den Geist aufgegeben zu haben schien. „Schlechte Abdeckung", versuchte Nicholas.

„Was du vorhin gesagt hast, dass etwas das Signal stört …"

„Ja?"

„Hier gibt es riesige Mineralienvorkommen. Australien ist dafür bekannt. Geologisch gesehen ist es ein sehr alter Kontinent. Also habe ich mir gedacht, was wäre, wenn es hier so etwas wie Eisenerz gibt, zum Beispiel … und das das Signal stört."

„Ist das möglich?"

„Keine Ahnung. Aber es würde erklären, warum das hier auf keiner der modernen Karten zu finden ist."

„Vermutlich", sagte Nicholas schwach und lehnte sich zurück, um die Karten erneut durchzugehen, obwohl er genauso gut wie Dave wusste, dass sie für diese Gegend nichts abbildeten. Nach einem Moment setzte er sich wieder auf. „Können wir dort hinunterfahren?" Und zum ersten Mal bat er tatsächlich um Erlaubnis und ließ Dave entscheiden, obwohl er wusste, dass Dave ablehnen könnte.

Dave dachte eine Weile nach. Dann schaltete er die Zündung aus. Bevor Nicholas das Gesicht verziehen konnte, sagte Dave: „Wir gehen rein."

Und Nicholas *glühte* plötzlich vor Vorfreude. Dieser Mann, der sich nicht für schön hielt, war einfach … strahlend. Und hinreißend.

„Wir lassen den Cruiser hier draußen“, sagte Dave und versuchte, sich auf praktische Dinge zu konzentrieren. „Wir wissen nicht, was wir da drin finden werden, und wir können es uns nicht leisten, ihn zu verlieren oder ihn irgendwo reinzufahren, wo wir ihn nicht wieder rauskriegen.“

„Ich verstehe.“

„Nicht, dass er nicht mit den meisten Situationen fertig würde –“

„Natürlich“, stimmte Nicholas beherzt zu und legte beruhigend sanft eine Hand auf das Armaturenbrett.

„Wie auch immer, wenn jemand ein Suchteam aus der Luft losschickt, ist der Cruiser viel leichter zu entdecken als wir – oder dieses … was auch immer es ist.“

„Es ist das Wasserloch“, hauchte Nicholas.

„Das wissen wir noch nicht.“

Nicholas blickte ihn nur an. *Doch, das tun wir.*

„Die Regel gilt immer noch. Du tust, was ich dir sage. Ist das klar? Wenn es eine Art Sinkhöhle ist, wenn es instabil ist, dann werden wir –“

„Wie kann es instabil sein, wenn da diese Bäume wachsen? Der Größe der Eukalyptusbäume nach zu urteilen, muss es mindestens dreißig oder vierzig Jahre alt sein – und noch älter, wenn es das ist, wofür ich es halte.“

Dave blickte ihn nur an.

„Tut mir leid“, sagte Nicholas ehrlich zerknirscht. „Wir gehen es langsam an, und ich tue, was du mir sagst.“

„In Ordnung“, stimmte Dave mit weitaus mehr Strenge zu, als ihm nach seinem Gefühl eigentlich zustand.

„Danke, David.“

„Dann gehen wir mal los.“

Am Rande dieses seltsamen Ortes hielten sie inne und entdeckten einen Pfad, der an der linken, ansonsten recht steilen Wand hinunterführen könnte.

„Wie wunderbar“, staunte Nicholas.

„Es ist bizarr“, konterte Dave, obwohl er wusste, dass er genauso verblüfft klang. Er überprüfte noch einmal, ob sie alles hatten, was sie brauchen könnten. In seinem Rucksack befand sich ein Seil, eine Taschenlampe, das kleine Erste-Hilfe-Set und etwas zu essen. Sowohl er als auch Nicholas hatten volle Wasserflaschen dabei. Wahrscheinlich würden sie nichts weiter brauchen als ein erfrischendes Getränk, wenn sie erst einmal drinnen waren, aber im Outback überließ nur ein Narr so etwas dem Zufall. „Soweit bereit?", fragte er Nicholas noch einmal, nur für den Fall.

Ein eifriges Nicken war die einzige Antwort. Nicholas hatte seine Tasche dabei und vertraute darauf, dass er genügend Entdeckungen machen würde, die er festhalten konnte. Und vielleicht war Dave einfach zu sehr in derselben Erwartung gefangen, aber er war sich fast genauso sicher wie Nicholas, dass sie endlich gefunden hatten, wonach sie gesucht hatten.

„Dann komm", sagte Dave. Und sie überquerten die Kante und gingen Schulter an Schulter zu diesem Ort hinunter.

Natürlich begutachtete Dave unterwegs den Pfad. Er schien breit und stabil genug für den Cruiser zu sein und bestand offenbar aus einer härteren Schicht von Sedimentgestein, das noch nicht abgetragen worden war. Die Schichten in der Felswand über ihnen waren rötlich mit gelegentlichen schwärzlichen Schlieren, die auf Eisenerz hindeuteten.

Der Weg führte sie in das kleine Tal hinunter; eine Kurve würde eine Dreipunktwende erfordern, bevor sie den sanft abfallenden Boden erreichten. Das Haupthindernis für den Cruiser würde darin bestehen, sich einen Weg zwischen Sträuchern und Bäumen hindurch zu bahnen, aber die standen nicht so dicht beieinander, dass es nicht möglich gewesen wäre.

Hier unten war es ein paar Grad kühler, und in der Luft lag der erfrischende Dunst eines nahen Gewässers. Nicholas warf Dave einen aufgeregten Blick zu, aber er hielt mit Dave Schritt und versuchte nicht, ihn zu überholen.

Sie folgten dem Gefälle des Bodens, um schließlich aus dem spärlichen Unterholz herauszutreten und ein Becken mit stillem Wasser zu finden, das erstaunlich grün-blau war. Bäume spendeten etwas Schutz, aber das Sonnenlicht umspielte sie und ließ das Wasser glitzern. Es war … magisch.

Sie standen eine ganze Weile da und starrten auf die Szene, verblüfft darüber, dass so viel Schönheit so unberührt war. Es schien, als sei hier seit Jahren, ja sogar Jahrzehnten, nichts gestört worden. Dave konnte nicht einmal Anzeichen von Tieren sehen, obwohl er sich nicht vorstellen konnte, warum sie das einzige Wasserloch im Umkreis von Dutzenden von Kilometern nicht nutzen würden.

Als hätte Daves Gedanke an die Tiere Nicholas' Erinnerung geweckt, warf der Mann ihm einen fragenden Blick zu, und als Dave zustimmend nickte, blickte sich Nicholas um und wanderte suchend an den Bäumen entlang zurück. Dave folgte ihm, beobachtete Nicholas, sah sich aber auch um, um ein Gefühl für ihre Umgebung zu bekommen.

Es war Dave, der sie zuerst entdeckte. „Blumen", sagte er – und musste sich erst räuspern, bevor er es erneut versuchte. „Du sagtest, sie trinken Blütennektar, richtig?"

Nicholas blickte auf und drehte sich um, um zu sehen, wohin Dave deutete. In einer Senke, versteckt hinter einem jahrhundertealten Felssturz, bot ein Büschel Flechtwerk dunkelgoldene Blüten der Sonne dar. Nicholas schnaufte ein wenig und blieb stehen. Er streckte eine Hand aus, um ihnen zu signalisieren, dass sie vorsichtig weitergehen sollten. Das ging auch in Ordnung. Dave wusste mittlerweile Bescheid.

Langsam und tief gebückt näherte sich Nicholas den Pflanzen, spähte durch den Bewuchs und achtete sorgfältig darauf, wo er hintrat. Dave folgte ihm genau auf der Spur. Nicholas schob seinen Akubra zurück, um besser sehen zu können.

Und dann war Nicholas am nächsten Pflanzenbüschel auf die Knie gesunken, starrte angestrengt vor sich, die Hände auf den schmalen, jeansbekleideten Schenkeln, die Finger weiß, soviel Druck übte er aus. Dave wartete und hielt Abstand. Doch nach langen Momenten wich Nicholas zurück und drehte sich dann zu ihm um; sein langes Gesicht sah zugleich schockiert und selig aus. „Wir haben sie gefunden", flüsterte Nicholas heiser.

„Haben wir?" Dave ergriff die Hand, die sich ihm entgegenstreckte, und ließ sich näher ziehen. Er hockte sich vorsichtig neben Nicholas, aber etwas weiter zurück. Er versuchte, blaue Flügel zu entdecken, konnte aber nichts sehen. „Wo?", fragte er leise. „Wonach soll ich suchen?"

Nicholas lachte und klang ein wenig hysterisch. „Erkennst du eine Puppe nicht, wenn du eine siehst? Da –" Er deutete vorsichtig auf … eine Puppe auf einem schmalen Zweig des Pflanzenbüschels, die sich so genau ihrer Umgebung angepasst hatte, dass sie wie ein runzeliger Ast aussah. Es sei denn, jemand zeigte genau darauf, „Und da –"

„Jetzt verstehe ich …" Von den Puppen gab es haufenweise, jetzt, wo

Dave sie identifizieren konnte. „Woher weißt du, dass es deine sind?"

Nicholas schenkte ihm ein Grinsen, das von einer angenehmen Art Wahn geprägt war. „So etwas wie die habe ich noch nie gesehen. Aber du hast recht. Wir müssen sichergehen." Er griff in seine Tasche, um seine Kamera zu holen, und machte ein paar Fotos, wobei er sorgfältig Nahaufnahmen der Puppen machte. Dann lehnte er sich zurück und setzte sich im Schneidersitz hin, bevor er sein Bestimmungsbuch herauszog und darin zu blättern begann.

Dave ließ sich neben ihm nieder und nahm seinen Rucksack ab. Das konnte eine Weile dauern, so viel wusste er. Er nahm seine Wasserflasche heraus und nahm ein paar Schlucke; dann reichte er sie Nicholas, der es ihm gleichtat; dann trank Dave erneut. Über Dinge wie das Teilen von Besteck oder Flaschen machten sie sich schon lange keine Gedanken mehr. Dave dachte darüber nach, während Nicholas durch die Seiten blätterte und vor sich hin murmelte, über Form, Farbe und Textur, über spitz zulaufende Dornen, seitliche Flanschen und Analhaken. Was sich für Dave ziemlich schmerzhaft anhörte.

„Tut mir leid", murmelte Nicholas und warf Dave einen schelmischen Blick zu. „So halten sie sich an den Ästen fest. Nun, so oder mit seidenen Gürteln!"

„Das ist alles sehr queer", kommentierte Dave. „Kein Wunder, dass es dich so fasziniert." Daraufhin warf Nicholas ihm nur einen drolligen Blick zu, bevor er sich wieder seinem Buch zuwandte.

Gelegentlich reichte Nicholas Dave das Handbuch und beugte sich auf Händen und Knien vor, um eine Puppe zu betrachten. Manchmal nahm er seine Kamera in die Hand und betrachtete die Fotos auf dem digitalen Display, wobei er nah heranzoomte, um die Details zu sehen. Schließlich verkündete er: „Ich finde nichts, was passt."

„Das glaube ich dir."

Nicholas lachte. „Ich klinge etwas sehr vorsichtig, oder? Nun, ich versuche, unvoreingenommen zu bleiben, das verspreche ich dir, und wir werden keine Gewissheit haben, bis sie sich verwandelt haben. Aber das hier ist, wonach ich gesucht habe, David. Das sind unsere Schmetterlinge!"

Dave lächelte den Mann nur an und machte keine Anstalten, ihn zu necken. *So viel also zur Unvoreingenommenheit!* Aber das Letzte, was er wollte, war, dieses Licht aus Nicholas' schönen hellblauen Augen zu vertreiben.

Schließlich war Nicholas für den Moment damit fertig, über den Aststücken zu brüten, die keine waren. Seufzend legte er sich auf den Boden neben Dave und schloss die Augen, damit das durch die Blätter dringende Sonnenlicht sein Gesicht berühren konnte. Nach einem Moment fand eine seiner Hände die von Dave, und seine langen Finger verschränkten sich mit Daves.

„Wir bleiben jetzt einfach hier, nicht wahr?", fragte Nicholas und fürchtete sich offensichtlich nicht vor der Antwort.

„Ja. Solange wie nötig." Dave sah sich gezwungen, hinzuzufügen: „Abgesehen von den wöchentlichen Fahrten zum Einkaufen."

„Natürlich. Glaubst du, du kannst den Cruiser herbringen?"

„Möglicherweise", gab Dave zu. Als Nicholas ein Auge einen Schlitz weit öffnete, um ihn zu betrachten, gab Dave eine wahrheitsgemäßere Antwort. „Ja, ich könnte ihn herfahren und auch wieder raus, schätze ich. Einfach, sogar. Das ist nicht das Problem."

„Was ist dann das Problem?" Nicholas legte den Kopf zurück und betrachtete die flache und relativ leere Fläche zwischen den Bäumen und dem Wasser. „Ich hatte gehofft, wir könnten hier unten unser Lager aufschlagen."

„Ich weiß."

„Wenigstens ist es hier unten ein bisschen kühler. Das ist sicher angenehmer. Ganz abgesehen davon, dass wir den Schmetterlingen dann ganz nah sind."

„Ja. Ich weiß nur nicht, wie klug es ist."

„Was kann schon schiefgehen?"

„Keine Ahnung. Das ist das Problem."

Nicholas stützte sich auf seine Ellbogen und betrachtete Dave. „Hier hat sich seit Jahren nichts verändert. Sogar der Wasserstand scheint derselbe geblieben zu sein."

Dave nickte. „Das Wasserbecken muss aus dem Grundwasserspiegel gespeist werden."

„Und?"

Dave verzog das Gesicht, denn er wusste, dass er außer einem Gefühl des

Unbehagens nicht vorzuweisen hatte. „Es gibt keine Spur von Tieren, die hierher kommen. Aber warum nicht? Es ist das einzige stehende Gewässer in der ganzen Gegend. Keine Anzeichen von Vögeln, die in den Bäumen leben.“

„Aber unsere Schmetterlinge schützen sich vor etwas. Sie sind ziemlich gut getarnt.“

„Vielleicht haben sie sich einfach nicht die Mühe gemacht, sich weiterzuentwickeln. Ich weiß es nicht. Jedenfalls“, fügte Dave hinzu. „Charlie sagte –“

Daraufhin setzte sich Nicholas neben ihm auf und sah zum ersten Mal ein wenig verärgert aus. „*Was* hat Charles gesagt? Und was hast du mir sonst noch verschwiegen?“

„Nichts. Wirklich nichts. Er sprach nur von … einem Geheimnis. Eine Seltsamkeit.“

„Was hat er damit gemeint?“

„Ich habe keine Ahnung. Ich wollte nicht drängen. Ich meine, er hat uns offensichtlich ein bisschen mehr geholfen, als er sollte. Wir haben den Ort der Traumzeit gefunden, wo der Vorfahre des Grunzbarsches schläft …“

„Der alte Grunzbarsch wusste schon genau, was er tat, nicht wahr?“, sagte Nicholas lachend. „Ich könnte mir schlimmere Orte vorstellen, um da die Ewigkeit zu verbringen.“

„Ja, aber ich weiß nicht, ob Charlie mich vor etwas warnen wollte.“

Nicholas dachte einen langen Moment lang darüber nach. Schließlich kam er zu dem Schluss: „Nein, Charles hätte es gesagt, wenn er gedacht hätte, dass wir in Gefahr sind.“

„Die können sehr geheimniskrämerisch sein, wenn es um die Traumzeit geht.“

„Ach, komm schon, er ist dein Freund! Er hätte auf keinen Fall einfach zugelassen, dass wir uns in Gefahr bringen. Er hätte einen Weg gefunden, es dir zu sagen. Oder er hätte uns in eine ganz andere Richtung geschickt.“

„Vermutlich …“

„Also …?“

Dave seufzte. „Nicht heute Abend, Nicholas. Gib mir vierundzwanzig Stunden. Wir kampieren heute Nacht beim Cruiser, und morgen –“

„Ja?“

„Dann sehen wir weiter.“

Nicholas grinste ihn an. Und er hob Daves Hand – nicht um sie zu küssen, Gott sei Dank, sondern um mit seiner Wange über Daves Handfläche zu streicheln. Was fast genauso schlimm war. Vielleicht sogar schlimmer. „Danke, David."

„Äh ja", sagte er sehr zusammenhängend und professionell.

Als die Sonne nach Westen sank, und das Wasserloch in frühe Dämmerung tauchte, blickte Dave Nicholas an, und Nicholas sagte einfach: „Ich weiß."

„Eine Stunde lang wird es noch hell sein, aber wir sollten langsam das Lager aufbauen."

Ihn segnete eines von Nicholas' sanften Lächeln. „Ich weiß, David." Er war bereits dabei, seine Kamera und seine Sachen wieder in seine Tasche zu packen. „Ich bin bereit."

„Wahrscheinlich bin ich paranoid, aber ich möchte nicht, dass du allein hierher zurückkommst. Nicht bevor wir uns ganz sicher sind."

Nicholas nickte. „Ich weiß. Das geht in Ordnung."

„Wirklich?"

„Du stellst die Regeln auf, David."

Er fragte sich, wie lange das wohl andauern würde. Und später war er erleichtert – obwohl er sich das selbst kaum eingestand – dass Nicholas anstands- und kommentarlos das zweite Zelt aufstellte, als wäre das noch immer selbstverständlich.

An diesem Abend musste Dave bis zum äußersten Rand des breiten Tals fahren, bevor das Satellitentelefon ein Signal bekam oder das Navi eine Positionsangabe ausspuckte.

„Wir haben uns jetzt hier erst mal eingerichtet", sagte Dave zu Denise. „Aber ich kann dich von unserem Campingplatz aus nicht anrufen. Wir müssen uns in einer Art toter Zone befinden."

„In Ordnung. Gib mir einfach die Wegbeschreibung von deinem jetzigen Standort aus, für alle Fälle." Als er fertig war, sagte Denise: „Das klingt ziemlich unglaublich."

„Ist es auch. Aber es ist, als wäre seit Jahrzehnten niemand mehr da unten gewesen, wenn überhaupt. Es ist irgendwie unheimlich."

„Trotzdem schön."

„Ja. Sehr schön sogar." Er dachte darüber nach, und auch darüber, dass er sich unwohl fühlen *wollte*, während er dort unten an der Wasserstelle war, aber er konnte es nicht. Nicht wirklich. Der Ort war unheimlich, aber nicht *falsch*. „Vielleicht ist das einzige Problem, dass es fast zu schön ist, um wahr zu sein."

„Du solltest es einfach genießen", riet Denise.

„Vielleicht sollte ich das."

„Hör mal, willst du mich nicht einfach anrufen, wenn du das nächste Mal in einer Stadt bist? Ich werde nicht in Panik geraten, wenn ich in der Zwischenzeit nichts von dir höre. Es sind ja sowieso nur noch ein paar Tage."

„Ja, in Ordnung", stimmte Dave zu, obwohl er noch nie einen Tag hatte vergehen lassen, ohne seinen Vater oder Denise anzurufen, wenn er unterwegs war. Nicht einen einzigen Tag. „Das geht schon klar."

„Okay, viel Spaß, Davey!"

„Dir auch", antwortete er, obwohl der Abschied etwas schmerzte. Und dann legten sie auf, und Dave fuhr zum Lager zurück, wo Nicholas auf ihn wartete – und selbst aus dieser Entfernung war Nicholas' lange, hochgewachsene Gestalt klar und blass und warm im letzten Abendlicht auszumachen.

Nach dem Frühstück am nächsten Tag gingen die beiden wieder hinunter zum Wasserloch. Alles war natürlich genauso wie vorher, mit der Ausnahme, dass der Ort im kühlen Morgenlicht noch schöner war.

Nicholas war zu taktvoll, um noch einmal zu fragen, ob sie ihr Lager nach hier unten verlegen konnten; er ging einfach, um nach seinen Puppen zu sehen. Er machte noch ein paar Fotos und Notizen und kam schließlich zurück, um sich zu Dave an den Rand des Wasserlochs zu setzen. Das Wasser war klar und einladend, aber unter der juwelenartig grün-blauen Oberfläche schien es unergründlich zu sein. Der Vorfahre des Grunzbarsches hatte sich offensichtlich weit in die Tiefe zurückgezogen.

„In Ordnung", sagte Dave schließlich.

„Ja?"

„Wir brechen das Lager ab und ziehen hierher um."

„Danke, David", war die leise Antwort. Aber Nicholas grinste wie ein Verrückter, das wusste Dave, auch ohne ihn anzusehen. Ein sehr liebevoller und begeisterter und schöner Verrückter.

„Jetzt gleich?", fragte Dave.

„Ja, bitte."

Dave seufzte und wandte sich schließlich dem Mann zu. „Also gut. Dann machen wir uns an die Arbeit."

Kapitel 8

An diesem Nachmittag war es endlich so weit. Sie hatten ihr Lager aufgeschlagen und dann gemeinsam zu Mittag gegessen. Nicholas hatte das Geschirr abgewaschen und abgetrocknet, und dann war er losgezogen, um die Gegend um das dunkelgoldene Gestrüpp zu erkunden. Dave verbrachte etwa eine Stunde damit, in ihrem Lager dafür zu sorgen, das alles so organisiert war, wie es sein sollte.

Doch schließlich musste sich auch Dave eingestehen, dass alles in Ordnung war. Er setzte einen Kessel Wasser auf dem Gasherd auf und schlenderte zu Nicholas hinüber, um ihn zu fragen, ob er eine Tasse Tee wolle, obwohl er bereits wusste, dass die Antwort Ja lauten würde. Vielleicht war das nur eine Ausrede, um ihn wieder zum Lächeln zu bringen. Dave stellte es sich jetzt vor: die Freude, das Glück und die Dankbarkeit, die Nicholas von innen heraus erhellten, seine schönen Lippen, die sich verzogen, und seine dunkelblauen Augen, die leuchteten … Dave begann sich einzugestehen, dass er gegen den Charme dieses Mannes nicht immun war. Was natürlich nicht bedeutete, dass unbedingt etwas passieren musste, und ganz sicher würde es das auch nie, aber trotzdem. Für einen heterosexuellen Australier wie ihn war das alles ziemlich schockierend, da das Einzige, wovon er sein ganzes Leben lang geträumt hatte, Denise und ihre eigene gemeinsame Version der kleinen Zoe waren.

Und dann war es endlich so weit. Dave grübelte wehmütig über all das nach, was jetzt niemals Realität werden konnte, und Nicholas kam auf ihn zu, mit genau dem zufriedenen, glücklichen, dankbaren Lächeln, das Dave sich vorgestellt hatte und das ihm jetzt entgegen strahlte. Nicholas fragte: „Du machst Tee? Du wunderbarer Mann, du musst meine Gedanken gelesen haben!"

Dave erstarrte plötzlich. „Stopp", sagte er leise und hob die Hände gerade weit genug, um darauf zu bestehen, dass er genau da stehen blieb, wo er war.

Nicholas erstarrte und für einen Moment lang weiteten sich seine Augen vor Furcht. Er versuchte, seitlich auf das Wasserloch zu blicken, ohne mehr als seine Augen zu bewegen, vielleicht, weil er dachte, dass dort ein Krokodil aufgetaucht war, dass sie belauerte, oder etwas ähnlich Schlimmes. „Was ist los?", flüsterte er nach einem Moment.

„Bleib ruhig“, riet Dave. „Ich werde jetzt nach deiner Kamera greifen.“ Sie steckte oben in der offenen Tasche an Nicholas’ linker Hüfte.

Als Dave sich mit der Kamera in der Hand wieder aufrichtete, hatte Nicholas schon eine bessere Vermutung und zitterte fast vor Erwartung. „Ist es …?“

„Ein Stück vom Himmel. Ja. Auf deinem Akubra.“

„Oh, David … *Du* hast mir diesen Hut gekauft.“

Er stieß ein leises Lachen aus. „Ich wusste nicht, dass es auch ein Schmetterlingsfänger ist.“ Er machte einen Schritt nach links und hob langsam die Kamera. Er zoomte und stellte das Bild schärfer. Er machte ein paar Schnappschüsse, wobei der Schmetterling das ganze Bild ausfüllte. Selbst während er sich auf das Fotografieren konzentrierte, war Dave von seiner Schönheit überrascht. Ein leuchtendes Blau mit schwarzen Markierungen und geschwungenen Kurven an den Flügeln, die in so was wie einen langen schwarzen Schwanz ausliefen. Einfach erstaunlich.

Dave zoomte ein wenig zurück und machte ein paar Aufnahmen von dem Schmetterling und dem Akubra sowie von Nicholas’ Augen, die ihn vor Aufregung und Freude von der Seite her anblickten. Und dann reichte Dave langsam die Kamera zurück, damit Nicholas die Bilder auf dem Display durchgehen konnte.

„Oh, *David* …“ Vor Ehrfurcht atmete Nicholas kaum.

Der Mann zitterte jetzt, und der Schmetterling begann sich wieder zu regen. Nun, Dave wusste, was er anbieten konnte, um ihn zum Bleiben zu bewegen. Er hob vorsichtig die Fingerspitzen in Richtung des Schmetterlings, in der Annahme, dass er seinen Schweiß irgendwie wahrnehmen konnte, seinen Geruch oder die Kühle der verfügbaren Flüssigkeit.

„Tu ihm nicht weh“, flehte Nicholas. „Oh, sei *bitte* vorsichtig …“

„Das werde ich“, versprach Dave heiser und versuchte, nicht über den Unterton von ‚*sei bitte vorsichtig mit mir*‘ zu lachen. Tatsächlich flatterte der Schmetterling und hob vom Akubra ab – Dave atmete scharf ein und zwang sich, zu warten, bis er sich wieder niederließ, anstatt zu riskieren, nach ihm zu greifen – und dann landete er wieder. Auf seinen Fingern. Das lange, tastende Ding rollte sich ab, und wegen seiner Leichtfüßigkeit und seiner schnüffelnden Art, von ihm zu trinken – und wegen der Anspannung – brach Dave fast in Kichern aus.

Aber er tat es nicht. Vorsichtig senkte er die Hand, sodass Nicholas den Schmetterling sehen konnte, und dann stand er still, während der Schmetterling trank und Nicholas starrte; der Mann murmelte hin und wieder etwas über die Schönheit des Schmetterlings, und dann murmelte er etwas über den Rüssel, die Fühler, den Brustkorb und den Unterleib und andere Dinge, von denen Dave keine Ahnung hatte – ganz zu schweigen von: „Diese *Flügel*. Diese herrlichen *Flügel!*"

Dave lachte, er konnte nicht anders. Er war so verdammt glücklich über Nicholas' Seligkeit. Nicholas zwinkerte ihm grinsend zu, was das visuelle Äquivalent zu seinem Lachen war – und dann gelang es Nicholas, ein oder zwei Fotos aus verschiedenen Blickwinkeln zu schießen, bevor der Schmetterling sich endlich satt getrunken hatte, sich sanft erhob und eine träge, willkürliche Bahn um sie herumflog, bevor er sich spiralförmig in das gedämpfte Sonnenlicht erhob und zurück zum Pflanzengestrüpp flog.

Nicholas keuchte, als habe er keine Worte, und Dave lachte einfach weiter, ein wunderbares Lachen tief aus dem Bauch. Sie hatten es geschafft! Sie hatten Nicholas' Schmetterlinge gefunden! Dave erwartete, dass Nicholas sich einfach umdrehen und dem Tier hinterherlaufen würde, um es zu beobachten, um herauszufinden, wo es gelandet war. Dass er es nicht einfach so wegfliegen lassen würde.

Aber nein.

Stattdessen teilte Nicholas noch einen Moment lang Daves Lachen, rückte näher heran und hob die Hände, seine langen blassen Finger breiteten sich wie kostbare Schmetterlingsflügel aus – und dann umfasste er Daves Gesicht, sah immer noch ehrfürchtig, erstaunt, jubelnd aus – er umfasste Daves Gesicht und beugte sich dicht heran.

Und dann passierte es.

Sie waren mittendrin, bevor Dave einen weiteren Gedanken fassen konnte, und er konnte danach nie mehr genau sagen, wie es dazu gekommen war, aber die Wahrheit war, dass sie sich küssten, jeder küsste den anderen, und selbst im Schock darüber wusste Dave, dass es ebenso sehr sein eigener Impuls wie Nicholas' Idee gewesen war. Und diese weichen rosa Lippen waren genauso köstlich, wie er immer gewusst hatte, dass sie es sein mussten, und Nicholas war meisterhaft und großzügig und erstaunlich, seine Taille schlank und sein Hemd kühl unter Daves Handflächen.

Und dann, zu früh und nicht früh genug, löste sich Nicholas und grinste

Dave glücklich an, grinste *mit* Dave, als ob sie das tollste Geheimnis miteinander teilten, nur sie gemeinsam. Seine kühlen Hände lagen noch immer leicht auf Daves Haut, seine Fingerspitzen zogen angenehme Spuren darüber, als er sich langsam zurückzog. Ein letzter Druck dieses wundervollen Mundes auf Daves, und dann drehte sich Nicholas mit einem weiteren Lachen endlich um und stolperte davon, hüpfte seinem Schmetterling hinterher, sein Glück strahlte von ihm aus, sang von seinem gesamten Wesen – und Dave stolperte ihm hinterher, um bei all dem Fotografieren, Aufnehmen und Notieren zu helfen, während sich der Schwindel ein wenig beruhigte, aber nie ganz verebbte, und obwohl sie sich danach nicht mehr so richtig berührten, war Dave einfach *besessen*.

An diesem Abend sprachen sie kaum miteinander. Dave kochte das Abendessen und räumte danach auf, während Nicholas stundenlang über seinem Feldführer brütete und seine Notizen ins Klare schrieb.

„Ich bin überzeugt, dass es sich bei ihnen um etwas handelt, das noch niemand zuvor wissenschaftlich beobachtet hat", verkündete Nicholas, als es schon spät wurde. „Wenn sie überhaupt jemand gesehen hat, dann hat er nicht gewusst, was er da sah."

„Das freut mich", sagte Dave mit einfacher Aufrichtigkeit.

„Und sie sind so wunderschön! Viel schöner, als ich mir je hätte erhoffen können."

Dave lächelte ihn nur liebevoll an. Worte waren überflüssig.

„Wir müssen einen ganzen Lebenszyklus beobachten, wenn wir können."

„Wie lange wird das dauern?", fragte Dave.

„Ich weiß nicht, das ist sehr unterschiedlich."

Dave nickte nur. Und nachdem er noch etwas gelesen, geschrieben und nachgedacht hatte, wünschte Nicholas ihm leise eine gute Nacht und schlich sich in sein Zelt.

Das war nicht das, was Dave erwartet hatte. Aber ein großer Teil von ihm war sehr erleichtert.

Ein anderer Teil von ihm war frustriert und voller Sehnsucht, und Dave war sicher ehrlich genug, das zuzugeben, während er in dieser Nacht wach lag.

Eine Stunde oder mehr verging, während er auf dem Rücken im Schlafsack auf dem schmalen Feldbett lag, atmete, einfach nur atmete, und sich etwas wünschte, obwohl er kaum wusste, was genau er sich wünschte. Er konnte sich kaum etwas anderes vorstellen als diesen Kuss und die Möglichkeit weiterer Küsse und Nicholas' lange, blasse Finger, die ihn ertasteten – und sein Verstand sträubte sich, sich mehr als das vorzustellen, aber er konnte nicht leugnen, dass er sich danach sehnte, er war nichts als Sehnsucht und Angst.

„David?"

Jetzt hatte er die Gelegenheit, darüber nachzudenken, ob die Sehnsucht größer war als die Angst oder ob es umgekehrt war, denn er konnte Nicholas' Silhouette hinter der Zeltplane am Eingang ausmachen. Aber er konnte sich nicht entscheiden. Er konnte sich nicht entscheiden.

„David ..."

Wieder ein Flüstern, diesmal schwächer.

Das erste Mal war zwar eine Frage gewesen, sie war mit Nachdruck gestellt gewesen, aber als Nicholas seinen Namen das zweite Mal aussprach, war da Raum für Zweifel. Und nach einem Moment wurde der Schatten schmaler und bewegte sich, als würde Nicholas sich zum Gehen wenden – und Daves Herz hämmerte laut in seinen Ohren, aber er schaffte es, ganz klar zu sagen: „Ja."

Und dann schlüpfte Nicholas in das Zelt, schritt auf diesen langen Beinen auf ihn zu und kniete neben dem Bett nieder. Diese Hände umfassten wieder sein Gesicht, Fingerspitzen drückten sich hinein, um die empfindliche Haut an seinen Ohren zu massieren, und dann war Nicholas' Mund auf seinem, meisterhaft und leidenschaftlich und so verdammt süß. Dave stöhnte hinein, er konnte nicht anders, er war schon so lange so hungrig gewesen, dass er gar nicht gemerkt hatte, wie hungrig er war – er stöhnte wieder, und dann stieß Nicholas' Zunge in ihn hinein, drang in ihn ein, und nach kurzem Widerstand gab Dave auf, und die Hitze überflutete ihn. Sein Kopf drückte schwer auf das Kissen, und er hob seine Hände und *klammerte* sich an Nicholas' Arme knapp unterhalb seiner breiten Schultern, und Dave *klammerte* sich einfach fest an ihn.

Nach einer Weile begann eine von Nicholas' Händen nach unten zu wandern, die Fingerspitzen zogen über die empfindliche Haut, um sich auf seiner Brust niederzulassen, ein Daumen rieb durch das Hemd hindurch eine seiner Brustwarzen – und Dave stöhnte einen Protest gegen das stachelige Gefühl, er wusste kaum, ob es kitzelte oder ihn heißermachte, aber als Nicholas trotzdem nicht aufhörte, wurde ihm klarer, dass es Vergnügen war, und es mochte fast unerträglich sein, aber es war *gut*. Und gerade als er diese Lektion gelernt hatte, wanderte die Hand noch weiter, und dieses Mal war Daves Stöhnen ermutigend, und Nicholas kicherte in ihren Kuss hinein, in die wilden Berührungen ihrer Lippen und Zungen, die nicht ein einziges Mal unterbrochen worden waren – bis jetzt, als Nicholas sich zurückzog, um sich auf die Fersen zu setzen. Er murmelte: „Zieh dein Hemd aus. Keine Sorge, sonst nichts. Zieh dein Hemd aus."

Dave gehorchte, halb enttäuscht, halb beruhigt und völlig verwirrt darüber, dass Nicholas es ihm nicht gleichtat. Sie trugen beide T-Shirts und Boxershorts – nun, Dave trug jetzt nur noch seine Boxershorts, und der Schlafsack bedeckte immer noch seine untere Hälfte. Er legte sich wieder zurück und wartete auf Nicholas' nächsten Schritt oder seine nächste Anweisung.

„Gut", sagte Nicholas und beugte sich vor, um dort weiterzumachen, wo er aufgehört hatte, Dave zu küssen, wobei eine Hand seine Wange umfasste und dann tiefer glitt, um mit Fingern und Handfläche um seinen Hals zu streichen, während die andere Hand tiefer und tiefer kroch, sanft unter den Schlafsack und noch sanfter unter den Bund seiner Boxershorts glitt. Und dann, viel zu früh und eine quälend lange Zeit später, drückte diese forschende Hand endlich flach gegen ihn, die Fingerspitzen nach unten, um mit seinen Hoden zu spielen, und diese Handfläche strich nur flach gegen ihn, eine leichte Liebkosung, die längst nicht genug war, obwohl es nicht mehr als das gebraucht hätte, wenn es dort nur etwas Reibung gegeben hätte, etwas Druck. Dave stöhnte vor Verlangen – Nicholas erwiderte das mit seinem eigenen Laut – und dann wurde die Liebkosung fester, die Hand umfasste mehr – und der Kuss brach wieder ab, obwohl Nicholas Daves Gesicht und Hals mit Küssen bedeckte und so tief stöhnte, als wäre er derjenige, der berührt wurde. Und es war so seltsam und doch so perfekt, diese Hand, die auf und ab strich, die Hand, die seinen Schwanz und seine Eier umschloss, jedes Gleiten so willkürlich und jede Berührung so unerwartet, so intensiv, obwohl nichts davon dem glich, wie Dave sich selbst berührte, aber es war unendlich viel besser, obwohl das eigentlich unmöglich sein sollte. *Woher wusstest du das?*, dachte Dave unzusammenhängend. *Woher?!*

Nicholas bewegte sich, küsste ab und zu Daves Schlüsselbeine und ging dann tiefer, um seine Brustwarzen zu küssen und gerade fest genug an ihnen zu knabbern, und nichts von alledem war mit dem vergleichbar, was Dave jemals zuvor erlebt hatte, aber auch wenn es seltsam war, wusste er, dass es gut war. Er wusste, dass es sich gut anfühlte.

„Bitte", bat Dave, der mit einer Hand noch immer Nicholas' Arm umklammerte wobei sich seine Finger wahrscheinlich etwas sehr fest eingruben. Seine andere Hand hielt sich am Feldbett fest, als könne er herunterfallen. *„Bitte."*

Nicholas stöhnte, und der Druck und der verrückte Rhythmus dieser Hand verstärkten sich, während Nicholas' andere Hand wegglitt …

Dave wartete, doch dann stieß er einen Protestseufzer aus, als er bemerkte, dass Nicholas sich mit der linken Hand an sich selbst zu schaffen machte, in einem hektischen Echo dessen, wie er Dave berührte. „Nein!", rief Dave und rüttelte an der Schulter des Mannes. „Nein."

Nicholas hob den Kopf und starrte ihn zugleich flehend und gebieterisch an. „Ich *muss.*"

„Ich weiß, aber – richtig. Für uns beide." Er hatte allerdings keine Ahnung, was er damit meinte. Dave war sich nicht ganz sicher, ob er schon so weit war, Nicholas anzufassen, und natürlich meinte er nicht … „Nicht *richtig* richtig. Aber nicht so ganz allein."

Nicholas nickte und blickte sich einen Moment lang wild um. Dann befahl er: „Bleib so." Und er schob den Rest des Schlafsacks zurück, bis er auf den Zeltboden glitt, zog dann Daves Boxershorts herunter und entblößte ihn für einen langen Moment. Er starrte ihn hungrig an, während Dave sogleich darin schwelgte und vor Verlegenheit einging – bis Nicholas sich wieder seiner selbst und seines Verlangens bewusst wurde und unbeholfen auf Dave kletterte. Damit lagen sie jetzt gemeinsam da, mit Daves Armen um den Mann – auf dem schmalen Bett hatten sie natürlich längst nicht genug Platz, aber Nicholas rollte sich auf die Seite, gerade genug, um seine Hand zwischen sie zu schieben, und –

Und so kamen sie auch, nur wenige Augenblicke später, als Nicholas ihre beiden Schwänze mit einer langfingrigen Hand umschloss, sie arrhythmisch rieb und sich hinunterbeugte, um Dave zu küssen wie ein ausgehungerter

Mann – bis ganz zum Ende, so bald, zu bald, bis Nicholas wieder den Kopf hob und einen Laut ausstieß, als müsse er sterben, und Dave klammerte sich an ihn und hielt ihn so ganz bis zum Ende fest.

Überwältigt blieb Dave danach noch eine ganze Weile so liegen. Er hielt diesen Mann in seinen Armen – Nicholas, so stark und doch so zerbrechlich. So unerwartet und doch so unausweichlich. Nicholas lastete auf ihm wie abgewrackt, sein Gesicht fest an Daves Hals, und so waren sie warm, zu warm aneinandergepresst, aber Himmel, es fühlte sich gut an, so elementar *gut*.

Schließlich hob Nicholas den Kopf, warf Dave einen diskreten Blick zu, hielt dann aber die Augen abgewandt, als er von Dave und vom Bett herunterkletterte, um sich neben das Bett zu hocken. Dann musste er sich erst sammeln, um Dave genauer anzusehen, und es war klar, dass Nicholas sich Sorgen machte, was er wohl vorfinden würde, und die Sorgen galten sowohl Dave als auch ihn selbst.

Das Problem war, dass Nicholas eigentlich derjenige sein sollte, der wusste, wie zum Teufel so was lief. Dave spürte einen Anflug von Angst und Unsicherheit.

Das musste Nicholas bemerkt haben, denn einen Moment später wurde sein langes Gesicht wieder etwas ruhiger. „Geht es …", setzte er an, bevor er sich räusperte und weiter sprach. „Geht es dir gut, David?"

„Ja", flüsterte er.

„Das war nicht, äh …" Nicholas sah einen Moment lang weg, doch dann kehrte sein Blick zurück. „Wenn ich da zu weit gegangen bin –"

„Nein! Nein, es war toll. Das bist du nicht."

„– dann verzeih mir bitte."

Es gab natürlich nichts zu verzeihen. Dave rüttelte sanft an Nicholas' Schulter. *Sei kein Idiot.*

Nicholas stand jetzt zügig auf. „Komm, wir machen dich sauber." Er blickte sich um, aber Dave hatte ein paar Handtücher, Wasser in Flaschen und eine Waschschüssel, genau wie Nicholas in seinem eigenen Zelt. Nicholas goss etwas Wasser in die Schüssel, brachte sie und ein Handtuch zu Dave und wusch ihr miteinander vermischtes Sperma ab, bevor er Daves Boxershorts wieder zurechtrückte und den Schlafsack wieder über ihn legte.

Dann nahm er die Schüssel wieder weg und säuberte sich ebenfalls schnell, wobei er Dave den Rücken zuwandte. Er wusch das Handtuch aus und lehnte sich aus der Tür, um das Wasser wegzuschütten.

Dave lag still da und wartete. Schließlich kam Nicholas zurück. Aber er beugte sich nur kurz hinunter, um eine von Daves Händen zu nehmen und sie anzuheben, sie mit seinen beiden Händen an seine Wange zu legen und einen Kuss auf die Handfläche zu drücken. Dann legte er Daves Hand zurück und sagte ganz förmlich: „Gute Nacht, David. Schlaf gut.“

Und er war weg.

Dave blinzelte und wusste kaum, was er von dem, was geschehen war, halten sollte. Aber es hatte sich gut angefühlt. Es war quasi unvermeidlich gewesen, das war ihm jetzt bewusst, und es hatte sich gut angefühlt.

Er drehte sich auf die Seite und wandte das Gesicht in Richtung von Nicholas' Zelt, das nur wenige Meter entfernt stand. Und mit einem wehmütigen Seufzer entschwand Dave in friedlichen Schlaf.

Am nächsten Morgen wachte Dave etwas später als sonst auf. Als er aus seinem Zelt kam, entdeckte er, dass Nicholas bereits aufgestanden und angezogen war und auf einer Decke auf der Motorhaube des Cruisers saß. Er lehnte mit dem Rücken gegen die Windschutzscheibe – obwohl es keinen Sinn hatte, den Sonnenaufgang zu beobachten, solange sie hier unten am Wasserloch waren. Sie begrüßten sich schweigend mit einem Nicken und einem zaghaften Lächeln, das sich als Antwort auf das des anderen rasch verbreiterte. Dave setzte den Kessel für den Tee auf und folgte seiner üblichen Routine. Dann trug er die Tassen mit dem Tee zum Cruiser hinüber, und es bedurfte nur der leisesten Andeutung einer Einladung, um sich neben Nicholas zu setzen.

„Ich dachte, du wärst bei den Schmetterlingen“, sagte Dave und neigte den Kopf in Richtung des Gestrüpps. Sie hatten ihr Lager absichtlich so weit entfernt wie möglich aufgeschlagen, um da nichts zu stören.

„Sie sind noch nicht aufgestanden.“

„Das sind Spätaufsteher? Vernünftige Kreaturen.“

„Aber sieh dir an, was sie verpassen“, sagte Nicholas und deutete mit einer Hand auf die Umgebung, während sein Blick auf Dave verweilte. „Es ist so ein schöner Tag …“

„Das ist es“, stimmte Dave zu, und während sie am heißen Tee nippten, betrachteten sie die roten Felsen und das grünblaue Juwel des Teiches, das Weißgrau der hoch aufragenden Baumstämme und das Graugrün des Laubes. „Er ist *wirklich* wunderschön“, murmelte Dave und fragte sich, ob er vorher nicht richtig hingesehen hatte, oder ob alle seine Sinne geschärft waren, weil –

„David –“

Er drehte sich Nicholas zu – und diese langen Finger nahmen ihm den leeren Becher aus der Hand, und Nicholas verstaute ihre beiden Becher in der Nähe der Kante des Dachgepäckträgers hinter ihm – und dann nahm Nicholas wieder Daves Gesicht in seine Hände, küsste ihn, *küsste* ihn, und sie knutschten – Dave lehnte sich zurück mit Nicholas dicht neben sich, und Nicholas mit diesen langen Beinen unter sich, während er sich über Dave beugte und ihn *küsste*.

Dave streckte eine Hand nach oben, um wieder Nicholas’ Arm zu ergreifen, um sich zu verankern. Die Lust überschwemmte ihn dieses Mal nicht so schnell, aber das war in Ordnung. Auch im hellen Licht des Tages wollte er das hier, und es machte ihm nichts aus, wenn sie sich behutsam an die Sache herantasteten. Sie küssten sich lange, ewig, und schließlich ließ Dave seine Hand hinuntergleiten, um wieder Nicholas’ schmale Taille zu finden. Er dachte – heute, meinte er, könnte er den Mann berühren. Heute, da war er sich ziemlich sicher, würde er damit klarkommen.

Nicholas murmelte zustimmend, während er sich zurückzog und aufsetzte. Er streifte sein Hemd ab und enthüllte eine blasse Brust mit männlichen, dunklen Haaren. Der Mann war so schlank, dass sich seine Rippen an den Seiten hinunterwölbten, aber stark genug, um mit überraschend kräftigen Schultern zu beeindrucken.

„Alles klar?“, fragte der Mann, als er begann, Daves Hemd aufzuknöpfen.

„Ja.“

Die Finger bewegten sich nicht mehr, da Nicholas offenbar einen Zweifel wahrnahm. „David?“

„Lassen wir uns … einfach Zeit. Wenn du das kannst.“

Nicholas sah ihn düster an. „Habe ich nicht schon bewiesen, dass ich mich beherrschen kann?“

„Ja. Meistens jedenfalls“, fügte Dave grinsend hinzu.

„Na also.“ Die langen Finger fuhren mit ihrer Aufgabe fort, und Nicholas schenkte Dave ein Lächeln. „Wir werden es langsam angehen, und ich werde tun, was du mir sagst.“

Dave lehnte sich zurück und genoss es, dass man sich um ihn kümmerte, denn er hatte die Kontrolle über all das hier längst abgegeben. „Ich will es dir nicht sagen“, argumentierte er friedlich. „Ich will nur, dass du – etwas tust.“

Das Lächeln wurde schief und wunderbar. „Es wird mir ein Vergnügen sein, etwas mit dir zu tun“, antwortete Nicholas. „Aber dann … auf dem Weg dahin … musst du mir sagen, wenn du etwas *nicht* willst. Versprichst du mir das?“

„Versprochen.“

Nicholas half Dave aus dem Hemd und ließ ihn sich wieder zurücklehnen, bevor er sich zu ihm beugte, um ihm Küsse auf die Brust zu drücken und plötzlich mit seiner Zunge an einer Brustwarze zu reiben. Dave atmete zischend, und Nicholas wand sich schlangengleich zu ihm hoch, um ihn erneut zu küssen. Gegen seinen Mund murmelte Nicholas: „Meinst du, wir könnten uns diesmal ausziehen?“

„Ich denke schon.“ Es wäre also eine Premiere, aber darüber machten sie sich schon lange keine Gedanken mehr, oder?

„Meine männliche Anatomie wird dich nicht abschrecken?“

„Gestern Abend hat sie das anscheinend nicht.“

„Aber da hast du sie nicht *sehen* müssen …“

„Ich habe sie aber gespürt. Gegen meine. Das war schon unmissverständlich.“

Nicholas lachte leise und schmutzig und setzte sich wieder auf, wobei seine Finger bereits an seiner eigenen Jeans zugange waren. „David, du bist mir eine ständige Offenbarung.“

„Das beruht auf Gegenseitigkeit.“

„Oh …“, murmelte Nicholas fröhlich.

Und nur wenige Augenblicke später spreizte Nicholas Daves Oberschenkel, seine Hüften bewegten sich rhythmisch, während er seinen Schwanz hart an Daves entlang rieb, und ihre beiden Schwänze lagen dabei wieder in einer von Nicholas' schönen Händen – genau wie in der Nacht zuvor, nur dass jetzt Tageslicht herrschte und sie nackt waren und es unmissverständlich war, wer sie beide waren und was sie beide wollten. Daves Hände wanderten kühn und aus eigenem Antrieb Nicholas' lange

Oberschenkel hinauf, spürten die Muskeln unter der kühlen Haut, und schmiegten sich an die spitzen Hüftknochen des Mannes, bevor sie sich schließlich um die subtilen Kurven von Nicholas' Hintern legten.

Es war so anders als das, was er gewohnt war, und doch in mancher Hinsicht beruhigend gleich, denn Denise hatte es gemocht, sich damit abzuwechseln, wer oben lag, und oft hatte sie ihn so gegen die Kissen gelehnt, dass sie sich vorbeugen und ihn küssen konnte, wenn sie wollte – so wie Nicholas es jetzt tat, indem er ihn hungrig küsste. Allerdings war Nicholas unbestreitbar anders, und er schien die Angewohnheit zu haben, Daves Gesicht nicht nur zu küssen, sondern mit seinem eigenen zu *streicheln*, und es fühlte sich seltsam, aber toll an, Nicholas' Wange an seiner eigenen entlang gleiten zu spüren, zu fühlen, wie Nicholas' Nasenspitze sanft über seine geschlossenen Augenlider strich, Nicholas' Stirn gegen seine rollte, und wie diese Zähne zuerst vorsichtig an der Linie seines Kiefers nagten, bevor sie weiter vordrangen, um sich mit seinem Ohrläppchen zu befassen …

Dave hatte zu lange ohne gelebt, um das lange auszuhalten – und er hatte den Überraschungen eines Mannes, der ihn liebkoste, nichts entgegenzusetzen. Am Ende war es nicht eine bestimmte Sache, die ihn um den Verstand brachte, sondern eine Kombination aus Nicholas, der sich einrollte, um in eine Brustwarze zu beißen, und der Art, wie sich sein Rücken daraufhin köstlich wölbte, und Nicholas, der anerkennend stöhnte, sodass der Klang in Daves Brust vibrierte, und dann ein Verhalten in Nicholas' Rhythmus, gefolgt von einer drehenden Bewegung um ihre Schwänze – und Dave bebte und schrie auf und der Samen von mindestens einer Woche schoss nur so aus ihm heraus, und Nicholas lachte vor Freude – und der Bastard wartete ab, wobei er bis zum letzten Zucken weitermachte, ohne sein Tempo im geringsten zu verlangsamen, rieb seinen eigenen Schwanz an Daves, der weicher und dabei immer empfindlicher wurde, was einfach unerträglich herrlich war – bis Dave es nicht mehr aushielt und knurrte, wobei er den schmalen Hintern mit beiden Händen packte, den Mann zu sich heranzog und ihm befahl: *„Jetzt!"* – und Nicholas kam mit einem Schrei direkt neben Daves Ohr, was zugleich Lust und Strafe war.

Und als er fertig war, ließ sich Nicholas zurückfallen, um sich gegen den Cruiser zu lehnen, aber er nahm Dave mit, sodass Dave sich unerwartet an den Mann geschmiegt vorfand, ihn dabei hielt und selbst gehalten wurde, beide im Nachglühen völlig behaglich.

Er musste eingenickt sein.

Dave kam eine Weile später wieder zu sich und fühlte sich etwas zu kühl, etwas zu steif in den Oberschenkelmuskeln, etwas zu juckend, wo die klebrigen Flecken auf seinem Bauch getrocknet waren. Er brummte vor sich hin, rutschte ein wenig zurück und griff nach unten, um sich zu kratzen.

„*Stopp!*", flüsterte es eindringlich – und Nicholas packte Daves Handgelenk mit eiserner Kraft.

„Was … ?", beschwerte er sich, obwohl er gehorsam innehielt. Und dann spürte er ein verräterisches Kitzeln unten inmitten der nassen Stellen. „Oh scheiße …"

Obwohl Nicholas leise lachte, warnte er ihn: „*Wage* es nicht, ihm wehzutun."

„Als ob ich das würde." Dave hatte es geschafft, die Augen zu öffnen, und blickte nun nach unten, um genau das vorzufinden, was er befürchtet hatte. Nicholas' Schmetterling trank von seiner Haut. Und dieses Mal war es kein Schweiß. „Verdammt noch mal!", rief er aus und wusste nicht, ob er entsetzt oder amüsiert sein sollte. „Die sind genauso seltsam wie du!"

Diese Erklärung wurde mit einem fröhlichen Lachen quittiert. „Du hast Glück, dass meine Kamera nicht in Reichweite ist."

„Oh Gott …"

„Wie könnte ich widerstehen? Meine drei Lieblingsdinge: Schwänze, Eier und Schmetterlinge."

Dave sank zurück und ließ den Kopf gegen den Cruiser fallen. „Das sind vier Dinge."

„Meine vier liebsten Dinge von allen", stimmte Nicholas leichthin zu. „Dein Schwanz … deine Eier … unser Schmetterling …"

Dave lachte. Er musste lachen, sonst hätte er geweint. „Das ist *viel* zu seltsam für mich. Du hast mir nicht gesagt, dass ich an einem Schmetterlingsporno teilnehmen würde!"

„Wie du mir, so ich dir", lautete die knappe Antwort. „Du kannst mir nicht erzählen, dass das nicht schon immer eine Vorliebe von dir war … dich auf dem Cruiser verführen zu lassen."

Irgendein *zu lautes* Geräusch sprudelte aus ihm hervor, und Dave rührte sich, um mit einer Hand in Richtung des Schmetterlings zu wedeln – allerdings nicht zu nah, sodass es wahrscheinlich nichts nützen würde. „Husch!“, versuchte er. „*Husch!* Mach schon! Da drüben ist ein ganzes verdammtes Wasserloch, aus dem du trinken kannst.“

„Oh, aber ich bin sicher, du bist so viel süßer“, murmelte Nicholas, der eng neben ihm lag, den Schmetterling beobachtete, aber auch seinen Kopf an Daves Schulter schmiegte. „Ich bin neidisch. Ich möchte dich schmecken.“

„Nicht safe, nehme ich an“, sagte Dave, nachdem er einen Moment überlegt hatte. Das Seltsame war, dass er sich über solche Dinge noch nie hatte Gedanken machen müssen. „Ähm …“

„Schon gut, mir ist klar, dass du wahrscheinlich ein gesundes Prachtexemplar bist, und soweit ich weiß, bin ich das in der Hinsicht auch – aber ich werde nichts tun, was nicht safe ist.“

„Danke.“

Nicholas brach inbrünstig aus*:* „*Gott*, ich möchte dich aber gerne in den Mund nehmen …“

„Das will ich auch“, musste Dave zugeben. „Es war dein Mund … Es war dein Mund, der mir zuerst aufgefallen ist.“

„Ja … ?“

„Dein Lächeln. Ich mag es, wie du lächelst. Und, ähm … deine Lippen sind hübsch. Nichts für ungut.“

„Schon gut“, antwortete Nicholas sofort. Er legte den Kopf kurz schief und sah Dave stirnrunzelnd an. „Glaubst du wirklich, es würde mich stören, wenn du meine Lippen hübsch findest …?“

Dave musste grinsen, obwohl er ziemlich verlegen war. „Nein, eher doch nicht.“ Sie blickten sich einen langen Moment lang gegenseitig an. Und dann beugte sich Dave vor und drückte diesen hübschen Lippen einen Kuss auf, denn das war nur recht und billig, und die Zufriedenheit in Nicholas’ Lächeln danach war eine ausreichende Belohnung, wenn es überhaupt einer bedurft hätte.

Süße stille Momente vergingen.

Bis Dave es schließlich nicht mehr aushielt. „Ich muss mich bewegen“, sagte er. „Tut mir leid, dass ich das Festmahl unterbreche und so, aber ich will mich waschen.“

„Das ist völlig in Ordnung. Du warst sehr geduldig.“

„Wenn ich einfach anfange, vom Cruiser herunterzuklettern …“

„Ich bin sicher, er wird das mitbekommen und sich zurückziehen. Wir wissen schon, dass wir dich manchmal gehen lassen müssen.“

„Hm“, machte Dave, als er vorsichtig auf die Seite der Motorhaube rutschte.

Einen Moment später war Nicholas vom Cruiser gestiegen und auf den Beinen und streckte die Hände zur Unterstützung aus, falls er welche benötigen sollte. „Könnten wir ein Bad im Wasserloch nehmen? Hast du das Wasser schon mal ausprobiert?“

„Das ist doch mal eine Idee!“ Dave erreichte schließlich den Boden, und jetzt, da sich sein Esstisch senkrecht gestellt hatte, hob der Schmetterling ab und begann, direkt über ihren Köpfen herumzuflattern. „Mal sehen, ob der hier auch mitkommt. Ich finde, der sollte seine Ernährung umstellen.“

Von Nicholas erklang ein gurgelndes Lachen, bevor eine seiner kühlen Hände in die von Dave glitt. „Na los, komm schon!“

„Ich möchte nicht, dass du von dem Wasser trinkst“, belehrte ihn Dave, als sie beide noch splitternackt zur Wasserstelle gingen. „Es scheint sicher zu sein, aber es macht keinen Sinn, unnötige Risiken einzugehen.“

„Ja, David.“

„Und kein Reinspringen oder so. Zumindest nicht, bis wir es ein wenig besser kennen und sicher sind, dass sich unter der Oberfläche nichts versteckt.“

„Nein, David.“

„Nur ein Bad in aller Ruhe, wie du gesagt hast.“

„Ich werde dich vielleicht küssen müssen, während wir da drin sind“, sagte Nicholas sehr ernst. „Ich warne dich eindringlich.“

„Na gut“, sagte Dave sehr stoisch. Und als Nicholas schließlich in das juwelenartige Wasser glitt, um sich zu ihm zu gesellen, ließ Dave sich von dem Mann in die Arme nehmen und ertrug die Küsse ausgesprochen mannhaft.

Kapitel 9

Nicholas hatte den ganzen Morgen über kaum etwas gesagt, aber es war ganz offensichtlich, dass etwas bei den Schmetterlingen vor sich ging. Wenn die zunehmende Aktivität Dave nicht darauf aufmerksam gemacht hätte – es wurden Fotos gemacht, Notizen gekritzelt und Kommentare gemurmelt, während Nicholas im Bestimmungsbuch hin und her blätterte –, dann hätte er kaum gegen die Anspannung der unterdrückten Aufregung immun sein können.

Doch die Schmetterlinge waren Nicholas' Sache, und Dave war froh, wenn er im Lager herumwerkeln oder sich mit hochgelegten Füßen und *Inseln der Vulkane* in der Hand zurücklehnen konnte, um die Sonnenstrahlen zu betrachten, die von den Blättern abgemildert wurden und sanft auf das Wasser herabfielen. Der Teich war so ruhig wie eh und je, obwohl Dave sich schon oft gefragt hatte, ob es dort tatsächlich Grunzbarsche gab. Irgendwie hoffte er das.

Am späten Vormittag brachte Dave eine Tasse Tee dorthin, wo Nicholas im Schneidersitz neben dem Gestrüpp saß. „Da bist du ja", sagte er.

„Danke", erwiderte Nicholas. Er kratzte sich den Kopf durch das dichte dunkle Haar und schenkte Dave ein verspätetes süß-abgelenktes Lächeln. „Danke dir."

„Kein Ding." Dave ließ einen Moment verstreichen, dann fragte er, wobei er sorgfältig darauf achtete, nicht mehr als milde interessiert zu klingen: „Was ist los?"

„Nun …"

Dave drängte nicht – aber er bemerkte, dass Nicholas stirnrunzelnd über dem Handbuch für seine Videokamera saß und nicht über dem Feldführer, wie Dave angenommen hatte. „Ähm … Kann ich dir wenigstens damit helfen? Funktioniert sie nicht, oder versuchst du nur, herauszufinden –"

Nicholas nickte. „– ob sie Zeitrafferaufnahmen machen kann, ob es *irgendeine* Art von Timer gibt, oder Programm …"

„Oh. Ich glaube, das wird ein bisschen außerhalb ihrer Spezifikationen liegen." Dave ließ sich neben Nicholas nieder und nahm das Handbuch entgegen, als er es angeboten bekam. „Wozu brauchst du das? Wir sind doch jetzt hier. Wenn wir die Kamera auf dem Stativ aufstellen, können wir jede

Stunde oder so eine Aufnahme machen. Wir können einen Zeitplan ausarbeiten, oder –"

Dave hielt inne.

Nicholas schaute ihn nur mit großen Augen und mürrisch zugleich an.

„Du willst es für morgen vorbereiten", schlussfolgerte Dave, „wenn wir in die Stadt fahren."

„Sie schlüpfen", flüsterte Nicholas mit heiserer Intensität. „Einige der Puppen beginnen sich zu öffnen. Die Schmetterlinge schlüpfen aus den Puppen."

Dave nickte. Er verstand. Gott, dieser Mann war ihm richtig unter die Haut gegangen. „Dann musst du natürlich hierbleiben."

Es war ganz klar, dass Nicholas sich das mehr als alles andere wünschte. Aber er sagte: "Ich kann nicht. Ich habe dir versprochen –"

Dave stieß einen Seufzer aus. „Ich denke, unter diesen Umständen können wir diese Regel noch einmal brechen."

„Nein, ich will nicht ausnutzen –"

Dave konnte ein Schnauben nicht unterdrücken. „Definitiv zu spät, um sich darüber den Kopf zu zerbrechen, Kumpel!"

„Oh, David …"

„Und wie blöd kann man sein?", fügte er etwas angewidert hinzu. „Ich dachte, du würdest dich mit mir in einem richtigen Bett vergnügen wollen!"

Nicholas konnte nur noch grinsen. „Du würdest in der Stadt mein Bett mit mir teilen? Wir würden uns ein Zimmer teilen … ?"

„Ich hätte es besser wissen müssen. Bei dir geht es immer um die Schmetterlinge."

„David –"

„Also gut, in Ordnung. Vielleicht in einer Stadt, in der mich niemand kennt."

„*Gibt* es hier eine Stadt, in der dich niemand kennt?"

„Nein."

„Oh."

Nicholas klang so verloren, dass David sich ein leises Lachen nicht verkneifen konnte. „Mach dir keine Sorgen. Ich bin mir sicher, dass uns die diskrete gemeinsame Nutzung eines Doppelbetts irgendwann bevorsteht. Nur halt nicht morgen Abend."

„Bist du sicher …?" Nicholas schien tatsächlich hin- und hergerissen zwischen den beiden Aussichten.

„Natürlich bin ich mir sicher. Ich kann eine Woche warten, und das Bett kann es auch. Aber die Schmetterlinge können es wohl nicht. Sie wollen fabelhaft werden, und zwar sofort!"

Woraufhin Nicholas ihn nur *anstrahlte …*

„Ähm … Aber ich fahre besser los. Nur für einen Tag. Ich habe Denise versprochen, sie anzurufen, und sie wird sich Sorgen machen, wenn ich es nicht tue. Ich meine, mit dem Essen könnten wir noch eine Weile auskommen, aber ich denke, ich sollte trotzdem gehen. Denise wird –"

„Ja", unterbrach ihn Nicholas.

„Ich verstehe das, weißt du", sagte Dave und schlug einen anderen Ton an, der sich aus irgendeinem Grund genauso aggressiv anfühlte. „Das ist es, worum es dir geht, nicht wahr? Die Veränderung von einer Sache zur anderen. Von einer Larve zu etwas Schönem."

Schweigen.

Dave fühlte sich wie ein absoluter Mistkerl. Obwohl er sich nicht einmal erklären konnte, warum. Er ließ ein paar Momente verstreichen und setzte dann in einem freundlicheren und professionelleren Ton neu an. „Gibt es irgendetwas, was du brauchst? Soll ich irgendetwas für dich erledigen?"

„Schicke einen Tweet", antwortete Nicholas bereitwillig, „an Charles und an Simon. Sag ihnen … Nicholas hat seine Schmetterlinge gefunden."

„Das werde ich."

„Und dann komm zu mir zurück."

„Nun, ich werde dich wohl kaum hier draußen zurücklassen!"

Nicholas warf ihm einen rätselhaften Blick zu. Doch dann entspannte er sich und kniete aufrecht neben Dave. Wieder nahm er Daves Gesicht in beide Hände und beugte seinen Kopf, um ihn zu küssen. Seine übliche meisterhafte Art schien diesmal durch einen Hauch von Wehmut geschmälert zu werden. „Komm zu mir zurück", murmelte er wieder und drückte seine Lippen auf Daves.

Dave machte sich auf den Weg nach Cunnamulla, und ausnahmsweise war er ganz bei der Sache. Er ließ den Cruiser in der Werkstatt überprüfen und einstellen, gab ihre Kleidung im Waschsalon ab, erledigte die Lebensmitteleinkäufe und aß einen Hamburger im besten der diversen

Imbisse, während er über die anderen Posten auf seiner Liste nachdachte. Obwohl er natürlich als Erstes sein Handy benutzt hatte, um den Tweet zu senden, wie Nicholas ihn gebeten hatte.

Fast eine Stunde später erhielt er seine erste Antwort: *Es braucht schon einiges, um den alten Charlie sprachlos zu machen. Ihr habt es gefunden, was?*

Ja, wir haben es gefunden, twitterte Dave zurück, in der Annahme, dass Charlie das Wasserloch meinte.

Kommt nächste Woche zu mir und erzählt mir alles. Ihr beide gemeinsam, falls er auch dabei sein will.

Klar, er wird sich sicher freuen. Also, bis dann!

Und dann, am späten Nachmittag, gerade als Dave in den Cruiser stieg, um zurückzufahren, kam die zweite Antwort: *Ausgezeichnete Nachrichten zu früher Morgenstunde. Bitte richten Sie Nicholas unsere Glückwünsche und Grüße aus. Vielen Dank, Mister Taylor.*

Daraufhin antwortete er: *Gern geschehen, und das werde ich weitergeben. Es wird ihn zu einem dieser breiten, strahlenden Lächeln bringen.*

Erst nachdem er auf „Tweeten" geklickt hatte, dachte er: *Viel zu übertrieben!* Aber es war auch zu spät. Dave schaltete das Telefon schnell aus, bevor er feststellen musste, wie leicht man ihn durchschauen konnte.

Natürlich gab das Navi wieder den Geist auf, aber aufgrund der Strecke, die er an diesem Morgen zurückgelegt hatte, wusste Dave, dass er nicht weiter als fünf Kilometer von der Wasserstelle entfernt war. Er fuhr unbeirrt weiter und war sich sicher, dass er die Landschaft wiedererkannte und dass er hier richtig war. Er würde instinktiv dorthin gelangen, er würde einfach geradeaus fahren, kein Problem. Sie würden darüber lachen, wie einfach es doch zu finden war. Er würde den langen Anstieg erklimmen und wieder hinunterfahren, links in das alte Bachbett einbiegen, und er würde wieder bei Nicholas sein, bevor die Sonne auch nur Anstalten machte, unterzugehen.

Nur schien der Anstieg nie wirklich aufzutauchen, die Straße schien bis zum fernen Horizont eben zu sein, und von staubigen alten Wasserläufen war nichts zu sehen.

„Scheiße", murmelte Dave schließlich und kaute auf seiner Unterlippe. Er war jetzt fast zehn Kilometer weit gefahren, was bedeutete, dass er daran vorbeigefahren sein musste. Nach ein paar weiteren hoffnungsvollen Minuten hielt er den Cruiser an und stieg aus, um sich umzublicken und zu sehen, ob er sich neu orientieren konnte.

Nichts. Er hatte einen guten Orientierungssinn, aber es gab nichts, woran man sich hätte orientieren können, und nichts Besonderes zu sehen.

„Also gut." Er stieg wieder ein und wendete den Cruiser. Er war sich sicher, dass er sich noch nicht verfahren hatte, also fuhr er langsam zurück, suchte wieder das Bachbett und erinnerte sich, wie es die Straße gekreuzt hatte. Nach weiteren zehn Kilometern hielt er wieder an und tippte auf das Navi, um zu sehen, ob es sich wieder einschalten würde. Den Gefallen tat es ihm nicht.

Sein Magen war wie ein hohler Stein, der schwer in ihm saß, aber er weigerte sich, dem Grauen nachzugeben. Es hatte keinen Sinn, etwas anderes als ruhig und bedacht zu sein. Er musste den Weg zu Nicholas finden, bevor es dunkel wurde, mehr nicht. Und das würde ihm auch gelingen. Wenn nicht, war er sich sicher, dass es Nicholas für eine Nacht allein aushalten konnte, und er selbst auch. Er konnte im Cruiser schlafen. Nicholas würde am nächsten Morgen zum Rand des weiter geöffneten Tals wandern, um das Satellitentelefon zu benutzen, aber dazu war er durchaus in der Lage, und bis er zu ihrem Lager zurückkehrte, würde Dave ihn ohnehin wiedergefunden haben …

Dave seufzte. Nein, er musste an diesem Abend zurückkehren. Er *wollte* es. Dringend. Nicholas würde schon zurechtkommen. Aber Dave konnte das Risiko nicht eingehen.

Er fragte sich, ob er irgendwo falsch abgebogen und auf einem anderen Pfad gelandet war. Allerdings war er sich sicher, dass sie nach Westen gefahren waren, als sie das Tal gefunden hatten, also verlief dieser Pfad vielleicht parallel zu dem, auf der sie unterwegs gewesen waren. Das bedeutete, dass er von hier aus nach links abbiegen und das Stück Wildnis durchqueren musste, in der Hoffnung, dass er das Tal aus der entgegengesetzten Richtung erreichen würde.

Es war ein Kampf. Es kostete ihn tatsächlich körperliche Anstrengung, sich gegen seine Instinkte zu stemmen, sich bewusst in eine Richtung zu bewegen, die sich falsch anfühlte. „Oh Gott", murmelte er leise vor sich hin. „Vielleicht muss ich ihn *nicht* finden wollen …" Das war unmöglich. Jeder seiner Instinkte sträubte sich gegen eine solche Vorstellung. „Verlangt das nicht von mir."

Da war nichts. Für eine lange Zeit, die wahrscheinlich nur ein oder zwei Augenblicke dauerte, war nichts zu sehen.

Und dann bewegte sich ein Stück des Himmels zu seiner Rechten – fast genau dort, wo er es am wenigsten erwartete – und sein Herz setzte aus, als er erkannte, dass er über eine langsame Steigung fuhr.

„Danke", hauchte er.

Er wendete den Cruiser und blickte bald über das weite, flache Tal hinunter, und da war das etwas dichtere Gestrüpp, hinter dem sich ihre Wasserstelle verbarg – ein Stück Himmel tanzte tief darüber im letzten Rest der Sonne, und Nicholas wartete auf ihn. Nicholas stand dort, wo der Pfad zur Wasserstelle hinunter führte, und seine Gestalt war groß und blass und fein und *leuchtete* in der Sonne.

Dave fühlte sich, als hätte er sein Zuhause gefunden.

Aber *verdammt*, fast hätte er einen Kunden verloren. Er hatte gegen die Regeln verstoßen, und beinahe wäre er dabei auf frischer Tat ertappt worden. Und Nicholas – oh Gott, Nicholas –

Der Gedanke wollte nicht so recht Gestalt annehmen, aber was wäre, wenn der Mann …

Dave war etwas zittrig, als er unten ankam, und er war fast dankbar für Nicholas' feste Hand, die seinen Unterarm umfasste, als Dave aus dem Cruiser kletterte.

„Geht es dir gut?", fragte Nicholas, offenbar besorgt.

„Mir geht es gut. Und dir?"

„Ja, es war ein ruhiger Tag. Ein wunderbarer Tag. Ich danke dir."

„Gut."

Nicholas betrachtete ihn einen langen Moment lang. „Ausnahmsweise siehst du blasser aus als ich! Bist du sicher, dass du –"

Dave unterbrach ihn heiser. „Ich glaube, ich musste dich *nicht* finden wollen."

„Oh."

„Ich konnte es nicht tun. Ich konnte es nicht. Es war verdammtes Glück –"

„*David*", sagte Nicholas leise, aber inbrünstig.

„Bitte mich nicht, dich noch einmal hier allein zu lassen."

„Das werde ich nicht, ich verspreche es. *Das werde ich nicht.*"

„Ehrenwort?", fragte Dave und fragte sich, ob es wirklich so einfach sein würde.

„Ehrenwort. Ich komme mit dir. Ich werde bei dir bleiben." Die Hand zitterte an seinem Arm, und Nicholas sagte leichthin: „Versuch nur, mich loszuwerden. Mal sehen, wie weit du damit kommst."

„Ich will nicht –", sagte er schwach. Er konnte den Satz nicht beenden.

„Ist schon gut", flüsterte Nicholas, „ich weiß. David, ich weiß …"

Und Dave konnte nicht länger widerstehen. Er hatte nicht gewollt, dass sie sich in die Arme fielen und sich leidenschaftlich küssten und dieser ganze Unsinn. Er hatte nicht gewollt, dass sie mehr Aufhebens darum machten als nötig. Aber er war sehr lange ohne einen Kuss ausgekommen, er hatte Nicholas lange darauf warten lassen, also signalisierte er irgendwie, dass er bereit war, dass er es wollte – und Nicholas, der auf jede kleine Nuance achtete, kam ihm offensichtlich gern entgegen.

Sie fuhren zum Wasserloch hinunter, und Dave blickte sich im Lager um, wo natürlich alles in bester Ordnung war. Er lächelte Nicholas an, als er die Zündung ausschaltete, und fragte, bevor sie aus dem Cruiser stiegen: „Wie geht es den Schmetterlingen?"

„Es geht ihnen gut. Sie sind fabelhaft! Heute sind ein paar von ihnen geschlüpft."

„Ich habe welche über den Baumwipfeln gesehen."

„Sie werden sich jetzt für die Nacht einrichten."

„Zeig sie mir", sagte Dave. Als er ausgestiegen war, flatterte einer der Schmetterlinge herüber und landete auf seinem Unterarm. Er saß einfach da; er fing nicht einmal an, von ihm zu trinken. Dave versuchte, ihn nicht zu stören, als er zu Nicholas ging, der vor dem Cruiser stand.

Nicholas lachte. „Das ist dein alter Freund! Er hat sich wohl in dich verguckt …"

Dave starrte auf das Ding hinunter. „Woran erkennst du, dass es derselbe ist? Hat er eine besondere Zeichnung auf den Flügeln …? Oder ist er größer als die anderen? Er war doch der Erste, der geschlüpft ist, oder nicht?"

Noch mehr Gelächter, und Nicholas nahm seine andere Hand, als sie zum Gestrüpp gingen. „Nein, ich ziehe dich nur auf. Eigentlich werden Schmetterlinge nicht mehr größer, wenn sie aus der Puppe geschlüpft sind. Sie schlüpfen als ausgewachsene Tiere.“

„Oh.“

„Das waren aber gute Ideen. Ich mag es, wie du denkst. Du solltest auch Wissenschaftler werden.“

Dave warf ihm einen sardonischen Blick zu.

„Du hast ein wissbegieriges Gehirn“, erklärte Nicholas leichthin und aufrichtig.

Dave brauchte darauf nicht zu antworten, denn sie waren an ihrem Ziel angekommen. Er beobachtete, wie Nicholas sich hinhockte und in das Gestrüpp spähte. Sein eigener Schmetterling hob ab und flog einen Moment lang umher, bevor er irgendwo inmitten der dunkelgoldenen Blüten verschwand.

„Da“, sagte Nicholas schließlich und zeigte auf die Stelle, die Dave sich ansehen sollte.

Er beugte sich hinunter und lehnte seinen Kopf dicht an den von Nicholas heran. Er starrte genau hin – und sah nichts.

„Es ist schwierig, sie zu finden, aber das ist der Punkt. Sie wollen nicht gefressen werden.“

„Sie schließen ihre Flügel, richtig?“

„Genau! Und die Unterseite ist in einem recht neutralen Farbton, eine Art leicht bläuliches Grau. Nun, du hast die Färbung bei unserem Freund gesehen. Vielleicht versuchst du es besser aus einem anderen Winkel …“

Er hätte gedacht, dass die Flügel immer noch groß genug waren, um leicht zu erkennen zu sein, selbst wenn sie eng zusammengefaltet waren, aber anscheinend hatte er sich da geirrt. Schließlich meinte er, einen Blick zu erhaschen – auf einen Schmetterling oder einen Schatten oder einen Schmetterling, der sich als Schatten tarnte – und das musste wohl reichen. Die Dämmerung zog bereits heran.

„Ich denke, vielleicht … vielleicht kannst du es mir das nächste Mal richtig zeigen“, sagte Dave.

„In Ordnung“, antwortete Nicholas mit einem erfreuten Lächeln, als hätte Dave ihn gerade um ein Date oder so etwas gebeten.

„Lass uns die Lebensmittel auspacken!“

Nicholas lachte leise, offenbar so glücklich über die praktischen Aspekte ihres Daseins im Lager wie über alles, was mit Schmetterlingen zu tun hatte.

Sie arbeiteten gut zusammen. Sobald sie die Lebensmittel verstaut hatten, bot Nicholas an, das Abendessen vorzubereiten. Dave war für das Angebot dankbar, denn er hatte noch andere Aufgaben zu erledigen. Er begann damit, die Sachen aus dem Dachgepäckträger des Cruisers zu holen und sie auf einer Plane zu sortieren. Dann verstaute er einen Teil davon hinten im Cruiser – die Sachen, die mehr Schutz brauchten, oder einfach die Sachen, die dort am besten passten. Den Rest stapelte er ordentlich in seinem Zelt. Noch immer hatte sich jeder von ihnen nachts in sein eigenes Zelt zurückgezogen, und Dave dachte sich, dass sie sicher beide dankbar wären, wenn sie jeweils noch ihren eigenen Raum hatten. Aber jetzt hatte er andere Pläne dafür, wo sie schlafen würden. Sobald die Plane wieder frei geräumt war, begann er, diese Pläne umzusetzen.

Nicholas hatte zufrieden vor sich hin gesummt, aber er kam schließlich herüber, als er erkannte, was Dave damit beabsichtigte. „Ist das ...?", fragte er mit einem verruchten Funkeln in den Augen.

„Ja." Eine aufblasbare Doppelmatratze.

„Für ... ?" Nicholas deutete vorsichtig zum Dach des Cruisers.

„Ja." Dave hörte für einen Moment auf zu pumpen und betrachtete den Mann sehr ernst. „Aber nur, wenn du mir versprechen kannst, dass du nicht mitten in der Nacht runterfällst."

Nicholas maß ihn mit einem prüfenden Blick von oben bis unten. „Nun, das hängt davon ab, wie sehr du versuchst, mich abzuschütteln, nehme ich an."

Dave schnaubte. „Nehmen wir mal an, das ist kein Problem. Wirst du im Schlaf über die Kante rollen?"

„Nein ..." Er klang allerdings ein wenig skeptisch. Das war ehrlich von ihm, denn Dave nahm an, dass Nicholas unbedingt wollte, dass sie ein Bett teilten.

„Das sollte auch kein Problem sein", beruhigte ihn Dave. „Du weißt doch, dass man den Reißverschluss der Schlafsäcke öffnen kann, damit man sie flach hinlegen kann."

„Ja." Er hatte es bereits begriffen, und das Glimmen hatte sich in die ersten Schwelungen eines Feuers verwandelt.

„Man kann eine über die andere legen und sie mit einem Reißverschluss zu einem großen Doppelschlafsack kombinieren."

„Dann werde ich nur vom Cruiser rollen, wenn du es tust, denn ich werde die ganze Nacht mit meinen Armen um dich herum schlafen, und vielleicht auch mit meinen Beinen, also wirst du mich wohl mitnehmen, wenn du über die Kante fällst.“

Dave pumpte weiter, blickte nach unten und hoffte, dass die zunehmende Dunkelheit sein Gesicht verbarg. Denn das hatte ihm gefehlt. Er hatte diese einfache Geste schon so lange und so sehr vermisst. „Dann werden wir zurechtkommen“, beschied er, als er seiner Stimme trauen konnte.

„Wir werden *wunderbar* zurechtkommen“, entgegnete Nicholas, bevor er sich umdrehte, um das Abendessen weiter zuzubereiten.

Dave hatte die Nachrichten von Charlie und Simon weitergegeben, als sie beim Abendessen am Lagerfeuer saßen, und Nicholas hatte sich entsprechend gefreut. Doch dann schwiegen sie und dachten über einen weiteren Schritt nach, der sich in mancher Hinsicht trivial und in anderer wahnsinnig bedeutsam anfühlte. Dave vermutete, dass jeder andere das Gefühl hätte, sie würden die Sache überstürzen, aber für ihn fühlte es sich so angenehm, so leicht an. Er sank zurück in ein Glück und ein Gefühl der Zugehörigkeit, von denen er sich gefragt hatte, ob er sie jemals wiederfinden würde.

Es kam ihm in den Sinn, dass er sich vielleicht etwas vormachte, und er erinnerte sich gelegentlich daran, dass er Nicholas noch nicht wirklich *kannte*. Andererseits hatte er zwanzig Jahre lang geglaubt, Denise zu kennen, und sie hatte es trotzdem geschafft, im Handumdrehen das schockierend Unvorstellbare zu tun. Es könnte also etwas dafür sprechen, mit dem Strom zu schwimmen und eine Urlaubsaffäre mit jemandem zu haben, der anständig genug schien, um ihm zu vertrauen. Zumindest bei Nicholas wusste Dave schon im Voraus, dass er wieder verlassen werden würde. Sie würden ihre drei gemeinsamen Monate haben, und dann würde er Nicholas zurück zum Flughafen von Brisbane bringen, ihm dabei zusehen, wie er durch die Sicherheitsschleuse verschwand – vielleicht würde Nicholas sich für ein letztes rührendes Lächeln umdrehen – und das wäre es dann gewesen. Aber wenigstens gab es diesmal kein Verstellen und weder ausgesprochene noch unausgesprochene Versprechen …

Dave seufzte und stellte den Rest seines Essens beiseite.

„Keinen Hunger?", fragte Nicholas.

„Nicht so richtig. Aber es war lecker. Ich danke dir. Ich mag, wie du kochst", bot er aufrichtig an.

Nicholas blickte ihn einen Moment lang an, als würde er an den Worten zweifeln. Doch als er schließlich sprach, stellte sich heraus, dass er etwas ganz anderes im Sinn hatte. „Hast du heute Kondome gekauft?"

„Was?"

„Von wegen der Doppelmatratze. Ich habe mich nur gefragt, ob du –"

„Ich habe dich gehört!" Dave brauchte einen Moment, um sich zu fragen, warum ihn das so aus der Fassung gebracht hatte. Schließlich antwortete er: „Nein, habe ich nicht."

„Ah." Nicholas' Blick glitt weg, und dann drehte auch er den Kopf, sodass man seinen Gesichtsausdruck nicht mehr erkennen konnte.

Bis jetzt waren sie ganz gut ohne ausgekommen. Dave war vollkommen zufrieden mit all den unzähligen Möglichkeiten, wie Nicholas seine Hände und seinen eigenen Schwanz benutzte, um Dave zum Höhepunkt zu bringen, ganz zu schweigen davon, wie Nicholas auf ihm lag, sich an Daves Schwanz oder seiner Hüfte rieb und Dave damit ziemlich wild machte. Einfache Freuden konnten ebenso tiefe Freuden sein. Aber dann hatte Nicholas ein paar Mal den Wunsch geäußert, Dave mit dem Mund zu verwöhnen, und wer, um alles in der Welt, war Dave, um sich gegen eine solche Idee zu wehren – aber selbst die Vorbereitungen, bei denen Nicholas ihn leckte, begannen nach dem, was Dave über Safe Sex wusste, eine Grenze zu überschreiten.

Schließlich sagte Dave beklommen in die Stille hinein: „Also, ich habe ein paar Schachteln dabei. Wenn du willst –"

Wäre er nicht bereits zum Stehen gekommen, hätte ihn Nicholas' plötzliches Starren auf der Stelle gestoppt. „Oh, richtig", antwortete Nicholas sardonisch. „So viel zu deiner Regel, nichts mit Kunden anzufangen. Anscheinend bin ich wohl nicht deine erste Ausnahme, oder?"

„Doch, bist du", entgegnete Dave ein wenig verwundert. „Die sind nicht für mich, die sind für Kunden. Ich bin gerne vorbereitet, das ist alles. Mit allem, was meine Kunden brauchen könnten."

„Oh." Nicholas sank schnell wieder zurück und sah verlegen aus. „Tut mir leid."

Dave schüttelte den Kopf. *Muss es nicht.* Um ehrlich zu sein, ein wenig enttäuscht war er schon. Er hätte gedacht, dass Nicholas ihn inzwischen gut genug kannte, um nicht auf solche Gedanken zu kommen.

„Also", sagte Nicholas nach einem weiteren langen Moment. „Eigentlich wollte ich dich nur … aushorchen. Zu sehen, was du denkst … darüber, was wir tun können."

„Das weißt du sicher besser als ich." Dave zuckte mit den Schultern. „Wie auch immer. Irgendwas. Du hast mich in der Hand."

„Wirklich …?" Nicholas schien verblüfft zu sein.

„Nun, ich vertraue dir. Du weißt schon … Nur – geh nicht aufs Ganze, okay?"

„Okay", echote Nicholas mit leiser Stimme.

„Jedenfalls noch nicht", ertappte sich Dave selbst, und setzte sich auf und zog die Augenbrauen hoch. „Ähm, oder auch *nie*", murmelte er und täuschte Nicholas damit wahrscheinlich genauso wenig wie sich selbst.

„David …", hauchte Nicholas.

„Ja, Kumpel?"

„David, ich glaube, wir sollten den Abwasch machen. So schnell wie möglich."

„Sicher", stimmte er freundlich zu, stand auf und sammelte sein Geschirr sein. „Früh ins Bett zu kommen ist sicher keine schlechte Idee", fügte er mit einem Gähnen hinzu.

„Genau", stimmte Nicholas eifrig zu. „Oh ja. Das sehe ich genauso."

Er fühlte sich seltsam und sicher zugleich, als er auf dem Cruiser lag, mit nichts zwischen seiner Haut und den Sternen als dem Laub über ihm und dann Nicholas, der sich über ihn schob, Nicholas' Mund, der überall herumwanderte, diese weichen, hübschen Lippen, die küssend über seine Haut zogen, diese Zähne, die knabberten und nagten, diese Zunge, die jede noch so kleine Verletzung umspielte und dann über empfindliche Stellen raspelte – egal wo, und damit selbst die banalsten Stellen erotisch auflud, bis Daves ganzer Körper nur noch *sang*, nur noch vor Verlangen *vibrierte*.

„Bitte", sagte er schließlich, als er glaubte, es nicht länger aushalten zu können – er glaubte nicht einmal, dass er wollte, dass die Lust weiter andauerte. Und er benutzte das S-Wort nie, wenn er nicht musste, aber er war nicht zu stolz zum Betteln. „Bitte …"

Nicholas erhob sich von der Stelle, an der er die Innenseite von Daves Oberschenkeln liebkost hatte. Nicholas kniete sich aufrecht hin, und er schaute ein wenig aus der Ferne auf Dave herab, als würde er ihn vermessen, als würde er ihn einschätzen. Als ob Nicholas die ganze Nacht so weitermachen könnte und noch nicht einmal richtig angefangen hatte.

Dave lag ausgebreitet vor ihm, schwer vor Hitze, knochenlos vor Lust, schamlos offen. Er hatte nicht gewusst, dass es eine Nacktheit gab, die weit über das Nacktsein hinausging. So sehr hatte er sich noch nie verloren. „Bitte, Kumpel …"

Schließlich nickte Nicholas, als ob er mit dem, was er sah, zufrieden war. Er griff nach den Kondomen und rollte vorsichtig und geschickt eines auf Daves Schwanz. Dave stöhnte auf, als selbst die kurzen Berührungen dieser geschäftsmäßigen Finger ihn fast kommen ließen. Aber Nicholas sagte: „Noch nicht", also versuchte Dave durchzuhalten, oder zumindest nicht nach dem Ende zu streben. Er war sich nicht sicher, ob es sich, wenn er sich entspannte und die Dinge einfach geschehen ließ, einfach ohne weitere Provokation geschehen würde, oder ob es dadurch bis jenseits jeglicher Vernunft verschoben würde.

„Noch nicht", wiederholte Nicholas und ermahnte ihn diesmal, warnte ihn – was nur recht und billig war, denn Nicholas beugte sich wieder hinunter, und dann nahm er Daves Eichel in den Mund und saugte sanft daran, und Dave stöhnte und rief irgendeine Art von Kauderwelsch, das hauptsächlich aus Vokalen bestand, und er hoffte, dass Nicholas dieses nackte, unsinnige Gestammel als angemessenen Tribut dafür betrachtete, was für ein großartiger Liebhaber er war.

Gerade als Dave dachte, er könne es nicht mehr aushalten, wenn er nicht *kommen* konnte, zog Nicholas sich wieder zurück. Verdammt. Als Dave fast, na ja, flehentlich *wimmerte* und eine schwere Hand hob, um nach ihm zu greifen, murmelte Nicholas: „Bleib ruhig. Es ist alles in Ordnung. Warte nur einen Moment." Und er schien irgendetwas mit dem Gleitmittel zu machen, das Dave zusammen mit den Kondomen gekauft hatte, was Daves Gedanken in eine Spirale aus Angst und Lust schickte, und um sich zu zwingen, still zu halten, musste er innerlich immer wieder wiederholen: *Ich vertraue ihm, ich vertraue ihm, ich vertraue ihm.*

Als Nicholas sich wieder über ihn beugte, streichelte er mit einer Hand über Daves Taille, dann folgte sein Unterarm, der unter ihn glitt und Dave dazu zwang, seinen Rücken zu wölben, und er wimmerte wieder, es gab kein anderes Wort dafür, und er hatte überhaupt keinen Stolz mehr – er wimmerte, um die Wölbung zu spüren und die Art, wie sich seine Schenkel für Nicholas öffneten, wie sich sein Schwanz und seine Eier nach dem Mann sehnten –

Und dieser Mund war wieder zurück, saugte aber jetzt nicht mehr so sanft – so herrlich, so herrlich – und diese Zunge tat raffinierte wirbelnde Dinge – und all das sollte ihn natürlich von Nicholas' anderer Hand ablenken, die mit den Fingerspitzen den Grat hinter seinen Eiern entlang nach unten fuhr, und Dave war einfach so komplett sensibilisiert, dass sich auch das natürlich gut anfühlte, so gut, und er stöhnte ergeben auf, weil er genau wusste, was mit ihm geschah, und er wollte es nicht einmal wirklich aufhalten. Er stöhnte auf, als diese Fingerspitzen noch weiter nach unten glitten und über die empfindlichste Haut von allen glitten, jede davon tauchte gegen den Druck hinein, nur die Fingerspitze, mehr war es nicht – aber natürlich wollte er das, er wollte mehr. Als einer dieser Finger wieder gegen ihn rieb, stöhnte Dave zustimmend, ermutigend, wölbte sich weiter hoch, und –

Nicholas verstärkte seine Bemühungen, er *summte* um ihn herum. Dave schrie wild auf – und plötzlich kam er, er kam, und es war verdammt *herrlich*, und dieser Finger glitt in ihn hinein, es war so einfach, einer von Nicholas' langen, blassen Fingern glitt in ihn hinein, als ob er dorthin gehörte, und es fühlte sich seltsam, aber unglaublich an, und die Lust rollte wieder durch ihn, schwer und intensiv, und dann ein drittes Mal, und dann sank er endlich wieder hinunter und murmelte etwas Dankbares, als es vorüber war.

Dann behutsam, ganz behutsam, löste Nicholas seinen Finger und zog seinen Arm unter Daves Rücken hervor. Er erhob sich, um sich um das Kondom zu kümmern. Und dann kam er wieder herunter, hockte sich über Dave, seine Arme fest um ihn gelegt, und sein Gesicht drückte gegen Daves weichen und empfindlichen Schwanz.

Endlich, als das Vergnügen nachließ und er sich der Welt um ihn herum wieder bewusst wurde – die Nachtluft, das Laub, die Sterne – seufzte Dave mit tiefster Zufriedenheit.

Nicholas hob den Kopf und grinste Dave verrucht an. „Gut, was?", fragte er, kannte die Antwort aber schon.

„Ja, war nicht schlecht", stimmte Dave zu.

Nicholas leicht leise – oder besser gesagt, er lachte leise und anerkennend.

Aber Dave bekam es nicht hin. Er bekam den lakonischen australischen Humor nicht hin. Und wenn man ihm dafür die Staatsbürgerschaft entzog, es musste einfach gesagt werden: „Es war so verdammt gut … Es war verdammt fantastisch!"

„Da bin ich froh", sagte Nicholas.

Und der Mann hatte immer noch keine Anstalten gemacht, um sein eigenes Vergnügen einzufordern; stattdessen ließ er Dave in seinem eigenen schwelgen … Nun, fair war fair. Dave seufzte erneut zufrieden, und fand sich mit dem Schlimmsten ab. „Und du?", fragte Dave.

„Mmm …"

„Jetzt bist du dran."

„Ja." Nicholas richtete sich langsam ein wenig auf, schob sich hoch und krabbelte auf Händen und Knien an Dave hoch. Er beobachtete ihn mit Hunger und Verlangen und einem Hauch von kühler Distanziertheit.

„Wenn du willst –", sagte Dave. Sie wussten beide, was er anbot.

„Still", sagte Nicholas wieder ermahnend. „So", fuhr er fort und verlagerte sein Gewicht auf die eine Seite. „Leg die Beine zusammen."

„Dafür ist es ein bisschen spät", scherzte er, während er gehorchte.

Nicholas grummelte zustimmend oder unterdrückte ein Lachen, aber er begann, sich auf sich selbst zu konzentrieren; er begann auch, sich in sich zu verlieren. Der Mann bewegte sich wieder über Dave, seine Beine über Daves – und dann hob er sich für einen Moment an, richtete sich aus – und stieß nach unten, wobei sein Schwanz hart und heiß zwischen Daves Schenkel glitt.

Beide stöhnten als Reaktion darauf, und dann legte sich Nicholas dicht über Dave. Er begann einen langsamen, aber unerbittlichen Rhythmus, wobei sich Daves Hände sich auf den schmalen Kurven seines Hinterns niederließen und er spürte, wie sie sich anspannten, als Nicholas sich auf und ab bewegte, auf und ab. Und um ehrlich zu sein, war Dave jetzt erschöpft für das alles. Nicholas drückte sich so dicht an ihn, dass Daves Schwanz und Eier in einer Bewegung auf und ab gerieben wurden, die Nicholas' Bewegungen widerspiegelte – und er konnte sich vorstellen, dass das sehr gut funktionieren würde, wenn er noch erregt wäre. Nun, vielleicht beim nächsten Mal. Im Moment war es die Art von exquisiter Reibung, die fast schmerzhaft war.

Aber er nahm es hin, weil er spürte, dass Nicholas nicht lange brauchen würde, und außerdem hatte der Mann eine Gegenleistung für seine Großzügigkeit und seine Selbstbeherrschung verdient. Er könnte Dave jetzt stattdessen haben, und das wussten sie beide.

Stattdessen stöhnte er wieder, als sich das Ende näherte, und er ließ den Kopf sinken, um nacheinander an Daves Brustwarzen zu nagen, und hinter seinem zerzausten dunklen Haar konnte Dave sehen, wie seine Schultern und sein Rücken hochgezogen und angespannt waren – bis Nicholas schließlich mit einem gutturalen Schrei kam und sich feuchte Wärme zwischen Daves Schenkeln ausbreitete und Nicholas die Reibung erleichterte.

„Gut?", fragte Dave flüsternd, lange danach, als Nicholas noch immer heiß und schwer auf ihm lag.

„Oh, Kumpel …", war die einzige schwache Antwort.

Kapitel 10

Dave dachte, dass er am nächsten Nachmittag eine großartige komische Episode vor sich hätte.

Nicholas hatte den ganzen Vormittag damit verbracht, die Schmetterlinge zu beobachten und aufzunehmen, während immer mehr von ihnen aus ihren Kokons schlüpften; ihre Flügel waren noch gefaltet und feucht, aber langsam trockneten sie und entfalteten sich in ihrer ganzen Pracht. Die Tiere waren von einem so überwältigenden, leuchtenden Blau und einem so satten, samtigen Schwarz, dass es fast unmöglich schien, dass sie der Natur entstammten; es fühlte sich eher so an, als wären sie erschaffen worden, und der Designer hatte es ein wenig übertrieben. Sobald sie sich bewegen konnten, ließen sie sich auf den dunkelgoldenen Blüten des Gestrüpps nieder und nippten an dem Nektar. Es war ziemlich fantastisch.

Dave verbrachte die meiste Zeit des Morgens damit, Nicholas zu beobachten, der sich in seiner Version des Himmels befand. Die einzigen Momente, in denen es Dave gelang, den Blick abzuwenden, waren, wenn er Tee kochen ging oder Nicholas eine Aufgabe hatte, bei der Dave helfen konnte.

Nach dem Mittagessen kam Nicholas wieder aus seinem Zelt und hielt recht verlegen ein Schmetterlingsnetz. Die Art mit der langen Stange und dem weißen Netzkegel, von der Dave gedacht hatte, sie gehöre in dieselbe Vergangenheit wie Enid-Blyton-Bücher und Buschhemd.

„Das meinst du doch nicht ernst", sagte Dave.

„Ähm … doch, ich fürchte schon."

Und Nicholas machte sich nach einem letzten Blick mit rosa Wangen auf die Pirsch nach seiner Beute. Es war sehr amüsant zu beobachten, wie dieser schlaksige, wunderschöne Mann sich mit der Anmut und der Cleverness der Schmetterlinge maß. Dave musste ein paar Mal lachen, obwohl Nicholas ihn immer eindringlicher bat, still zu sein.

Doch schließlich fing Nicholas einen mit einer raschen Bewegung von unten nach oben und einer überraschend effizienten Drehung des Handgelenks.

Und da wurde Dave endlich klar, was der Mann vorhatte. Was er mit all dem bezweckte.

Nicholas legte das Netz sehr vorsichtig über ein offenes Glas auf dem Boden und ermunterte den Schmetterling vorsichtig, sich hineinzubegeben. Als das endlich geschehen war, schraubte er den Deckel fest zu und hob das Glas an, um mit kühlem Blick zu beobachten, wie das Tier eine Weile herumflatterte, sich auf dem weißen Stoffbündel am Boden niederließ – und sich dann in allzu kurzer Panik erhob.

Das Ding war tot.

Da lag es mit gefalteten Flügeln in der Farbe von Schatten und verbarg die einzige Schönheit, die ihm geblieben war. Nicholas griff mit seinen langen, blassen Fingern in das Glas, hob den Schmetterling am Körper auf und steckte ihn in einen halbtransparenten Umschlag. Er war jetzt sanft, aber es war kein Mitleid in ihm. Kein Bedauern.

Irgendwie entsetzt sah Dave ihm dabei zu. Obwohl er sich nicht wirklich erklären konnte, warum. Er hatte gewusst, dass dies dazugehören würde, auch wenn er nicht wirklich darüber nachgedacht hatte. Er hatte gewusst, dass Nicholas in all den langen Tagen in Brisbane Hunderte solcher Exemplare untersucht haben musste. Und Dave war kein Scheinheiliger. Er aß Fleisch, und er liebte es. Er hatte Fische und andere Tiere getötet – nicht viele, aber doch genug – und sie zubereitet, gekocht und gegessen. Er führte einen immerwährenden Krieg gegen die Schädlinge, die in sein Haus in Brisbane einzudringen versuchten. Und doch störte ihn etwas an diesem Vorgang …

Vielleicht war es einfach der Kontrast. Vor nicht allzu langer Zeit hatte Nicholas noch inmitten eines Wirbelwindes von Schmetterlingen gestanden, die Arme ausgebreitet, als wolle er sie willkommen heißen, sie feiern, seine Liebe bezeugen – und sein glückliches Lächeln *strahlte*, als könnte es die ganze Welt erleuchten. Wie ein sexy Franziskus von Assisi, nur in schwarzem Hemd und blauer Jeans. Und jetzt tötete er sie systematisch.

Natürlich nicht alle. Wahrscheinlich nur eine Handvoll, für ihn selbst, für das Museum und die Universität in Brisbane und vielleicht für eine entsprechende Einrichtung in England.

Nicholas warf ihm einen abwehrenden Blick zu, als er mit einem anderen in seinem Netz zurückkam. *„Der Tod trifft uns alle gleichermaßen"*, murmelte er.

Es klang wie ein Zitat – aber ob es eines war oder nicht, darauf konnte Dave keine Antwort finden.

Seine eigenen Reaktionen verwirrten ihn, aber einige Dinge wurden dadurch noch deutlicher. Dave musste sich tatsächlich anstrengen, um sich in dieser Nacht Nicholas' suchenden Händen hinzugeben. Er musste sich wirklich dazu zwingen, seinen Widerwillen zu überwinden. Es war lächerlich. Und doch war es genau das, was ihm klar machte, was hier geschah.

Er gab sich Nicholas hin, er überließ dem anderen Mann das Kommando. Und er hatte Denise in vielerlei Hinsicht gern die Führung überlassen, aber das hatte er als eine Sache der Gleichberechtigung angesehen, und fair war schließlich fair. Das hier … das war etwas mehr.

Hierbei schenkte er einem anderen so viel Vertrauen, dass er nicht mehr Dave zu sein brauchte; er brauchte nicht einmal eine Hälfte von Denny-und-Davey zu sein. Stattdessen wurde er zu etwas, das ganz und gar Nicholas Goring gehörte – auch wenn es nur unter diesen sehr begrenzten Umständen war, in diesem Schlafsack für ein oder zwei Stunden und nicht mehr. Und das gab ihm so eine verdammte *Energie*.

Nicholas begann seinen Versuch, Dave mit sanften Küssen für sich zu gewinnen, indem er diese Lippen einfach auf Daves Mund, Wangen, Stirn und Kinn drückte, ohne eine Reaktion zu erwarten. Seine reumütigen Hände strichen über Daves Haar und dann über seinen Hals. Nicholas lag dicht an ihm, über ihm, ein Bein angewinkelt, sodass Nicholas' Oberschenkel über Daves lag und ihn festhielt. Und es brauchte nicht viel, um ihn dort zu halten und diese beruhigenden Liebkosungen zu akzeptieren, selbst am Anfang. Als Nicholas' freie Hand nach unten strich, um über Daves Herz zur Ruhe zu kommen, wie um seinen Puls gegen seine Handfläche zu spüren – nun, zu dem Zeitpunkt hatte Dave sich ergeben, und er gehörte wieder Nicholas.

„Ich werde dir nicht wehtun", flüsterte Nicholas, als klar war, dass er wieder seinen Willen durchsetzen konnte.

„Doch das wirst du", antwortete Dave gleichmütig, „aber das ist mir egal."

Und Nicholas beugte seinen Nacken, um Daves Mund mit einem innigen Kuss zu erobern, und zog ihn in seine Arme. Eine Hand begann langsam sein Rückgrat zu streicheln, wanderte träge zu ihrem Ziel im Bewusstsein, dass sie nicht abgewiesen werden würde.

Später, viel später, durfte Dave endlich kommen – er war dicht an Nicholas gepresst, und seine Hüften zuckten hilflos mit Empfindungen hin und her, während sie sich beide ansonsten nicht bewegten und Nicholas murmelte: „Das ist es … Ja, genau so …" Er wechselte zwischen dem rauen Kratzen seines empfindlichen Schwanzes an männlichem, dunklem Haar und dem Reiben von Nicholas' erschlafftem Schwanz, und wie Nicholas' Hoden sich gegen Daves Oberschenkel anfühlten – und einem dieser langen, blassen Finger tief in ihm, der sich nicht bewegte, sondern ihn nur das Gleiten spüren ließ, während er auf und ab wippte, auf und ab. Es war so, wie er es sich selbst nie vorgestellt hatte, aber Dave störte sich nicht an dem Gefühl des Besessen-Werdens. Es fühlte sich jetzt schon süß an.

Es war erstaunlich, wie viele Stunden am Tag Nicholas seinen Schmetterlingen widmen konnte: Er beobachtete sie, zeichnete sie auf und übertrug seine Notizen handschriftlich in ein Tagebuch. Ursprünglich hatte Nicholas vorgehabt, seine Notizen auf seinem Laptop abzutippen, aber dafür hätte er natürlich Strom gebraucht – und obwohl sie den Generator bei Bedarf für kurze Zeit einschalteten, verursachte er einen zu hässlichen Lärm für ihr Refugium. Während Nicholas so fröhlich beschäftigt war, kümmerte sich Dave um das Lager, kochte für sie beide oder verbrachte ein oder zwei Stunden mit Lesen. Die restliche Zeit – vor allem, wenn die Dämmerung hereinbrach und die Schmetterlinge sich für die Nacht zurückzogen – stand ihnen zur freien Verfügung.

„Vergnügen kann man lernen", beteuerte Nicholas einmal, bevor er mit seiner Zunge über eine Stelle raspelte, an der sie nichts zu suchen hatte, und dann kleine, beruhigende Züngeleien folgen ließ, die anfangs kitzelten. Als Dave lachte und versuchte, sich wegzuwinden, brachte Nicholas ihn zum Schweigen und verstärkte seinen Griff um Daves Hüften. „Sei still, entspann dich. Pass auf. *Lerne* das hier."

„Nicholas –", protestierte er. „Du kannst nicht –"

Aber der Mann beugte nur den Kopf vor und machte weiter, und schließlich wurde aus dem Kitzeln ein unbehagliches Zittern und dann ein aufreizendes Schaudern, bis es schließlich zu viel wurde, dieses Gefühl, was auch immer es war, es war zu viel, und er stöhnte verstört auf, und Nicholas erbarmte sich seiner, legte seine Handfläche und seine langen, blassen Finger um Daves Schwanz, weil er mittlerweile genau wusste, wie er ihn zum Orgasmus bringen konnte, während er ihn leckte, leckte, bis Dave erschöpft zur Ruhe kam, mit harten Brustwarzen und alles an seinem Unterleib empfindlich.

Eines Nachmittags sah Dave, dass Nicholas etwas besonders aufmerksam beobachtete und es mit seiner Videokamera filmte. Was auch immer es war, es lag auf dem Boden und dauerte eine Weile. Zumindest lange genug, dass Daves Interesse geweckt war und er dorthin ging.

„Sag jetzt nichts Unpassendes", riet Nicholas. „Ich filme das für die Nachwelt."

Zwei der Schmetterlinge lagen mit gespreizten Flügeln flach auf dem Boden, einer über dem anderen, zeigten dabei aber in entgegengesetzte Richtungen. Sie flatterten und rüttelten heftig, als wollten sie so abheben, so unwahrscheinlich das war. „Was machen sie da?", fragte Dave – und begriff dann, was es war, während er etwas lächerlich vorschlug: „Wrestling?"

Nicholas lachte leise und antwortete in weihevollem Ton: „Sie paaren sich!"

Dave musste lachen. „Du schon wieder mit deinen Schmetterlingspornos."

„Ja. Es ist etwas ganz Schönes."

„Da bin ich mir sicher." Dave dachte über die Logistik nach. „Ihre Schwänze …?" Alles spielte sich unter den ausgebreiteten Flügeln ab, aber er konnte sich nicht vorstellen, wie es sonst funktionieren sollte.

„Ja. Ihre Genitalien befinden sich in den letzten Segmenten ihres Unterleibs – das, was man sich als Schwanz vorstellt. Und sie … machen es Rücken an Rücken."

Bald war es vorbei, und nachdem sie sich … voneinander gelöst hatten, sammelten sich die Schmetterlinge und flogen schließlich träge zum Gestrüpp zurück. Nicholas folgte ihnen mit der Kamera, aber als sie sich niedergelassen hatten, schaltete er die Kamera aus und kehrte zu Dave zurück, der immer noch da stand.

„Nun denn", sagte Dave.

Nicholas bedachte ihn mit einem lasziven Grinsen. Dem hatte Dave noch nie widerstehen können.

Dazwischen gab es genug Zeit zum Reden. Sie verbrachten Stunden am Lagerfeuer, saßen auf der Motorhaube des Cruisers oder lagen auf dem Dach und beobachteten die Sterne, die am Himmel ihre Bahnen zogen. Wenn sie nah beieinander waren, hatte Nicholas fast immer die Arme um Dave gelegt oder zumindest eine Hand auf seinen Körper gelegt, als könne er nicht genug davon bekommen.

„Wie gut, dass du eine Vorliebe für das Personal hast", bemerkte Dave irgendwann. „Ein Earl würde sich sonst kaum herablassen, mich überhaupt zu bemerken."

„Ich bin kein Earl", argumentierte Nicholas, „und was meinst du damit? Du bist ein Freund, nicht das Personal."

Dave spürte, wie bei ihm ein Lächeln aufblühte, aber er unterdrückte es. „Dein Erster war der Chauffeur, und der jüngste bin ich … Du jagst wohl am liebsten in der Arbeiterschicht?"

„Idiot", sagte Nicholas und küsste und knabberte an der zarten Haut direkt hinter Daves Ohr. Sie lagen zusammengerollt auf der Motorhaube und der Windschutzscheibe des Cruisers, und die Nachtluft war sanft um sie. „Ich habe eine Vorliebe für gut aussehende, starke Männer. Das kann man mir wohl kaum verübeln."

„Natürlich nicht, Sir. Machen Sie nur mit mir, was Sie wollen, Sir, und dann werfen Sie mich weg, das geht schon in Ordnung."

„Ach, halt die Klappe!", rief Nicholas lachend. „Ich dachte, ihr Australier glaubt nicht an soziale Schichten."

Dave zuckte ein wenig mit den Schultern. „Vielleicht nicht so sehr wie ihr. Australien ist ziemlich egalitär. Aber Arme und Reiche gibt es trotzdem."

Nicholas lehnte sich schließlich ein wenig zurück – nicht weit genug, um Dave loszulassen, aber genug, um ihn zu betrachten. „Warum kümmert dich das überhaupt? Ich bin *kein* Earl und werde es auch nie sein. Ich bin der jüngste Sohn eines Earls. Was so gut wie gar nichts bedeutet."

„Es bedeutet, dass du genug Geld hast, um drei Monate lang hierher zu kommen und Schmetterlingen nachzujagen."

Das brachte ihm ein spöttisches Lachen ein. „Das Geld der Familie stammte von meiner Großmutter, einer Bürgerlichen, die im Lebensmittelgeschäft tätig ist. Unser Vermögen war schon ziemlich weit aufgebraucht, bevor sie in die Familie einheiratete."

„Sie ist eine Lebensmittelhändlerin?"

„Zugegeben, in ziemlich großem Stil."

„Oh." Dave dachte eine Weile darüber nach, und Nicholas kuschelte sich wieder an ihn. Es gab so viel, was er nicht über Nicholas wusste, und wahrscheinlich war die Hälfte dessen, was er zu wissen glaubte, falsch. Dave wandte sich ein wenig ab und machte es sich bequemer, in der Hoffnung auf eine lange Geschichte. „Erzähl mir von deinem Chauffeur", forderte er ihn auf.

„Mmm … Ich weiß nicht, ob es da noch viel zu sagen gibt."

„Haben du und er … du weißt schon … es gemacht?"

„Oh ja", war die ironische Antwort. „Und es war *so* romantisch."

„Komm schon … Was verschweigst du mir?"

Nicholas seufzte und ließ sich hinter Dave nieder, seinen Mund an Daves Nacken. „Ich habe das Geheimnis all die Jahre für mich behalten. Warum sollte ich es dir erzählen? Der Mann ist immer noch mit unserer Familie verbunden. Und er hat später geheiratet; er hat eine eigene Familie. Ich werde ihn jetzt nicht in Verlegenheit bringen."

„Also habt ihr's getan."

„Idiot … Nun, lass nicht zu, dass deine Fantasie mit dir durchgeht. Vielleicht gab es einen Kuss oder zwei. Jetzt scheint das alles so unschuldig. So harmlos. Aber damals fühlte es sich herrlich verrucht an. Und ich würde ihn wirklich nicht in Verlegenheit bringen wollen, David. Er wollte nur nett sein, und vielleicht hat er es schon vergessen. Das muss unter uns bleiben, ja? Bitte."

„Natürlich", stimmte er beherzt zu.

Dann fragte Nicholas: „Also … dann erzähl mir von Denise. Wann hat das angefangen?"

Dave stieß ein Lachen aus. „Am allerersten Schultag. Ich war fünf Jahre alt und völlig überfordert. Sie hatte Mitleid mit mir, nahm meine Hand und führte mich den ganzen Tag herum. Sie brachte mich zum Lachen, als ich nur noch weinen wollte. Sie war mutig genug, sich mit Drachen anzulegen, weißt du?“

Nicholas war still und schweigsam. Als er schließlich sprach, sagte er nur leise: „Gibt es in Australien überhaupt Drachen?“

„Bunyips zumindest“, beharrte Dave. „Sie hätte sich für mich einer Horde von Bunyips entgegengestellt.“

Und Nicholas bemerkte leise: „Du warst wirklich dein ganzes Leben lang in sie verliebt.“

„Ja, es war nur … Nun, ich habe das nie hinterfragt. Sie war immer da. Ich nahm an, dass … wenn sie dazu bereit sein würde, zu heiraten, würde sie mich fragen. Oder nicht zwingend heiraten – ich dachte, sobald sie dazu bereit war, Kinder zu haben und den ganzen anderen Kram, würde sie es mich wissen lassen.“ Er dachte einen Moment darüber nach und fügte dann hinzu: „Das hat sie auch, denke ich. Nur dass es nicht mit mir sein würde.“

Nicholas’ Arme legten sich enger um ihn, und sie schmiegten sich beide noch ein wenig näher aneinander, bis ihre Körper perfekt zusammenpassten. Die Sterne kreisten über ihnen, bis endlich das Gefühl des Verlustes vom Gefühl der Zugehörigkeit abgelöst wurde.

„David“, flüsterte Nicholas, seine Lippen und sein feuchter, warmer Atem an Daves Haut.

„Hm?“

„Lässt du mich …“

„Was?“, fragte er milde, obwohl er dachte, er wüsste es. Natürlich waren sie die ganze Zeit über dahin unterwegs gewesen.

„Darf ich dich ficken? Ich möchte es … so sehr, dass es fast wehtut.“

Er lachte leise vor sich hin. „Nicht, wenn es wehtut, dann nicht.“

„Mach dich nicht über mich lustig. Ich will dich haben. Ich bin mir ziemlich sicher, dass du das auch willst.“

Er ließ die Minuten verstreichen. Schließlich sagte er: „Ich bin bereit, es zu versuchen, in Ordnung? Aber nicht hier draußen.“

„Ich werde vorsichtig sein“, versicherte Nicholas ihm. „Und außerdem wird es nicht so sehr wehtun, wie du denkst.“

„Nein, also … darüber mache ich mir keine Sorgen. Oder nur ein bisschen.“

„*Was* dann? Ich meine, warum nicht hier draußen?“

„Weil –“

„Wo wäre es besser? Das ist *unser* Platz. Hier sind wir sicher.“

„Aber wenn etwas schief geht –"

Nicholas stützte sich auf einen Ellbogen, um ihn richtig ansehen zu können. „Was zum Beispiel?"

„Keine Ahnung."

„Aber ich habe Ahnung. Ich weiß, was ich tue, David."

„Da bin ich mir sicher!" Er fragte sich, wie viele Liebhaber Nicholas im Laufe der Jahre gehabt hatte. Offensichtlich würden sie Daves bei *Weitem* übertreffen. Aber darum ging nicht.

„Warum dann nicht?"

„Ich habe nur – ich habe für diesen Fall keinen Ausweichplan."

Für Nicholas machte das offenbar Sinn, oder zumindest war er inzwischen an Daves Art gewöhnt und an all die Sorgfalt, die er auf ihre Reise, ihr Lager und ihre Sicherheit aufwandte. All die Ausfallsicherungen und Back-ups und Redundanzen.

„In Ordnung", stimmte Nicholas zu und beugte sich vor, um Dave einen Kuss auf die Schläfe zu drücken. „Dann, wenn wir das nächste Mal in der Stadt sind?", fragte er hoffnungsvoll.

„Ja", sagte Dave. „Wenn wir das nächste Mal in der Stadt sind. Wir werden nach Charleville fahren. Da kriegen wir ein richtiges Bett für die Nacht."

Nicholas seufzte zufrieden. Und für den Moment begnügten sie sich mit fordernden Händen und hungrigen Küssen.

Kapitel 11

Sie erreichten Charleville am frühen Nachmittag. Und ihre erste Aufgabe, darauf bestand Nicholas, war es, ein Zimmer für die Nacht zu finden. Oder, besser gesagt, ein Bett.

Dave weigerte sich, ein Feigling zu sein, aber oh Gott, er musste wirklich all seinen Mut zusammennehmen. Er ging in sein übliches Hotel. Marge saß an der Rezeption, und er wusste nicht, ob er dafür dankbar sein sollte oder nicht.

„Guten Tag, Dave", begrüßte sie ihn in ihrem gewohnt lockeren, freundlichen Ton. „Hallo", fügte sie an Nicholas gewand hinzu, der ganz selbstverständlich an Daves Seite stand.

„Guten Tag, Marge", antwortete Dave, und Nicholas sagte: „Hallo."

„Zwei Einzelzimmer?", fragte sie, obwohl es eigentlich keine Frage war. Sie war bereits dabei, die Liste für diese Nacht durchzugehen, und hatte die Zimmer ausgewählt, bevor Dave eine Antwort hervorbringen konnte.

„Eher … ein Doppelzimmer, danke, Marge."

Sie sah mit einem sorgfältig geschulten Gesicht auf, dem es nicht ganz gelang, ihre Überraschung zu verbergen. Ein Blick flackerte über beide, bevor sie in unverändertem Tonfall antwortete: „Natürlich." Und sie neigte den Kopf, um erneut mit einem Finger über die Liste zu fahren.

Dave hatte das Gefühl, dass es einfacher wäre zu sterben, als sich dieser Peinlichkeit auszusetzen. Aber um Marge gegenüber fair zu sein, war sie wahrscheinlich eher überrascht, dass Dave, der Ein-Frau-Mann, sich für jemand anderen als Denise interessierte; dass Dave, der immer stets professionelle Fremdenführer, mit einem Kunden schlief. Wahrscheinlich war es ihr völlig egal, dass Dave plötzlich beschlossen hatte, an das andere Ufer zu wechseln. Vielleicht, so sagte sich Dave, würde es ihr sogar am schwersten fallen, ihm zu verzeihen, dass er sich ausgerechnet mit einem Engländer einließ.

„Bitte sehr", sagte Marge schließlich, überreichte einen Schlüssel und nutzte die Gelegenheit, um Dave beruhigend auf den Unterarm zu klopfen. „Nummer dreiundzwanzig im ersten Stock. Es hat ein eigenes Badezimmer. Für dich ist es der übliche Preis, Dave, aber es ist unser bestes Zimmer."

Nun gut. Nun, wenn sein Gesicht vorher nicht so rot wie eine Telopea gewesen war, dann hatte es das jetzt mit Sicherheit nachgeholt. „Danke“, schaffte er zu sagen – oder zu quietschen. Er räusperte sich und brachte ein etwas männlicheres „Danke, Marge“ zustande.

Nicholas fügte sanft hinzu: „Vielen Dank.“

Und auf gar keinen Fall wollte Dave jetzt nach oben gehen, und sei es nur, um auszupacken. Er wandte sich an Nicholas. „Pub.“

„Ausgezeichnete Idee“, stimmte Nicholas zu. „Bis später, Marge.“

„Bis dann, Jungs!“

Und sie gingen zur Tür hinaus, Schulter an Schulter, und Dave sagte: „Oh Gott, ich werde ganz sicher *sterben*.“

Charlie brauchten sie nicht einmal Bescheid zu sagen. Er saß bereits dort, allein, am selben Tisch wie beim letzten Mal, als ob er auf sie warten würde. Er warf einen Blick auf Dave und Nicholas, als sie auf ihn zukamen, sein Blick erfasste *alles* an ihnen, und er *wusste es*, verdammt noch mal. Er wusste, dass sie zusammen waren. Daraufhin grinste Charlie wie ein besonders glücklicher Verrückter.

Kaum hatten sie sich hingesetzt, als Rosie ihnen drei Cascades brachte, obwohl es in diesem Pub ausdrücklich *keinen* Tischservice gab. „Hier, bitte“, sagte sie und stellte die Biere ab – und *zwinkerte* Dave zu. „Geht aufs Haus, Jungs.“

Die beiden anderen bedankten sich artig, während Dave noch weiter in seinem Stuhl zusammensank und kleiner und kleiner wurde. Oh Gott. Es muss ihm förmlich ins Gesicht geschrieben stehen. *Dieser Mann ist einem schwulen Earling sexuell verfallen.*

Er fragte sich, wie lange es wohl dauern würde, bis sich die Nachricht vom Hotel und dem Pub nach außen hin verbreitet hatte. Er würde in dieser Nacht die letzten Fetzen seiner bereits arg zerfledderten Jungfräulichkeit verlieren, und die ganze verdammte Stadt würde genau wissen, was vor sich ging. *Dave Taylor lässt sich in den Arsch ficken … und genießt es!*

Wirklich. Sterben wäre so viel einfacher.

„Ihr zwei habt in den letzten Wochen viel erlebt“, stellte Charlie schließlich fest.

Nicholas lachte. „Das haben wir“, stimmte er fröhlich zu. „Die Schmetterlinge, Charles: Sie sind so schön! Mehr als ich mir je hätte erhoffen können. Letzte Woche konnte ich beobachten, wie sie schlüpften, wie ihre Flügel trockneten und sich ausbreiteten – und wie sie dann zum ersten Mal geflogen sind! Nun", fügte er mit einem leisen Lachen hinzu, „das wird nie langweilig werden, aber bei diesen besonderen Schönheiten …"

„Und du bist der erste Weiße, der sie findet?"

„Ich glaube schon, ja. Oder zumindest der Erste, der sie wirklich identifizieren konnte. Im Feldführer der CSIRO gibt es nichts Vergleichbares." Nicholas sah erfreut und stolz aus, aber er versuchte, das Gespräch auf etwas anderes zu lenken. „Aber das ist alles für später. Im Moment ist es einfach ein Privileg, so viel Zeit mit ihnen verbringen zu können."

Charlie blieb hartnäckig. „Welchen Weißen-Namen willst du ihnen geben?"

Nicholas' Wangenknochen färbten sich rosa, und er wandte sich Charlie zu, wobei er den Mund verbarg, als wolle er ihm ein Geheimnis verraten – aber Dave sollte sein lautes Flüstern auf jeden Fall hören. „Ich glaube, ich werde sie nach David benennen." Daraufhin wurde Dave wieder Telopea-rot. „Aber sag es ihm nicht! Dem ist das alles schon peinlich genug."

Das entlockte Charlie ein leises, grummelndes Lachen, und er betrachtete Dave für lange, qualvolle Minuten. Doch schließlich sagte Charlie nur noch: „Du hast also das Wasserloch des alten Grunzbarsches gefunden."

„Ja", antwortete Dave und spürte, wie der Boden unter seinen Füßen etwas fester wurde. „Es ist ein seltsamer Ort. Aber von Fischen gibt es keine Anzeichen, also weiß ich nicht, ob es wirklich –"

„Ja, du hast es wirklich gefunden."

„Außer den Schmetterlingen gibt es dort nichts. Es ist wunderschön, aber es gibt keine Vögel oder Tiere, keine Fische, keine Insekten. Nur die Schmetterlinge. Ist das nicht irgendwie seltsam?"

Charlie zuckte mit den Schultern. „Wie fühlt es sich für dich an?"

Dave seufzte und sah weg.

„Er hat das Gefühl, dass es sich falsch anfühlen *sollte*", sagte Nicholas. „Aber das tut es nicht."

„Natürlich nicht", stimmte Charlie energisch zu. „Aber das Wasser solltet ihr nicht trinken. Soviel solltet ihr wissen."

„Ja, das tun wir", stimmte Dave zu. „Wir sind ein paar Mal geschwommen, aber wir waren vorsichtig." Und jetzt, wo er darüber nachdachte, hatten sie es instinktiv vermieden, viel zu baden, obwohl er eigentlich erwartet hätte, dass sie jeden Nachmittag ein Bad in diesem herrlichen, juwelenartigen Wasser nehmen würden.

Charlie nickte. „Es gibt ein Geheimnis, eine Seltsamkeit. Mein Kompass mochte diesen Ort nicht. Er wies mir immer wieder einen anderen Weg."

„Das Navi mag es auch nicht."

„Mineralien", schlussfolgerten sie. „Große Mineralvorkommen."

Nicholas dachte darüber nach. „Würde das die Vögel und Tiere vom Wasser fernhalten? Und die Schmetterlinge haben es irgendwie geschafft, sich anzupassen?"

Charlie nickte. „Könnte sein … Könnte sein."

Nach einem Moment, in dem es schien, als hätten sie alles gesagt, was man dazu sagen konnte, stieß Nicholas Charlie freundschaftlich mit dem Ellbogen an. „Wenn ich einen Schmetterlingstraum habe, welche Art von Traum hat dann David?"

Und Charlie dachte wieder lange Zeit über Dave nach. „Ich weiß es nicht, Nicholas", sagte er schließlich. „Wenn ich ihn jetzt ansehe, sehe ich nur noch dich."

Nicholas zuckte vor Vergnügen zusammen und kicherte, als wäre er noch in der High School, während Dave murmelte: „Ja, ja. Du weißt immer genau, was du sagen musst, nicht wahr, Kumpel?"

„Das tue ich immer", stimmte Charlie zu und klang sehr mit sich zufrieden.

Nach einer Weile beschloss Dave, dass es nur fair war, es auch Denise zu sagen, wenn Charlie es wusste. Und sie würde sowieso erwarten, dass er anrief, wie es ihre neue Routine vorsah. Er brachte die drei leeren Gläser zurück zur Theke und wählte Denises Nummer auf der Kurzwahltaste, während er wartete. Rosie war klug genug, ihn für den Moment in Ruhe zu lassen.

Das Erste, was Denise sagte, als sie den Anruf entgegennahm, war: „Davey! Ich habe dich vermisst!"

Selbst jetzt machte sein Herz einen Sprung, als sie ihn so begrüßte. „Ja.

Ich bin es gewohnt, jeden Tag mit dir zu reden. Ich habe es auch vermisst."

„Wie läuft die Reise? Geht es dir gut?"

„Ja, es ist alles in Ordnung. Denise –"

„Lagert ihr immer noch an der Wasserstelle?"

„Ja. Also", sagte er. Und er seufzte. Sie wusste genug, um jetzt zu warten, obwohl es ihm in vielerlei Hinsicht lieber gewesen wäre, wenn sie darauf bestanden hätte, das ganze Gespräch zu bestreiten. Er war sicher, dass sie am Ende die Wahrheit herausgefunden hätte. „Hör zu. Denny … Ich bin …", er war sich nicht sicher, welches Verb er benutzen sollte, also ließ er das Wort unzusammenhängend. „Ich bin *nnngh* … mit Nicholas."

Ein Moment der Stille. Dann platzte sie heraus: *„Ernsthaft?"*

„Ja."

Eine weitere Sekunde verging, bevor sie sagte: „Oh, Davey, das ist *großartig.*"

„Ähm. Wirklich?"

„Ja. Ja, *natürlich.* Gott, ich habe es gehasst, dass du die ganze Zeit allein warst."

Er lachte ein wenig, verhalten. *Nun, und wessen Schuld war das?,* dachte er. Aber darin lag keine intensive Emotion. Die ganze Bitterkeit hatte ihn verlassen.

„Davey, ich freue mich so für dich."

„Es ist nicht zu seltsam?"

„Nein, natürlich nicht. Liebe ist Liebe, egal, wo man sie findet."

„Oh. Äh, so ein Wort benutzt hier niemand, Denny."

Sie lachte. „Dann ist eine Affäre eben auch was Schönes, Davey. Amüsier dich, und ich höre in einer Woche von dir, in Ordnung?"

„In Ordnung." Und als sie das Gespräch beendet hatte, murmelte er: *„Tschüss. "*

„Bei dir alles klar, Dave?", fragte Rosie, als sie endlich die Kunden an der Bar abgearbeitet hatte.

Dave lächelte sie an. „Drei Cascades, danke dir."

Die drei verbrachten einige Zeit damit, verschiedene Karten zu studieren, aber sie kamen dem Ziel, das Wasserloch zu lokalisieren oder herauszufinden, auf wessen Land es sich befand, nicht wirklich näher. In der

Gegend gab es ein großes Aborigine-Reservat und die Grenzen von zwei verschiedenen Privatgrundstücken. Aber festzulegen, wo das Wasserloch im Verhältnis zu diesen Grundstücken lag, schien fast unmöglich.

„Es ist fast so, als ob", sagte Dave, der sich dabei idiotisch fühlte, es aber trotzdem sagte – „als ob es *dazwischen* liegt."

„In den Zwischenräumen", sagte Nicholas, als stimme er zu.

Charlie betrachtete die beiden eine Weile und schweifte dann in seinen eigenen Gedanken davon.

Nachdem sie sich noch eine Weile über die Karten den Kopf zerbrochen hatten, überließen Nicholas und Dave ihn sich selbst.

Sobald es einigermaßen dunkel war, schlichen sich Dave und Nicholas mit ihren Taschen auf ihr Zimmer und schafften es, Marge aus dem Weg zu gehen – obwohl Dave vermutete, dass das eher an Marges Taktgefühl lag als daran, wie geschickt sich Daves und Nicholas anstellten.

Dann waren sie nur noch zu zweit, was sich in diesen Tagen so vertraut, so sicher anfühlte. Nicholas schlenderte in das Zimmer, während Dave die Tür abschloss. Sie stellten ihre Taschen ab, aber keiner von ihnen schaltete das Licht ein – was auch kaum nötig war, denn in der Nähe befand sich eine Straßenlaterne, die ihr kühles Licht durch die Gardinen einfallen ließ. Es reichte auf jeden Fall aus, damit sie sehen konnten, was sie taten.

Nicholas musste gemerkt haben, dass etwas ausgeräumt werden musste, denn er küsste Dave nicht und berührte ihn auch nicht, sondern zog einfach seine Schuhe aus und setzte sich auf das Bett, den Rücken an die Kissen und das Eisengeländer des Kopfteils gelehnt und die Beine lang ausgestreckt. Die Hände locker in seinem Schoß verschränkt, wartete er geduldig.

Dave nahm den Stuhl mit der geraden Rückenlehne und drehte ihn um, sodass er dem Mann gegenübersitzen konnte, und dann überlegte er, was er sagen wollte und wie er es sagen sollte. Aber am Ende platzte er natürlich einfach damit heraus. „Weiß jeder, was wir heute Abend machen?"

„Nun, es scheint, dass die meisten von ihnen inzwischen eine Vorstellung davon haben."

„Ich meine, dass du mich fickst. Ist das wirklich so offensichtlich? Es fühlt sich so an, als ob es wirklich offensichtlich wäre."

Nicholas nahm sich einen Moment Zeit, als sei er entschlossen, sich davon nicht aus der Ruhe bringen zu lassen – oder Dave nicht in Angst und Schrecken zu versetzen, indem er zeigte, dass es ihn beunruhigte. „Ich hätte gedacht", sagte Nicholas schließlich, „wenn sie über die Details spekulieren, nehmen sie an, dass es andersherum ist."

„Wirklich?"

„Ja, weil ich schwul bin und du sonst hetero bist. Ich denke, das ist sonst so die Annahme."

„Oh."

Nicholas ließ das Schweigen an ihnen vorüberziehen, bevor er fragte: „Was stört dich: die Tatsache, dass wir das geplant hatten, oder der Gedanke, dass jeder davon weiß?"

Natürlich war es Letzteres, aber Dave schämte sich zu sehr für seinen mangelnden Mut, um es zu sagen.

„Es ist mir egal, was wir tun, David", sagte Nicholas aufrichtig, aber auch ein wenig kühl. „Du kannst mich ficken, wenn du das möchtest. Es macht mir wirklich nichts aus."

„Ja?" Dave hatte kaum daran gedacht, das zu tun, aber jetzt, wo er darüber nachdachte, meinte er, dass er es könnte.

„Natürlich. Den Rest können wir uns für ein anderes Mal aufheben. Oder wir können einfach die Dinge tun, die wir bereits getan haben. Andererseits müssen wir eigentlich gar nichts tun." Schließlich fügte er, etwas wärmer, hinzu: „David, ich mache alles, was du willst."

Das Problem war allerdings, dass Dave gefickt werden wollte. Er seufzte. „Woher wusstest du das? Dass es das ist, was ich am Ende wollen würde. Ist das so offensichtlich?"

„Ganz und gar nicht."

„Ich habe das Gefühl, dass es auf meine Stirn geschrieben ist. In Leuchtbuchstaben."

Nicholas machte es sich gemütlich und begann, seine Seite der Geschichte zu erzählen. „Als ich dich das erste Mal sah, nahm ich an, dass es genau andersherum sein würde. Wenn es um Sex geht, habe ich gerne das Sagen. Das sagt nicht viel über mich als Person aus, aber im Bett funktioniert das für mich am besten. Als ich dich sah … Du bist umwerfend, David. Ich glaube, du weißt gar nicht, wie verdammt schön du bist. Ich stand auf dich wie auf nichts anderes. Und du warst dieser harte, starke australische Kerl von einem Mann. Und dieser erste Morgen!" Nicholas lachte über die

Erinnerungen. „Du warst so effizient, so beherrscht. Du hast die Regeln aufgestellt und mir gesagt, wie alles ablaufen würde, und ich bin dir mit heraushängender Zunge hinterhergelaufen wie ein verliebter kleiner Welpe. Ich dachte, na ja, es wird schon nichts passieren, weil du hetero bist, aber wenn es doch passieren sollte … dann hast du das Sagen. Und ich dachte, so muss es sein, wenn man hier auf der anderen Seite der Welt Urlaub macht, da geht eben alles genau andersherum.“

„Und wann hast du es begriffen?“

„Ich habe eine Weile gebraucht. Normalerweise bin ich nicht so langsam, zumindest hoffe ich das nicht. Mir wurde klar, dass ein Großteil der Effizienz darin bestand, dass du der beste Reiseleiter warst, der du sein konntest, dass du die Gefahren kanntest und dafür gesorgt hast, dass niemand, der dir anvertraut ist, jemals zu Schaden kommt. Dahinter verbarg sich ein anderer David, der privat lieber mit dem Strom schwimmt. Manchmal hatte ich das Gefühl, dass du … auf mich wartest. Dann habe ich mir gesagt, dass das nur Wunschdenken war. Erst als wir anfingen …“ Er hielt inne. Offensichtlich war Nicholas sich auch nicht sicher, welches Verb das richtige war. „Erst als ich dich zum ersten Mal richtig küsste, spürte ich die Verlockung, die du ausstrahlst … die Anziehungskraft, die von dir ausgeht … und die mich einlud.“

Dave stieß einen Atemzug aus, der definitiv *kein* Keuchen war. Aber es war, als wären diese letzten Sätze ein Gedicht, so viel Wahrheit lag darin. Dave selbst konnte die Anziehungskraft des Gedankens spüren … sich einfach zurückzulehnen und Nicholas einzuladen. Nicht nur auf die offensichtliche Weise. Und in diesem Moment wusste er, dass es in dieser Nacht geschehen würde – selbst wenn ganz Charleville es ebenfalls wusste.

„Nicholas“, sagte er mit etwas brüchiger Stimme, stand auf und ließ sich von seinem Orientierungssinn leiten. Seine Knie stießen gegen den Rand der Matratze.

Und Nicholas bewegte sich auf ihn zu, die Arme zur Begrüßung weit ausgebreitet, und diese hübschen Lippen schürzten sich zum Kuss und lächelten entzückt, als er murmelte: „Mein schöner Mann …“

Dave hatte sich nie vorgemacht, er habe ein besonderes Talent für Poesie. Als er sich in diesen starken, liebevollen und vertrauenswürdigen Armen umdrehte und sich von der Schwerkraft zurück auf das Bett tragen ließ, sagte er: „Fick mich. Nicholas, ich will, dass du mich fickst.“

„Oh, das werde ich, mein liebster David. Und das werde ich – aber alles zu seiner Zeit."

„Fast – bald jetzt – beeil dich, um Himmels willen –"

„Mmm", machte Nicholas zustimmend und hörte nicht auf mit dem, was er tat, aber er ließ auch nicht nach oder verstärkte es noch.

„Um Gottes willen – *fick mich* – ich werde jeden Moment kommen –"

Nicholas löste den Mund lange genug von Daves kondomüberzogenem Schwanz, um in freundlichem Ton zu sagen: „Wie du willst. Ganz wie es dir passt."

„*Nein!* Nein", beharrte Dave.

Nicholas gurgelte ein vergnügtes Lachen um Daves Schwanz und hob seinen Kopf wieder an, um ihn zu beruhigen. „Bleib bitte bei *ja, ja*. Es sei denn, du *willst*, dass halb Charleville hier reinstürmt, um das zu schützen, was von deiner Tugend übrig ist."

Dave stöhnte frustriert auf, weil er die feine Kante, auf der er balanciert hatte, verloren hatte. Vielleicht war das aber auch ganz gut so. Auf diese Weise konnten sie es vorsichtig angehen und er konnte sich wirklich darauf konzentrieren. Dave hob den Kopf und starrte Nicholas an, der unerklärlicherweise genau dort geblieben war, wo er war: zwischen Daves Schenkeln, was großartig war, aber er drang mit nicht mehr als einem langen, schmalen Finger in ihn ein.

„Worauf wartest du, verdammt noch mal?", forderte Dave. „Ich bin bereit! Jetzt fick mich schon!"

„So ist das nicht geplant."

Er stotterte fast vor Empörung. Wie um alles in der Welt konnte Nicholas das nur so falsch verstehen? „Nein. Offensichtlich. Ich will kommen, während du –"

Nicholas schüttelte den Kopf. „Nicht beim ersten Mal", riet er.

„Nicht –?!"

„Dafür musst du entspannt sein. Nach dem Orgasmus geht das ganz gut."

Hatte er sich wirklich nicht klar ausgedrückt. „Nein – Nein, ich will kommen, während –"

„Kommen bedeutet Anspannung", argumentierte Nicholas unerbittlich. „Und das ist nicht gerade förderlich, wenn man zum ersten Mal gründlich gevögelt werden will.“

Dave starrte ihn an und sank verärgert zurück. Und hart. Auf tiefste verärgert und so hart, dass ihm die Hoden schmerzten. „Verdammt noch mal“, murmelte er.

„Genieße das hier, du wunderschöner Mann, und dann verspreche ich dir, dass du eine faire Chance hast, den Rest auch zu genießen.“

„Aber ich will …“

„Nächstes Mal. Wenn du das erste Mal überlebt hast, werden wir es das nächste Mal mit allem Drum und Dran versuchen.“

Dave wollte eine Weile schmollen, aber wie konnte er das tun, wenn der ach so vernünftige Nicholas das alles so perfekt arrangierte. „Ach, jetzt willst du nur angeben“, beschwerte sich Dave, „dabei weiß ich genau, dass das nicht einmal mehr als zwanzig Zentimeter sind.“

Nicholas starrte ihn einen langen Moment lang ausdruckslos an – bis er schließlich begriff und beide in Gelächter ausbrachen. Natürlich nicht lange, aber es reichte, damit sie ihr inneres Gleichgewicht wiederfanden.

Die Stimmung war irgendwie abgeflaut, und so stützte sich Nicholas – seinen Finger an Ort und Stelle lassend – weit genug auf einen Ellbogen und die Knie, um sich vorzubeugen und Dave zu küssen – um ihn hungrig mit dem Mund zu liebkosen, an seiner Unterlippe zu nagen und daran zu saugen und sanft darauf zu kauen – und dann seine Zunge steif in Daves Mund zu schieben, wie um seine ultimativen Absichten nachzuahmen und fiel damit in denselben langsamen, unerbittlichen Rhythmus, den sein Finger beibehielt. Dave stöhnte um dieses köstliche Eindringen herum auf und versuchte ihr hinterherzujagen, als sich diese kühne Zunge schließlich zurückzog.

„Alles in Ordnung, mein Liebling?“, flüsterte Nicholas, während seine Lippen die von Dave berührten – und Dave hätte das nicht missen wollen – er liebte die Intimität, wenn ihre Gesichter so nahe aneinander waren, wenn sie kamen – also antwortete er, indem er abwechselnd an Nicholas’ Schmollllippen knabberte und mit einer Hand nach unten langte, um das Kondom abzustreifen und sich selbst zu befriedigen. Es dauerte nicht lange, und Nicholas lag über ihm, Haut an Haut, und dann sein Mund und sein Finger und er ermutigte ihn enthusiastisch mit einprägsamen, sanften Worten …

Unglaublich toll.

Und dann – endlich, bevor das Nachglühen abklingen konnte – machte sich Nicholas an die Arbeit, und Dave nahm sich eine Weile zurück. Er hatte keine Angst mehr, er glaubte nicht, dass es wehtun würde, es war ihm nicht einmal mehr peinlich, aber er glaubte, dass er eine Auszeit brauchte, um es bis zum Ende zu bringen, um es geschehen zu lassen.

Was wahrscheinlich völlig unnötig war, denn natürlich wusste Nicholas genau, was er tat, und er hatte Dave so gründlich vorbereitet … Viel schneller als Dave erwartet hatte, tauchte Dave in nur wenigen Augenblicken wieder auf, begierig auf die volle Erfahrung.

Es machte ihn atemlos. Er war atemlos, er war voll von Nicholas, es gab keinen Raum für Atem in ihm. Er war atemlos, er lag zusammengerollt unter Nicholas auf dem Bett, auf dem Rücken mit Nicholas über ihm, in ihm. Seine rechte Hand klammerte sich an Nicholas' Knie, das unterhalb von Daves Hüfte auf dem Bett ruhte, und hielt sich fest, denn er war so atemlos, dass ihm schwindelig wurde, oder war er einfach nur schwindelig vor Empfindungen?

Er war fähig, nachzudenken, oder ein wenig Reue zu empfinden. Er wünschte, er wäre nicht schon gekommen, obwohl er jetzt verstand, warum; er wusste, dass Nicholas recht hatte: Es wäre unmöglich gewesen. Er wünschte sich, er läge auf dem Bauch, oder auf den Knien, damit er die köstliche Wölbung in seinem Rücken spüren könnte, wenn er seinen Hintern für Nicholas zum Plündern anhob.

Und so fühlte es sich an, dieses Plündern, danach hatte er sich gesehnt, ein Teil von jemand anderem zu sein, und dass jemand anderer ein Teil von ihm war. „Ich will mehr davon –", sagte er. „Ich werde mehr davon wollen –"

Nicholas stieß einen lachenden Schluchzer aus, als wäre er glücklich, erleichtert und überwältigt zugleich – was er, wie Dave annahm, auch war. „Oh, mein Liebling", sagte Nicholas, dem jetzt wohl nur noch Kosenamen einfielen. „Mein liebster David …"

„Ich will *wissen*, wie es ist, ich will es lernen."

Nicholas hatte keine Worte dafür, sondern starrte nur mit feuchten Augen auf ihn herab. Währenddessen hielten seine Hüften einen gleichmäßigen, rollenden Rhythmus aufrecht, so unerbittlich wie die Wellen auf dem Meer. Nicholas kniete fast aufrecht, einen Arm straff vor sich gestreckt, die Hand um eine Eisenstange am Kopfende des Bettes gelegt, sein schlanker Bizeps eine schöne lange Kurve. Er war stark, seine schlanke Gestalt und seine übliche weite Kleidung täuschten in der Hinsicht, obwohl ihn die breiten Schultern verrieten. Er war stark, und alles, was ein Mann sein sollte. Ganz und gar nicht das, was Dave erwartet hatte. Nicholas' andere Hand griff nach unten, um Daves Hüfte zu umklammern und sie beide auf dem Boden zu halten, während er unablässig in ihn stieß – vorsichtig, aber er hatte bald gemerkt, dass Dave gut damit zurechtkam.

„Das nächste Mal –", sagte Dave, jedes Wort ein Keuchen von kostbarem Atem, „wollen wir – auf Händen und Knien –"

„Wollen wir das …?" Nicholas schien jetzt das Gespräch zu suchen, als bräuchte er Ablenkung. „Es tut mir leid, ich bin egoistisch, ich wollte dich sehen können, deine ganze Pracht."

„So hast du es … mir nicht … erklärt –"

„Nein", gab der Mann lachend zu.

Dave hatte sich so weit zusammengerollt, dass seine Schienbeine an Nicholas' Brust anlagen, offenbar mit dem Ziel, Nicholas bei Bedarf wegzustoßen. Seine Oberschenkel waren seine stärkste Muskelgruppe, das wusste er, aber um ehrlich zu sein, fühlte er sich im Moment nirgends stark, er war nur Schwere und Hitze und eine ganze Menge Widersprüche, wie zum Beispiel, dass er wollte, dass es vorbei war, und dass er wollte, dass es niemals endete, oder zumindest nicht, bis er es gelernt hatte. Er war fasziniert von den Empfindungen, obwohl er es kaum als Vergnügen bezeichnen würde, noch nicht. Eines Tages jedoch, da war er sicher, würde er es begreifen. Eines Tages würde er es begreifen, er würde es verstehen, und es würde einen Sinn ergeben, und –

Und es wäre spektakulär.

„Es tut mir leid", murmelte Nicholas. Engländer entschuldigten sich ständig, hatte Dave festgestellt.

„Was, verdammt? Ich dachte nur gerade … *spektakulär*."

Nicholas war bereits gerötet, aber er errötete noch dunkler und immer noch sehr hübsch über den Wangenknochen. „Es tut mir leid, dass du nicht so eine schöne Aussicht hast wie ich."

„Du bist verrückt –" sagte Dave zu ihm. „Du bist wunderschön –"

„Oh …" Nicholas stöhnte rau und sank auf Dave zu, er zappelte ein wenig und versuchte offensichtlich, durchzuhalten, aber er war überwältigt.

Seine Hand lockerte ihren Griff um die Metallstange und fiel auf das Bett, als er sich weiter vorbeugte, und Dave spreizte die Schenkel, um ihn näher hereinzulassen, beugte sich zu ihm hinauf, als Nicholas noch tiefer in ihn eindrang – und Nicholas kam einfach so, bebend und guttural stöhnend, während Dave Küsse über dieses schöne Gesicht hauchte.

Dave hatte das Gefühl, dass er in dieser Nacht kaum schlief. Er war glücklich und herrlich wund, und Nicholas lag eng an ihn geschmiegt, tief schlummernd – und wie um alles in der Welt konnte Dave schlafen? Das brauchte er auch gar nicht, so glücklich war er. Die schweren Vorhänge waren offen geblieben, und so weckten die ersten Anzeichen der Morgendämmerung, die durch die Netzgardinen schimmerten, Dave aus dem Dämmerschlaf. Er lag da und dachte über Gott und Welt nach und über alles, was mit ihr stimmte.

Er zuckte zusammen, als sein Handy aufleuchtete. Dave griff danach, krabbelte, um es vom Nachttisch zu holen, während Nicholas einen protestierenden Laut von sich gab, aber immer noch fast schlief. „H'lo?", brachte Dave hervor, nachdem er den Anruf entgegengenommen hatte. „Denny?"

„Nein, ich bin Charlie, Kumpel."

„Charlie? Oh Gott! Was ist los?" Daves Herz pochte immer noch vor Schreck, und er musste annehmen – wenn jemand gebeten wurde, ihm schlechte Nachrichten zu überbringen, dann war es – *„Charlie. Was ist passiert?"*

„Nichts. Es ist alles in Ordnung. Ich muss nur mit dir reden."

Dave ließ einen Moment verstreichen und fragte sich, ob er das wirklich träumte. Nichts von alledem ergab einen Sinn. „Was …? *Jetzt?*"

„Komm runter. Ich bin draußen. Bring deinen Mann mit, falls er wach ist."

Dave drehte sich um, um Nicholas anzusehen, aber der war natürlich jetzt auch wach. Seine Umarmung war so innig wie immer, aber er hatte den Kopf gehoben, um zuzuhören. Als er Daves Blick auffing, lächelte er mit einer sanften Wärme. Was sehr verlockend war.

„Davey …?"

Nicholas nickte ermutigend, woraufhin Dave antwortete: „In Ordnung.

Gib uns nur ein paar Minuten.“

„Du würdest doch einen alten Mann nicht warten lassen, während ihr beide abgelenkt seid, oder?“

Dave lachte leise auf. „Charlie, wir haben *geschlafen*. Gib uns ein paar Minuten, in Ordnung? Und ich werde versuchen, mich zu beherrschen.“

„Ich dagegen verspreche gar nichts“, fügte Nicholas drohend hinzu – und Dave beendete das Gespräch auf Charlies Stöhnen hin.

Allerdings gingen sie zehn Minuten später mit Charlie durch die Kühle des frühen Morgens in Richtung des Warrego River. Nachdem Charlie sie begrüßt hatte, verfiel er in Schweigen, und sie folgten ihm. Sie überquerten den Fluss auf der Willis-Street-Brücke und gingen ein kurzes Stück am Flussufer entlang nach Nordosten. Auf Charlies Zeichen hin ließen sich alle im Schneidersitz auf dem Boden nieder, unter roten Eukalyptusbäumen und dem satten Blau des Himmels.

Dave und Nicholas schwiegen, während Charlie noch etwas nachdachte. Und schließlich ließ Charlie seine Geschichte langsam aus sich hervorkommen.

„Diese Wasserstelle“, sagte Charlie. „Ein alter Freund von mir war der letzte seines Stammes, der die Lieder und die Geschichte dieses Ortes kannte. Er hat eine starke Magie. Sehr stark.“

Nun, soweit war Dave mit an Bord. Er tauschte einen Blick mit Nicholas, der offensichtlich zustimmte.

„Er hat diese Lieder an mich weitergegeben, sonst wären sie mit ihm gestorben. Es ist schon so viel verloren gegangen, so viele Lieder sind vergessen, so viele Ahnen bleiben unerkannt. Die Macht des Landes, sie schlummert, aber wer weiß, was sie tut, wenn die Lieder nie gesungen werden? Es war also besser, diese Lieder an jemanden aus dem falschen Stamm, vom falschen Ort, weiterzugeben, als alles verloren gehen zu lassen.“

Sie nickten verständnisvoll – aber wenn Charlie immer noch Bedenken hatte, dann war die Zusicherung zweier weißer Männer nicht viel wert.

„Ich bin dorthin gegangen“, fuhr Charlie fort, „ich konnte es nicht finden. Ich bin tagelang gelaufen, ich konnte den Ort nicht finden. Ich bin im Kreis gelaufen, und der alte Grunzbarsch hat sich kaputtgelacht.“

In die betrübte Stille hinein sagte Dave: „Es ist in diesem weiten, flachen Tal. Ich dachte – vielleicht ist es ein alter Krater, der von einem Meteoriten geformt wurde. Aber wirklich alt, sodass er größtenteils wieder abgetragen ist. Vielleicht hat man nie in das Tal hineingesehen, aber es ist nicht so, dass es von Hügeln oder Klippen oder so umgeben ist."

„Du hast es gefunden", sagte Charlie zu Dave.

„Ich? Na ja, wir beide."

„Nein, Nicholas hat seine Schmetterlinge gefunden. Du hast das Wasserloch gefunden."

„Nun –" Aber Dave hielt inne. Nicholas sah ihn eindringlich an, und Charlie meinte es offensichtlich sehr, sehr ernst.

„Vor langer Zeit", sinnierte Charlie, nachdem eine Weile Stille geherrscht hatte, „war dies alles ein einziges Land. Gondwanaland. Wir waren alle ein Volk. Das sind wir immer noch. Das hatte ich vergessen." Wieder Stille, und dann verkündete Charlie: „Ich denke … ich denke immer noch darüber nach, aber vielleicht muss ich die Lieder an dich weitergeben, David Taylor."

Er war völlig verblüfft. „Nein … Nein, das ist zu viel."

„Zu viel zum Ertragen?", fragte Charlie, als wolle er ihn testen.

„Zu viel der Ehre", protestierte Dave. „Ich bin ein ganz normaler Kerl."

„Weißt du, wo du gezeugt worden bist?"

„Nun. Irgendwo hier draußen, um genau zu sein. Mum und Dad hatten es schon eine Weile versucht, und sie kam mit ihm auf eine seiner Reisen – ich schätze, er war für, du weißt schon, *diese* Tage weg. Jedenfalls sagte er, dass sie es schon wussten, als sie nach Hause kamen."

Charlie nickte, als ob das für ihn alles bestätigte.

„Und ich bin in Cunnamulla geboren", fuhr Dave fort. „Obwohl das so nicht geplant war. Meine Mutter kam nicht oft mit auf Dads Reisen, aber sie dachte, es wäre ihre letzte Chance für eine Weile. Und ich war früh an."

„Der alte Grunzbarsch hat dich gewählt", sagte Charlie, als ob es keinen Sinn hätte, das abzustreiten. Und vielleicht hatte es den auch nicht.

„Aber, Charlie, das macht man doch nicht, oder? Noch nie hat jemand die wirklich heiligen Sachen an einen Weißen weitergegeben."

„Ich denke darüber nach", sagte Charlie wieder. „Das ist alles. Ich habe dir noch nicht einmal den richtigen Namen des Vorfahren gesagt. Aber du solltest wissen, was ich denke."

„Natürlich", murmelte Nicholas. Er ergriff für einen Moment Daves Hand, als wolle er ihm sein Vertrauen aussprechen.

„Ich werde mit den Ältesten darüber sprechen. Sie könnten Nein sagen, sie könnten sagen, dass es nicht die Ahnen sind, die mir diese Gedanken in den Kopf setzen. Es könnte viel mehr Gespräche geben, lange Diskussionen. Aber ich werde nicht einmal damit anfangen, es ihnen zu sagen, wenn du nicht bereit bist.“

Dave dachte darüber nach, aber selbst inmitten seines Erstaunens konnte er kaum daran denken, Charlies Bitte abzulehnen. Es würde bedeuten, dass er wieder zur Wasserstelle gehen müsste, vielleicht einmal im Jahr, vielleicht öfter. Er müsste die Lieder lernen, die er dort singen sollte, die Rituale, die er durchführen sollte. Er würde sich für eine Weile zum Narren machen, aber außer Charlie würde das niemand sehen. Und im Gegenzug würde es einen Ort geben, an den er gehörte. Es würde ein Land geben, das ihn brauchte, ein Lied, das ihn brauchte, egal wie nutzlos er sonst war.

„Wenn du wirklich glaubst, dass ich das wert bin“, sagte Dave.

„Das Land braucht uns alle“, sagte Charlie in einem unheimlichen Echo von Daves Gedanken – und Nicholas nahm Daves Hand wieder in seine, und dieses Mal ließ er sie nicht los.

„In Ordnung. Ich meine, natürlich. Ja“, sagte Dave. „Danke“, fügte er hinzu. Was nicht annähernd genug war, aber mehr hatte er nicht anzubieten.

Danach gingen er und Nicholas gemeinsam zum Hotel zurück, und Dave war so verblüfft, dass er erst dort bemerkte, dass sie den ganzen Weg über Händchen gehalten hatten.

Kapitel 12

„Kannst du den Weg zurückfinden?", fragte Nicholas, als das Navi flackerte und den Geist aufgab.

„Das will ich doch hoffen", sagte Dave. „Ich habe das jetzt oft genug gemacht."

„Und es ist dein Land. Du hast eine Verbindung dazu."

Er stutzte und fuhr automatisch weiter die Straße entlang. „Es ist nicht *mein* Land. Eher bin ich sein Mensch. Wenn Charlie überhaupt richtig liegt."

„Ich glaube, das tut er", sagte Nicholas. Er war offensichtlich immer noch ziemlich beeindruckt von der ganzen Sache.

Genau wie Dave, obwohl er sich auch eine gewisse Skepsis bewahrt hatte. Oder vielleicht einen Sinn für die Realität. Er vermutete, dass die Ältesten der Aborigines, die Charlie konsultiert hatte, solchen Gedanken bald ein Ende setzen würden, und es würde alles am Ende zu sehr wenig führen – nun, sehr wenig über die Ehre hinaus, die Charlie ihm erwiesen hatte, so was überhaupt in Betracht zu ziehen.

„Was denkst du?", fragte Nicholas und blickte um sich herum auf das endlose Gestrüpp. „Ich habe das Gefühl, dass wir schon nah dran sind, aber irgendwie kommt mir nichts vertraut vor."

„Die meisten Leute denken, dass hier draußen alles gleich aussieht."

„Nein, es gibt feine Unterschiede, wenn man offen dafür ist, sie zu sehen …" Nicholas drehte sich um und grinste ihn an. „Aber das weißt du besser als ich."

Er erwiderte das Grinsen, musste aber mit den Schultern zucken. „Es ist ein seltsamer Ort, er scheint sich jedes Mal zu verändern, wenn wir hier sind. Ich muss mich auf meinen Instinkt verlassen."

„Dann mach damit weiter."

Aber eigentlich musste er gegen seinen Instinkt handeln. Es schien zu funktionieren, wenn er das Gegenteil von dem tat, was sein Orientierungssinn ihm sagte. Also bog Dave nach rechts statt nach links vom Weg ab und fühlte sich völlig verrückt – und zehn Minuten später erklommen sie eine Anhöhe und fuhren hinunter in das breitere Tal.

„Du bist genial", sagte Nicholas.

Daraufhin errötete Dave. Das tat er in letzter Zeit viel zu oft.

Nicholas' Unbeholfenheit verschwand beim Sex völlig, sowie alle seine Unsicherheiten, und er schien keinerlei Befangenheiten zu kennen. Der Mann übernahm einfach das Kommando und legte los. Und Dave war mehr als zufrieden damit, ihm die Führung zu überlassen.

Eines Nachmittags fand sich Dave auf dem Rücken auf der Matratze des Cruisers wieder, die Arme über dem Kopf, die Hände jeweils um die Seitenstange des Dachträgers gelegt. Nur gut, dass er sich für Stahl entschieden hatte, denn der hielt problemlos die ganze Spannung seiner gebeugten Arme und seines Bauches aus, während Dave den größten Teil seines eigenen Gewichts hielt. Nicholas stützte gewissermaßen Daves Hüften, während er mit gespreizten Schenkeln vor ihm kniete und in Dave stieß, als gäbe es kein Morgen. Es war fantastisch. Und was für ein Stehvermögen dieser Mann hatte! Dieser schlanke Engländer, der manchmal so zart wirkte, konnte innerhalb eines Momentes kommen oder *ewig* weitermachen – und konnte sich das auch noch aussuchen.

Danach stellte Dave fest, dass sein Griff um die Metallstange irgendwie da eingerastet war. Nicholas beugte sich vor und half ihm, seine Finger wieder in eine halbwegs menschliche Form zu bringen. Er drückte jedem einzelnen Finger einen Kuss auf, als er ihn befreite.

„Mmm", murmelte er, als er mit der einen Hand fertig war und sie mit der anderen anfingen. „Vielleicht sollte ich dich das nächste Mal lieber fesseln."

„Mmm", stimmte Dave zu und stellte fest, dass ihm der Gedanke gefiel – vorausgesetzt, es war klar, dass Nicholas dann all seine verruchten Fantasien an Dave ausleben würde. „Keine Chance", musste er hinzufügen.

„Ach, komm schon", sagte Nicholas. „Ich habe das Interesse in deinem Tonfall gehört."

„Nicht solange wir hier draußen sind, Kumpel."

„Warum nicht?"

Daves Hände waren nun beide frei. Er streckte sie zaghaft aus und legte sie dann auf seine Brust, während sich die Durchblutung normalisierte. „Was wäre, wenn dir etwas zustoßen würde?"

„*Zustoßen* klingt gut", erwiderte Nicholas.

Dave lachte. „Ich meine, was wäre, wenn dir etwas Schlimmes zustoßen würde und ich mich nicht befreien könnte? Du könntest ohne Weiteres von der Seite des Cruisers fallen, dir den Kopf anschlagen, und bis man uns findet, hat die Sonne aus meinem Schwanz Dörrfleisch gemacht."

Nicholas dachte über diesen beunruhigenden Gedanken nach. Er dachte über Daves gern und oft genutzten Schwanz nach. „Nun, das können wir nicht zulassen, oder?"

„Nein, das können wir nicht."

Nicholas warf ihm einen gewinnenden Blick zu. „Also vielleicht in der Stadt ...?"

„Vielleicht", stimmte er zu. Und dachte mit einem plötzlichen Anflug von Vorfreude: *Ganz sicher.*

Selbst die Schmetterlinge schienen für Nicholas jetzt zweitrangig zu werden. Sie hatten ihre Eier gelegt – ordentliche Reihen kleiner stacheliger blassgrüner Kugeln – und Nicholas hatte viele Dutzend Fotos gemacht, aber dann schienen sie einfach mit ihrem Leben weiterzumachen. Genau wie Nicholas und Dave.

Die beiden verbrachten ihre ganze Zeit miteinander, redeten oder schwiegen oder lasen; sie hatten lächerliche Mengen an Sex oder lagen herum, berührten sich zufällig oder saßen getrennt voneinander, aber dabei waren sie sich des anderen immer sehr *bewusst*. Sie teilten sich die Aufgaben rund um das Lager, das Kochen, das Saubermachen und das Organisieren, denn egal, wie großzügig Dave sonst war, schlechte Angewohnheiten ließ er gar nicht erst aufkommen. Nicholas hatte inzwischen alle Arbeitsabläufe von Dave gelernt und half mit, ohne darum gebeten zu werden oder einen Dank zu erwarten. Sie arbeiteten gut zusammen. Sie machten alles zusammen gut.

„Das sehe ich genauso", sagte Nicholas mit einer fröhlichen Selbstgefälligkeit, die ihm niemand hätte übel nehmen können.

„Oh. Habe ich wieder laut gedacht?"

„Das ist einer deiner liebenswertesten Züge."

„Einer meiner idiotischsten, meinst du."

„Nein, ganz und gar nicht." Sie lagen auf dem Boden in der Nähe des Wasserlochs und hielten sich dabei gerade so im Schatten der Eukalyptusbäume auf. Trotzdem hatte Nicholas' Haut mit der Zeit eine herrlich blassgoldene Farbe angenommen. Am ganzen Körper. Dave wandte seinen Blick von dem schmalen Hinterteil des Mannes ab, als Nicholas zu ihm hinüberblickte und fortfuhr: „Ich habe das Gefühl, dass ich dir immer vertrauen kann, dass du du selbst bist. Du machst nie jemandem etwas vor."

Dave konnte nicht anders, als ein wenig zu schmollen. „Ich will kein einfach gestrickter Typ sein …"

„Oh, das bist du nicht. Du bist genauso komplex wie jeder andere Mensch. Aber du bist ehrlich und offen. Das finde ich großartig. Ich glaube … ich vermute, das ist eine australische Eigenart."

„Meinst du?" Er dachte eine Weile darüber nach. „Ich schätze, vielleicht. Denise war immer – sehr direkt."

„Was ist mit deinen Eltern? Waren sie auch so?"

„Nun, eigentlich war mein Vater Engländer."

Nicholas setzte sich mit einem überraschten Lachen auf. „Wirklich?! Du bist also zur Hälfte Engländer … Das wusste ich nicht."

„So habe ich mich noch nie gesehen. Ich meine, nicht dass daran etwas falsch wäre", fügte er mit einem Grinsen hinzu, das Nicholas teilte. „Aber Dad hat sich einfach total verliebt – in Australien, in meine Mutter, in das Outback. Er ist nie zurückgegangen, nicht einmal für einen Urlaub."

„Und deine Mutter?"

„Australierin. Na ja, du weißt schon. Ich glaube, ihre Familie war ursprünglich englisch und irisch, aber sie sind vor vielen Jahren nach Brisbane gekommen. Ich weiß nicht, vor wie vielen Generationen, aber so um die Urgroßeltern herum? Von daher betrachte ich mich einfach als Australier."

Nicholas nickte nachdrücklich. „Und das bist du, und das ist toll. Aber es ist cool, dass wir etwas gemeinsam haben, nicht wahr?"

Dave grinste ihn an und strich mit seinen Fingern über Nicholas Wangenknochen, um über seine empfindlichen Ohren in das dichte dunkle Haar zu streicheln. „Es ist cool, dass ich auch ein bisschen englisch bin", stimmte er zu. „Du bist jetzt auch ein bisschen Australier."

Und sie schauten sich eine Weile an, als könnten sie nie genug davon bekommen.

Schließlich räusperte sich Dave jedoch. „Ähm, in welche Stadt willst du diesmal gehen, um Vorräte zu besorgen? Ich dachte, wir sollten vielleicht nach Woop Woop zurückfahren, damit sich die Jungs bei dir entschuldigen können.“

Nicholas verzog den Mund. „Nicht nötig.“

Dave dachte noch ein wenig darüber nach und sprach es dann doch aus. „Wir können uns auch rächen. Wir können händchenhaltend in die Trottelzentrale schlendern. Die werden nicht wissen, wie sie damit umgehen sollen.“

Nicholas schenkte ihm ein kurzes Grinsen. „Verlockend, aber nein.“ Dann sagte er: „Warum fahren wir nicht nach Cunnamulla, zu deinem Geburtsort. Du kannst mir zeigen, wo du geboren wurdest. War es im Krankenhaus, oder –?“

„Du sentimentaler Idiot“, sagte Dave liebevoll. Daraufhin lächelte Nicholas nur ein wenig geheimnisvoll und zwinkerte ihm zu. Und Dave stellte fest, dass ihn das gar nicht so sehr störte.

Nachdem die Fahrt nach Cunnamulla geklappt hatte, hatte Dave einen noch kühneren Plan. „Nicht bei der nächsten Reise“, schlug er vor, als sie eines Abends nach dem Essen noch zusammensaßen, „aber vielleicht bei der übernächsten? Wir werden sieben Wochen hier draußen sein. Du hast dann gerade mal die Hälfte deiner drei Monate hinter dir. Warum machen wir nicht etwas Verrücktes, wie zum Beispiel nach Brisbane zu fahren?“

„Brisbane!“, wiederholte Nicholas, sichtlich verblüfft.

„Es ist gar nicht so weit, wenn du kein Problem damit hast, einen Tag lang unterwegs zu sein. Es sind etwa zehn Stunden von Cunnamulla. Wir könnten einen Tag hinfahren, zwei Nächte bleiben und dann wieder zurückfahren.“

„Oh“, sagte der Mann. Er setzte sich ein wenig aufrechter hin und dachte darüber nach. „Ich nehme an … Ich habe mich daran gewöhnt, hier draußen zu sein. Es ist mir nicht in den Sinn gekommen, in eine Stadt zurückzugehen.“

„Wir könnten bei mir wohnen“, sagte Dave, der plötzlich merkte, dass er Nicholas’ Blick nicht ganz standhalten konnte. „Ich habe mein ganzes Leben dort gelebt. Meine Mutter und mein Vater haben das Haus gekauft, als sie geheiratet haben.“

„Ich würde es gerne sehen.“

„Es ist nicht so schick, wie du es gewohnt bist, aber ich mag es. Ein bisschen groß für eine Person, vielleicht. Es ist in diesem architektonischen Stil gebaut – ein australischer Stil, der ‚Federation Bungalow‘ heißt. Was gar nicht so schlimm ist, wie es klingt. Es war ein ziemliches Wrack, als sie es gekauft haben – ich habe die alten Fotos noch – aber wir haben es im Laufe der Jahre renoviert.“

Nicholas beobachtete ihn mit leicht geöffnetem Mund. Dann rührte er sich und sagte: „Ich bin sicher, es ist schön.“

„Ja, nun. Da gehöre ich hin, weißt du?“ Dave schaute sich in ihrer abgelegenen Umgebung um. „Wenn Charlie recht hat und ich hierher gehöre, dann ist es genauso hier wie dort. Denn das ist mein Zuhause.“

Nicholas sagte aus ganzem Herzen: „Ich würde gerne bei dir übernachten, auch wenn es nur für zwei Nächte ist.“

„Und … du kannst vielleicht Denise kennenlernen.“

Das brachte ihm einen komischen Blick ein.

„Ich war ein Einzelkind, genau wie meine Mutter und mein Vater. Denise ist also die einzige Familie, die ich habe, auch wenn sie mich verlassen hat.“

„Ich freue mich darauf, sie kennenzulernen. Sie klingt – nun ja, wie niemand, den ich je zuvor getroffen habe.“

„Ja, genau.“ Dave lachte. „So. Das ist es, was ihr beide gemeinsam habt. Du bist auch anders als alle anderen, die ich je getroffen habe.“

Nicholas schnaufte. „Ich bin sicher, sie wird es verstehen, wenn ich denke, dass es idiotisch war, dich gehen zu lassen.“

Dave starrte den Mann an. „Nun, aber das wirst du auch tun, oder? Wenn du nach England zurückfliegst?“

Nicholas warf den Kopf zurück und blickte einen Moment lang wie wild um sich. Dann: „Ja“, platzte es aus ihm heraus. „Ich nehme an, das werde ich.“

Hatte Nicholas nicht so weit vorausgedacht? Dave seufzte. „Nun, komm schon. Wir sollten das Beste daraus machen.“

„Carpe diem“, sagte Nicholas nach einem stillen Moment. „Nutze den Tag.“

„Ist das das Motto der Familie Goring?“

„Nein, eher nicht. Nur meins.“

Dave kannte einen Witz, den er erzählen konnte, also spielte er ihn einmal im Kopf durch, um sicher zu sein, dass er sich richtig daran erinnerte, und stieß dann Nicholas' Fuß mit seinem eigenen an, um seine Aufmerksamkeit zu erregen. „Wie lautet das Motto des Vereins der fetten Dichter?"

„Was?", fragte Nicholas, aber ein Lächeln dämmerte auf seinem Gesicht.

„Nutze die Keksdose."

„Idiot!", sagte Nicholas, obwohl er grinste. Er stand auf und kam herüber, um Daves Geschirr einzusammeln. „Gut. Zeit, den Abwasch zu machen."

„Kann das nicht einmal warten?", fragte Dave, der noch andere Dinge im Kopf hatte.

„Ganz sicher nicht! David Taylor, ich bin schockiert darüber, dass Sie all das Chaos hier einfach so durchgehen lassen wollen."

„Schon gut, schon gut", brummte er.

Es dauerte jedoch nicht lange, bis die Arbeit erledigt war und sie sicher in ihrem Doppelschlafsack verstaut waren. Nicholas griff nach Dave und zog ihn näher heran. Dave folgte bereitwillig und ließ sich so positionieren, wie es Nicholas gefiel.

„Zeit, das Beste daraus zu machen", murmelte Nicholas, und sein Mund eroberte den von Dave.

Kapitel 13

Dave dachte sich nichts dabei, als er eines Nachmittags einen der Schmetterlinge tot auf dem Boden liegen sah. Er nahm an, dass ab und zu einer sterben würde, so wie Menschen auch starben, entweder auf natürliche Weise oder durch einen Unfall. Er fand jedoch, dass der Schmetterling in Frieden an der Wasserstelle ruhen sollte und nicht irgendwo in eine Sammlung aufgenommen, an ein Stück Karton geheftet und monatelang in einer Schublade aufbewahrt werden sollte, bis ein Fremder kam, um ihn anzuschauen. Er fühlte sich also ein wenig schuldig und sehr idiotisch, als er den Schmetterling zu einer sandigeren Stelle neben dem Wasserloch brachte, wo er schnell ein flaches Grab aushob. Still legte er ihn hinein und betrachtete eine Weile den Glanz der blauen Flügel im Kontrast zu der rötlichen Erde. Doch dann hörte er, wie Nicholas sich hinter ihm im Lager bewegte, also bedeckte Dave den Schmetterling rasch und legte zur Sicherheit einen flachen Stein als Zeichen des Respekts auf die Stelle.

„Schlaf gut", flüsterte er. „Geh und such den alten Grunzbarsch, wo auch immer er jetzt träumt …"

„Was hast du da gemacht?", fragte Nicholas ganz unschuldig, als Dave zurückkam.

„Nichts Besonderes", sagte Dave. „Ich bringe die Dinge nur in Ordnung."

Und das war so typisch Dave Taylor, dass Nicholas ihn dazu nicht weiter befragte.

Ein paar Tage später nahmen die Dinge eine schlimme Wendung. Dave wachte etwas später als sonst auf und streckte sich ausgiebig, um seine verspannten Muskeln zu lockern. Er war allein, was ebenfalls ungewöhnlich war, da Nicholas dazu neigte, sich noch enger an ihn zu kuscheln, wenn er früher aufwachte als Dave. Er streckte sich erneut, seine Sinne waren wach und suchten nach dem Duft von Tee, dem Geräusch von kochendem Wasser. Aber nichts. Nichts, außer …

Weinen. Dumpf und eher resigniert als verzweifelt, aber es war ein Weinen. Und natürlich wusste Dave, wer da sicher weinte.

Dave schnappte sich seine Shorts und sein T-Shirt und zog sie schnell an, dann schwang er sich vom Cruiser, ohne die Leiter zu nehmen. Er hatte Nicholas bereits entdeckt – er kniete neben dem Gestrüpp und hatte das Gesicht in den Händen vergraben. Dave eilte im Laufschritt dorthin.

Und er brauchte nicht zu fragen, was los war. Es war sofort offensichtlich. Ein Schwarm toter Schmetterlinge, deren blaue und schwarze Flügel noch immer täuschend lebendig aussahen, war vom Gestrüpp bis zu den Rändern der umliegenden Klippen über den Boden verteilt. Daves Herz klopfte vor Trauer und Schuldgefühlen. „Was ist passiert? Gott, was haben wir getan?" Denn trotz der Tatsache, dass er darauf achtete, ihren Müll immer einzupacken und mit in die Stadt zu nehmen, um ihn dort zu entsorgen, und trotz der Tatsache, dass er immer nur Sachen verwendete, die biologisch abbaubar waren, nahm Dave an, dass sie diese Tragödie irgendwie verursacht hatten.

Aber Nicholas schüttelte den Kopf. „Nichts", schaffte er. „Nichts. Das ist der normale Ablauf. Manche Arten leben nicht einmal ein paar Tage …"

„Ach, Kumpel …", murmelte Dave voller Trauer und Mitgefühl. Er hockte sich neben Nicholas und warf einen Blick auf sein bleiches, tränenüberströmtes Gesicht. Und Dave vergaß, dass es sich bei Nicholas um einen Mann handelte, und dachte nur noch daran, was er tun würde, wenn Denise traurig war. Er schob sich näher heran, sodass Nicholas zwischen Daves Beinen saß, und dann zog Dave ihn zu sich heran, um ihn festzuhalten.

Nicholas sackte, wenig überraschend, gegen ihn, und Dave saß eine Weile da und wiegte ihn, strich sanft über seinen Rücken, seine Schultern und sein Haar. Bei der Gelegenheit erinnerte Dave sich daran, wie kaltblütig Nicholas gewirkt hatte, als er einige Exemplare seiner schönen Schmetterlinge getötet hatte; aber jetzt, wo er mit ihrem natürlichen Lebensende konfrontiert war, wirkte er ganz anders. Vielleicht konnte Nicholas das erklären, vielleicht aber auch nicht. Dave wusste nur zu gut, dass Tod und Trauer Menschen auf ganz unterschiedliche Weise beeinflussen konnten.

Schließlich beruhigte sich Nicholas, aber er schien sich nicht bewegen zu wollen, und Dave hatte kaum vor, ihn dazu zu zwingen. Und so erinnerte sich Dave an den einzelnen toten Schmetterling, den er gefunden hatte, und er fragte sich, ob das *ihr* Schmetterling gewesen war, der erste, der geschlüpft war, derjenige, der sie an der Wasserstelle begrüßt hatte und der so gerne von Daves Haut getrunken hatte. Natürlich hätte er das Ende seiner natürlichen Lebensspanne früher erreicht als die anderen.

Als Nicholas sich schließlich rührte und sich aufsetzte, schenkte Dave ihm ein sanftes Lächeln, das Nicholas mit einem brüchigen Lächeln erwiderte. „Soll ich einen Tee machen?", fragte Dave. „Oder … irgendetwas. Was würdest du gerne tun?"

„Tee." Nicholas nickte. Er blickte einen Moment lang weg und kaute gedankenverloren auf seiner Unterlippe. Dann blickte er wieder zu Dave. „Ich würde dir gerne etwas erzählen. Wenn es dir nichts ausmacht."

„Ja, natürlich. Du kannst mir alles erzählen." Dave bewegte sich und streckte sein linkes Bein aus, das eingeschlafen war. „Bist du jetzt für den Moment in Ordnung, Kumpel?"

„Ja. Danke." Noch ein wässriges Lächeln. „Ich komme in einer Minute nach. Ich will mir nur das Gesicht waschen. Ich sehe bestimmt ganz verheult aus."

„Du bist so schön wie immer, fürchte ich", widersprach Dave. „Du bist *so* schlecht für meinen Seelenfrieden." Und Nicholas lachte sogar ein wenig über diese lächerliche Vorstellung.

„Ich habe – ich habe ein zerebrales Aneurysma." Nicholas' Gesicht war lang und kreidebleich. „Ich erspare dir alle Einzelheiten darüber, was passiert ist und wie sie das herausgefunden haben, aber –"

„Oh Nicholas!", platzte es leise aus Dave heraus, als er seine Stimme wiedererlangt hatte.

Nicholas blinzelte und fuhr fort. „– aber ich könnte jederzeit tot umfallen oder einen Schlaganfall erleiden, oder was auch immer. Das kann man nicht vorhersagen, und es gibt nur sehr wenige vorbeugende Maßnahmen. Die Risiken einer Operation sind ungefähr so hoch wie die Risiken, nichts zu tun, also habe ich beschlossen, nichts zu tun."

Eine verblüffte Stille trat ein.

Dave überlegte, was er sagen sollte. Schließlich fiel ihm etwas ein: „Sind die Medikamente dafür?"

„Ja. Die sind nichts Exotisches. Sie kontrollieren meinen Blutdruck. Das sollte das Risiko verringern, dass –" Aber anscheinend konnte er sich nicht dazu durchringen, es noch mal auszusprechen.

„Das ist ja furchtbar", brachte Dave hervor, was schrecklich unzureichend war, aber was hätte er sonst sagen sollen? Nicholas war nur zwei oder drei Jahre älter als Dave selbst. Ansonsten gesunde Männer in ihren Zwanzigern sollten nicht mit so etwas konfrontiert werden. Dave versuchte, es zu begreifen. „Ist das der Grund –"

„Ja", unterbrach Nicholas ihn. „Ich nehme an, das ist der Grund für vieles."

Dave war völlig ratlos.

Plötzlich war es viel leichter, wütend zu sein. Es half ihm, den großen klaffenden Abgrund zu ignorieren, der sich direkt unter seinen Füßen aufgetan hatte. „Warum zum Teufel hast du mir das nicht gesagt?", fragte er – nicht laut, aber wütend. „Du hättest hier draußen sterben können, und ich hätte nicht gewusst, warum, oder was ich tun sollte –"

„Es gibt nichts, was du tun könntest", erwiderte Nicholas scharf. „Oder nichts, was du nicht ohnehin getan hättest. Simon hat sich vergewissert, dass du qualifiziert bist, Erste Hilfe zu leisten. Du hättest einen Rettungshubschrauber gerufen und versucht, mich wiederzubeleben."

„Ja, besten Dank auch", sagte Dave mit übertriebener Ironie.

„Ich habe einen Brief hinterlegt – bei den Medikamenten. Du oder das medizinische Personal hätten nach den Medikamenten gesucht und den Brief gefunden. Mehr hättest du nicht tun können."

„Das glaube ich dir nicht. Mir davon zu erzählen, hätte den Unterschied zwischen deinem Tod und … deinem Nicht-Tod ausmachen können."

„Nun", kam die säuerliche Antwort. „Unter gewissen Umständen würde ich sogar lieber sterben."

Dave starrte den Mann nur an, wütend über die Situation, in der er sich hätte befinden können – und *immer noch* befinden könnte. Aber er verstand Nicholas auch. Widerstrebend musste er zugeben, dass ein Teil von ihm es verstand. Nicholas wollte nicht, dass diese Krankheit sein Leben bestimmte.

„Ganz genau. Ich war es leid, dass man sich um mich kümmerte. Jedenfalls in Bezug auf meine Gesundheit. Und, nun ja. Ich könnte leben, bis mich etwas anderes erwischt, oder ich könnte nicht mehr viel Zeit haben. Ich weiß es nicht. Aber ich wollte das hier tun – die Schmetterlinge finden.

Ich wollte nicht riskieren, dass du beschließt, dass du mich nicht hierher begleiten kannst."

Und das verstand er wirklich. Dave hasste das. Es verstieß gegen alle seine Regeln, aber er konnte sich des Gedankens nicht erwehren, dass er wahrscheinlich das Gleiche getan hätte.

„Ich danke dir", sagte Nicholas etwas steif. „Ich weiß, in was für eine Situation ich dich damit gebracht habe."

„Danke", sagte Dave, sehr leise, aber diesmal meinte er es ernst.

„Und wenn du mir erst einmal verziehen hast, kann ich dir versichern …" Nicholas fing Daves Blick auf und blickte in Richtung ihres Bettes auf dem Cruiser, „… dass regelmäßige Bewegung förderlich ist."

„Oh, *Nicholas*", sagte Dave mit brüchiger Stimme. Er zerbrach innerlich geradezu an der zu erwartenden Trauer.

Und wie bei ihrem ersten richtigen Kuss konnte Dave auch jetzt nicht sagen, wer angefangen hatte – aber welchen Unterschied machte das schon? Einen Moment später saßen sie auf dem Boden zwischen den beiden Stühlen, und Dave nahm Nicholas wieder in den Arm, der sich in seinen Armen zusammenrollte und festhielt. Es schien, dass Nicholas für den Moment mit dem Weinen fertig war, aber natürlich brauchte er immer noch den Trost.

Alles, was Dave denken konnte, war, dass, egal was Nicholas für Dave war, ob er ein Kunde oder ein Freund war – und egal, ob sie sich nach dieser Reise nie wieder sehen würden – Dave die Welt um einiges besser gefiel, weil er wusste, dass Nicholas ein Teil davon war.

„Danke", sagte Nicholas noch einmal und keuchte fast.

„Ist das der Grund –", wagte Dave zu fragen. „Ist das der Grund für die Schmetterlinge?"

„Sag du es mir."

„Sie geben einem das Gefühl, langlebig zu sein."

„Geradezu uralt", stimmte Nicholas zu. „Und …?"

Aber er hatte keine weiteren weisen Worte. „Sag du es mir", sagte Dave.

Nicholas seufzte. Er war jetzt fast wieder ruhig. „Weil … du kannst eine sehr lange Zeit in dieser Puppe überwintern. Aber wenn du einmal herauskommst –"

„Wirst du fabelhaft", sagte Dave.

Nicholas drehte sich so, dass er Dave gut sehen konnte. „Aber dann beginnt die Uhr zu ticken.“

Sie ließen sich Zeit. Sie tranken den Tee, der in seiner Kanne warm geblieben war. Und dann brachte Dave Nicholas zurück in ihr Bett. Diesmal machte Dave Liebe mit dem Mann. Und er behandelte ihn so sanft, wie er es nur konnte.

„Siehst du“, sagte Nicholas danach und klang philosophisch. „Wir haben den Höhepunkt erreicht.“

Tu es nicht, wollte Dave sagen. Aber wer war er schon, dass er Nicholas etwas abschlagen konnte?

„Es war einer von den gefährlichen Augenblicken“, sagte Nicholas, der offensichtlich etwas zitierte, *„wo das Gefühl sich hoch erhebt über seine mittlere Höhe und Wahrzeichen lässt an Stellen, die es nie wieder erreicht.“* Er seufzte erneut. „Denise würde das wiedererkennen.“

Tu das nicht. Dave verbarg sein Gesicht an Nicholas’ Kehle, seine Wange an dem gleichmäßigen Pochen seines Herzschlags, und er hielt sich mit zärtlicher Kraft an dem Mann fest.

„Weißt du, was der Name David bedeutet?“, fragte Nicholas eine ganze Weile später. Als Dave den Kopf schüttelte, antwortete Nicholas: „Geliebter.“

„Was bedeutet Nicholas?“

„Viril“, behauptete der Mann.

Dave starrte ihn einen langen Moment lang an, bevor er in Gelächter ausbrach. „Das tut es nicht!“

„Doch.“

„Beweise es!“

„Das tue ich gern.“ Und Nicholas erhob sich von der Matratze wie ein Wal, der die Oberfläche des Ozeans durchbricht, und dann drehte er sich um und zog Dave mit sich in die Tiefe.

Kapitel 14

Sie erreichten Daves Haus eines Abends gegen halb acht. Dave lächelte, als er durch die Haustür hineinging: Er war gerne zu Hause. Und sein Lächeln wurde noch breiter, als er die Tür für Nicholas weiter öffnete.

„Es gibt eine Seitentür von der Garage aus", erklärte er beiläufig, „aber ich dachte, du solltest die Möglichkeit haben, es dir richtig anzusehen. Zumindest beim ersten Mal."

„Es ist wirklich schön", sagte Nicholas, während er hinter Dave herging und sich umblickte, während Dave das Licht im Flur und dann im Wohnzimmer anschaltete. Dave betrachtete die Farben selbst mit neuen Augen – das dunkle Grün, das satte Creme und die gelegentlichen rostroten Farbtupfer – bevor er Nicholas in das Wohnzimmer und die Küche führte. „Oh, *das* ist schön", fügte Nicholas anerkennend hinzu, als er den Raum betrachtete, der sich über zwei Drittel der Breite des Hauses erstreckte.

„Warte, bis du es morgen früh siehst", sagte Dave. „Da hinten ist eine Veranda, und dann der Garten. Das hier ist das beste Zimmer …" Er grinste und wies dann in Richtung des anderen Drittels. „Na ja, das hier und das große Schlafzimmer."

Nicholas' Lächeln wurde anzüglich. „Ich bin sicher, dass du mir später alles genau zeigst." Und damit meinte er nicht das Haus.

„Ich schaue nur kurz im Kühlschrank nach –" Aber warum er das überhaupt sagte, wusste Dave nicht. Er konnte sich immer auf Denise verlassen, und es hatte keinen Sinn, Nicholas gegenüber so zu tun, als wäre sie nicht ein fester Bestandteil seines Lebens. „Wir haben das Wichtigste hier, Denise hat gesagt, sie würde dafür sorgen. Ich dachte, ich mache ein Omelett zum Abendessen, wenn das in Ordnung ist."

„Das ist großartig."

Dave begann, die Eier und die Butter, die Pilze und die Paprika, den Speck und den Käse herauszuholen. „Willst du dich frisch machen oder so?"

„Später", sagte Nicholas. „Ist die Dusche groß genug für uns beide?"

Dave wurde rosa. „Vielleicht …"

„Dann kann die Dusche bis nachher warten. Ich werde eine Kanne Tee machen, wenn das okay ist. Du sorgst für das Essen, ich für die Antioxidantien."

„Die werden wir wohl brauchen, was?"

„Oh ja", sagte Nicholas. Und während der Tee zog, setzte er sich an die Frühstückstheke und beobachtete Dave mit einem verrucht zufriedenen Lächeln.

Denise erwartete sie erst um halb eins, und nach Kaffee und Müsli und einem Spaziergang durch den üppig bepflanzten Garten schienen sich die beiden ganz natürlich wieder ins Bett zu verziehen.

„Carpe diem – nutze den Tag?", fragte Dave, während er rückwärts zum Bett ging und Nicholas' Hände unter sein T-Shirt glitten.

„Eher Carpe Dave – nutze den Dave", stimmte Nicholas verspielt zu.

Dave lachte – doch dann wurde Nicholas ernst, griff an Dave vorbei, zog an der Bettdecke und warf sie mit einer kräftigen Drehung seines Handgelenks auf den Boden. Dave wurde nach hinten gestoßen und fiel auf die Matratze, und das Baumwolllaken fühlte sich auf seiner Haut kühl an. Nicholas betrachtete einen Moment lang die Holzteile des Bettes, bevor er sich wieder an Dave wandte. „Womit kann ich dich festbinden?"

Dave keuchte auf und wich instinktiv auf Ellbogen und Po zurück – bis Nicholas ihn wieder einfing und eine lange, blasse Hand um Daves Knöchel schlang.

„Was kann ich verwenden?", verlangte Nicholas zu wissen.

„Dads Morgenmantelgürtel", platzte Dave heraus.

„Gut", sagte Nicholas. Und er machte sich auf den Weg zu dem Schrank, in dessen Richtung Dave genickt hatte. „Gut", sagte er wieder, als er ihn gefunden hatte.

Nicholas kam zum Bett zurück, sein Blick fixierte Dave. Und Daves Schwanz erwachte vollends zum Leben.

Es war überhaupt nicht so, wie er es erwartet hatte.

Dave fand sich nackt und mit dem Gesicht nach unten auf dem Bett wieder, mit dem Kopf in Richtung Fußende, und die Arme frei. Seine Knöchel waren jedoch zusammengebunden, und der Gürtel war am Kopfende des Bettes befestigt. Gegen die Kissen gelehnt, sah Nicholas ihn einfach nur an. Ansonsten schien überhaupt nichts weiter zu passieren.

"Äh …", begann Dave unsicher.

„Still", sagte Nicholas. Eine seiner kühlen Hände legte sich wieder um Daves Knöchel und streichelte ihn durch die Fesseln hindurch. „Lass mich dich ansehen", fuhr er fort.

Dave drehte sich um und sah ihn über seine Schulter an. „Was?"

„Pst … Leg den Kopf wieder hin. Dann wölbe deinen Rücken, so wie du es gerne machst. Zeig mir diese *köstliche* Wölbung in deinem Rücken."

„Oh …", stöhnte er. Er war sich sicher, dass er nie darüber gesprochen hatte. Nicholas musste wirklich gut aufgepasst haben. Nach einem Moment rutschte Dave ein wenig zurück, damit er Nicholas' Bitte nachkommen konnte – was natürlich bedeutete, dass sein Hintern in die Luft ragte. Er nahm an, dass das beabsichtigt war.

„Mehr", sagte Nicholas. „Ich möchte, dass du es wirklich fühlst."

Das tat er auch, indem er die Kurve so weit forcierte, bis sie fast schmerzte.

„Gut." Die Hand klopfte ihm zur Belohnung sanft auf die Wade. „Jetzt zeig dich mir. Nein, lass die Knie zusammen, aber dreh deine Oberschenkel und deine Pobacken nach außen. Ich will alles sehen, was du hast."

Dave murmelte etwas, das wie ein halber Protest klang, aber er tat sein Bestes, um zu gehorchen, auch wenn es sich wie eine winzige Bewegung anfühlte. Nicholas hingegen drückte erneut seine Wertschätzung aus.

„Jetzt", sagte Nicholas. „Beweg dich nicht. Nicht einmal ein Zucken."

„Aber –"

„Was habe ich dir gesagt?"

„Nicht bewegen", sagte er seufzend. Er wusste allerdings nicht, wie er das anstellen sollte. Auch wenn er Nicholas das Kommando überließ, leistete Dave immer noch gern einen Beitrag, und er bewegte auch gern seine Hüften, wenn er kam.

„Gut."

„Ich werde versuchen –"

„Du wirst dich nicht bewegen. Du wirst aber sicher versuchen wollen, so zu kommen. Ohne dass ich deinen Schwanz berühre." Nicholas fuhr fort, bevor Dave etwas sagen konnte: „Ich werde dich rimmen und fingern, an deinen Eiern lutschen und dich ficken – und du wirst kommen."

„Aber –"

„Pst …" Nicholas bewegte sich und schlich anscheinend auf dem Bett nach unten, bis er auf allen vieren über Daves Beinen stand, ohne ihn zu berühren – und jetzt biss er sanft in die Kurve von Daves Hintern.

Daves Atem stockte. Und so begann eine endlose Folter.

Zum Schluss erbarmte sich Nicholas und griff nach unten, um ihn in die Hand zu nehmen und mit drei meisterhaften Bewegungen kommen zu lassen. Das löste einen Orgasmus aus, der fast zu intensiv war, um noch angenehm zu sein.

„Es tut mir leid", murmelte Dave hinterher, als Nicholas ihn losband. Der Mann zwang Dave nicht, sich zu bewegen, sondern brachte ein Kissen mit, das er unter Daves Kopf legte, zog die Decke über sie beide und schlang dann Arme und Beine um Dave, als könne man ihn nie wieder von Dave lösen. „Es tut mir leid."

„Warum?", fragte Nicholas und klang dabei äußerst zufrieden. „*Gott*, war das gut."

„Es tut mir leid, dass ich nicht so kommen konnte, wie du es wolltest."

„Oh, mein lieber Mann! Das musstest du auch nicht. Es war nur so eine Idee. Es tut mir leid, dass du das Gefühl hattest, du müsstest es."

„Ich wollte es. Ich wollte es, weil du es wolltest."

„Ich weiß, du wunderschönes Wesen. Sei jetzt still. Lass uns ein Nickerchen machen, und dann machen wir uns wieder frisch. In Ordnung?"

„In Ordnung", sagte Dave. Und er versank in warmer, samtiger Dunkelheit.

Natürlich kamen sie zu spät zum Mittagessen, und natürlich wusste Denise genau, warum. Sie begrüßte Dave mit einem Lächeln und einem unerwarteten Kuss auf die Wange. „Hallo, Davey." Sie nahm sich einen Moment Zeit, um ihn zu mustern, bevor sie ihm Zoe reichte. „Gut siehst du aus. Um nicht zu sagen, ordentlich durchs Bett gescheucht."

„Verdammt, Denise", brummte er und spürte, wie sein Gesicht erneut Feuer fing. Er suchte sein Heil in einem viel sichereren Thema. „Wie geht es der kleinen Zo?", fragte er und wiegte das schläfrige, warme Bündel in beiden Armen. „Sie ist doppelt so groß wie bei unserem letzten Besuch."

„Ja, gut geht's ihr. Du bist sicher Nicholas", fügte Denise hinzu und reichte Nicholas an Dave vorbei die Hand.

„Ich freue mich, dich kennenzulernen, Denise."

„Oh ja, tut mir leid", sagte Dave. Aber sie hatten die Vorstellungsrunde ohne ihn absolviert, und das ging so in Ordnung.

Doch als Dave sich auf den Weg ins Wohnzimmer machte, stellte er fest, dass die beiden anderen doch noch nicht ganz fertig waren. Denise und Nicholas standen sich tatsächlich im Flur gegenüber und musterten sich gegenseitig.

„Weißt du", sagte Denise, „ich will dich nicht in Verlegenheit bringen oder so, aber ich habe dich nur eingeladen, um sicher zu sein, dass du gut genug für ihn bist."

Nicholas lachte leise und genau so, wie es sich für einen Australier ehrenhalber gehörte. „Das ist schon in Ordnung. Ich wollte nur sicherstellen, dass du weißt, dass er nicht mehr dir gehört."

„Leute –", sagte Dave und ging zurück. Zoe rührte sich in seinen Armen, als hätte sie die Spannungen mitbekommen.

Aber schließlich sagte Denise einfach: „Das weiß ich."

„Wirklich?"

„Nun, jetzt schon", antwortete Denise lachend. Sie bot erneut ihre Hand an. „Anscheinend bist du gut genug."

„Danke, Denise."

Dave seufzte. „Menschenskinder. Bin ich froh, dass das vorbei ist."

Glücklicherweise schien Vittorio nur amüsiert darüber zu sein, dass sich die beiden so wegen Dave gemessen hatten – Dave hatte schon vor langer Zeit erkannt, dass Vittorio nicht der eifersüchtige Typ war. Als Denise und Vittorio in die Küche gingen, folgten Dave und Nicholas ihnen und setzten sich an den Tisch im Wohnzimmer. Vittorio brachte ihnen jeweils eine Flasche Cascade. Und Dave hatte Zeit, sich im Nachhinein geschmeichelt zu fühlen. In all den Jahren war noch niemand auf den Gedanken zu kommen, Dave sei es wert, Denise herauszufordern. Trotzdem. Sie waren nicht mehr in der High School. Dave hoffte, dass sich die Sache damit erledigt hatte.

Denise brachte ihm eine vorgewärmte Milchflasche, mit der er Zoe füttern konnte, und half ihm am Anfang, alles richtigzumachen. Das Baby blickte ihn still und staunend an dabei an. In der Zwischenzeit beendeten Denise und Vittorio ihre Vorbereitungen für das Mittagessen und befragten

Nicholas über seine Reise; Nicholas erzählte ihnen von den Schmetterlingen, als wäre er ein geistig relativ gesunder Mensch. Alles lief verdächtig gut.

Als Zoe die Milch fast geleert hatte, stellte Dave die Flasche hin und betrachtete das Baby einen langen Moment lang. Zoe zappelte ein wenig unbehaglich, und er wusste, dass er in diesem Moment etwas anderes mit ihr machen sollte, als sie so zu halten, dass sie auf dem Rücken lag. „Ist das der Moment, an dem ich sie mir über die Schulter werfe?"

Denise hatte die Hände voller Geschirr und drehte sich schnell um, um es wieder abzustellen – dabei war Vittorio ungewollt im Weg. „Sekunde", sagte sie. Zoe blickte ahnungsvoll drein.

„Nicht *über* deine Schulter", riet Nicholas. „Es ist etwas zivilisierter." Er stand jetzt neben Dave, legte ihm ein Handtuch über die Schulter und zeigte ihm dann mit den Händen, wie er Zoe aufrecht an seine Brust drücken musste, wobei er ihren Kopf leicht stützte. „So ist's gut. Jetzt klopfe ihr sanft auf den Rücken."

Denise beobachtete sie nur und war offensichtlich zufrieden. „Hast du eigene Kinder?", fragte sie Nicholas.

„Oh nein", antwortete er lächelnd. „Aber mehr Nichten und Neffen, als ich zählen kann. Zurzeit lebt nur noch mein ältester Bruder mit seiner Frau und seinen Kindern zu Hause, aber wir sehen die anderen auch oft." Er setzte sich wieder, während er weitersprach. „Wenn ein guter Kinderfilm läuft, darf ich mir das Kind ausleihen, das mit mir ins Kino gehen wird. Oder sie übernachten am Samstagabend bei mir, und ich darf auf sie aufpassen, während ihre Eltern ausgehen – was eigentlich bedeutet, dass ich einfach nur mit ihnen abhängen darf. So in der Art."

Denise lächelte. „Anscheinend bist du wirklich gut genug, Nicholas Goring."

Die Bemerkung wurde von einem schallenden Rülpsen von Zoe begleitet und mit viel Gelächter quittiert.

Die beiden gingen langsam zurück zu Daves Haus, wobei Nicholas in seinem Akubra so bezaubernd aussah wie immer.

„Ich bin froh, dass ich dir den Hut gekauft habe", sagte Dave.

„Das bin ich auch", antwortete Nicholas mit schlichter Aufrichtigkeit.

Sie schlenderten weiter und beobachteten sich gegenseitig ein wenig unruhig. Dave befürchtete schon, dass ein weiterer Händchenhaltenzwischenfall bevorstand – und war erleichtert, als sein Telefon pingte, um eine ablenkende Textnachricht anzukündigen. Allerdings stöhnte er auf, als er sie las. *Du bist in deinen Earling verliebt.* Denise, natürlich.

Dave achtete sorgfältig darauf, dass Nicholas das Display nicht sehen konnte. *Bin ich nicht. Hör auf!*

Und ob. Mir kannst du nichts vormachen, Davey.

Er schaltete das Gerät auf lautlos und steckte es zurück in seine Tasche. Er räusperte sich und fragte Nicholas: „Sollen wir die Einkäufe für die nächste Woche machen? Dann haben wir das erledigt."

„Das kann doch bis morgen warten, oder?"

„Bestimmt. Wenn es dir nichts ausmacht, dass es ein langer Tag wird, auch wegen der Fahrt."

„Mach dir darüber keine Sorgen. Ich fühle mich eher danach, wieder den Dave zu nutzen."

„Oh", sagte er und konnte nicht verhindern, dass ihn ein zufriedenes Lächeln verriet. Es war gut, dass an diesem warmen Nachmittag niemand in der Nähe war, denn das hier war sicher schlimmer als Händchenhalten.

Wie sich herausstellte, „nutzte" Nicholas ihn gar nicht, sondern behandelte ihn süß und sanft, als müsste Dave immer noch verführt werden. Es war herrlich.

Später am Abend, nachdem sie zu Abend gegessen hatten und auf dem Sofa lagen und fernsahen, sagte Nicholas: „Mach dir wegen morgen keinen Kopf. Wir fahren nicht zurück."

Dave war so erschrocken, dass er nur wiederholen konnte: „Wir fahren nicht …"

„Nein", sagte Nicholas sehr gleichmäßig. „Ich habe mein Ticket umgebucht. Ich fliege morgen nach England zurück."

Daves Hand klammerte sich schmerzhaft um die von Nicholas, aber der Mann zuckte nicht zusammen und zeigte auch sonst kaum eine Regung. „Was?", schaffte Dave zu fragen. „Nein …"

„Ich bin nicht gut im Verabschieden. An diesem Punkt würde ich lieber den feigen Ausweg nehmen und nach Hause fliegen."

„Nein. Nein, das *kannst* du nicht."

„Doch, ich kann. Wenigstens sage ich es dir heute. Es ist schon schwer genug, ein paar Stunden mit dem bevorstehenden Abschied zu leben. Ein paar Wochen lang halte ich das nicht aus."

„Aber –" Es ging nicht nur um Dave. Es ging um die ganze Reise. „Du bist noch nicht mit den Schmetterlingen fertig! Die Reise ist kaum halb vorbei!"

Nicholas räusperte sich. „Der Restbetrag deines Honorars wird inzwischen auf deinem Konto sein. Simon kümmert sich darum."

„Gott, glaubst du wirklich, dass ich mich das Geld interessiert?"

„Nein, das glaube ich nicht. Aber mir ist es wichtig, meinen Teil der Vereinbarung einzuhalten."

„Glaubst du wirklich, dass es das ist, was du hier tust?", fragte Dave – und fuhr sofort fort: „Du bist mit den Schmetterlingen noch nicht fertig. Du hast die Raupen noch nicht gesehen."

„Aber wir wissen nicht, wann die schlüpfen. Sie durchlaufen vielleicht nur einen Lebenszyklus pro Jahr. Selbst wenn die Eier keine Ruhephase haben, kann es Wochen dauern, bis sie schlüpfen. Wir könnten zurückfahren und über einen Monat lang nichts anderes tun, als die Eier zu beobachten."

„Nichts anderes …?", protestierte er.

„David, es ist entschieden. Mein Flug geht um ein Uhr nachmittags. Ich werde ein Taxi zum Flughafen nehmen, wenn du das möchtest. Wenn du willst, nehme ich sogar jetzt ein Taxi und übernachte in einem Hotel."

„Mach dich nicht lächerlich!", platzte Dave heraus.

„Mach es nicht schwieriger, als es sein muss."

Dave verstummte und ließ die Hand des Mannes los. Das hier war furchtbar. Dave fühlte sich, als hätte er alles ruiniert. Aber er hatte auch das Gefühl, dass Nicholas es absichtlich so weit hatte kommen lassen. Doch der Mann hatte schon genug um die Ohren, und zweifellos tat er sein Bestes. Sie taten doch beide ihr Bestes, oder? Dave seufzte.

„Ich verstehe es einfach nicht", sagte er. „Was meinst du damit, dass du nicht gut im Verabschieden bist?"

„Genau das. Ich beherrsche die Kunst des Abschieds nicht. Nicht mit Anstand. Normalerweise lasse ich gar nicht erst zu, dass die Dinge anfangen – nicht wirklich –, damit ich mich am Ende nicht verabschieden muss." Nicholas nahm Daves Hand wieder in die seine. „Für dich habe ich alle meine Regeln gebrochen."

„Dann sind wir ja quitt", sagte Dave. „Rede doch einfach mit mir. Ich will es verstehen. Und sag es mir klar und deutlich. Ich schätze, ich hatte die Verlustängste vorher schon, also mach dir deswegen keine Sorgen."

„Oh, *David*", sagte Nicholas mit trockener Zärtlichkeit.

„Geht es um … den letzten Abschied? Den allerletzten?"

„Nun. Ja. Ich möchte fast – nicht anfangen zu leben, weil ich es nicht ertragen kann, dass es endet. Allein zu sein – abgesehen von meiner Familie – macht die Aussicht auf das Loslassen – leichter."

„Ah, nein … nein, Kumpel."

„Sag mir, wie es anders geht. Es geht nicht anders. Das kann es nicht."

„Das verstehe ich", sagte Dave. „Wirklich. Aber es ist zu spät. Du lebst bereits. Du hast dich verwandelt. Du bist jetzt der fabelhafte Schmetterling."

„Wegen dir", schlug Nicholas mit einem halb skeptischen, halb erfreuten Lächeln vor.

„Nein, das warst du schon, als du mich getroffen hast. Du wusstest es nur noch nicht."

„Oh Gott", sagte Nicholas, und sein Atem stockte für einen Moment. „David. Das war –"

„Ich weiß", unterbrach Dave ihn, weil er befürchtete, dass sie sonst beide wie Babys losheulen würden. „Ich weiß."

Und Nicholas beugte sich vor, um ihn zu küssen, und dann packte er Dave, und sie fickten, genau dort auf dem Sofa. Wild und verzweifelt.

Schließlich schafften sie es in Daves Bett, und Nicholas schlief plötzlich tief ein. Er war erschöpft und wählte vielleicht auch hier den Weg des Feiglings. David nahm ihm das nicht übel, auch wenn er wach lag und sich jetzt bereits einsam fühlte.

Am nächsten Morgen waren sie höflich und freundlich zueinander. Sie fickten nicht noch einmal. Nicholas nahm sich die Zeit, seine Sachen neu zu packen, was eigentlich nicht nötig gewesen wäre. Offensichtlich hatte er das die ganze Zeit über zumindest zur Hälfte vorgehabt. Dave half ihm, machte ihm etwas zu essen und Kaffee und beobachtete ihn, wobei er den nötigen Abstand hielt.

Er wünschte sich, Nicholas würde irgendetwas sagen das andeutete, dass sie sich wiedersehen würden. Nur einen Hinweis. Nur eine Andeutung von Plänen für eine weitere Reise im nächsten Jahr, um die Schmetterlinge zu sehen. Eine Einladung, vorbeizukommen, falls Dave jemals in England sein sollte. Irgendetwas in der Art. Aber nein. Nicholas sprach über praktische Dinge, aber ansonsten war er still – er schwelgte nicht in Erinnerungen an die Reise und weiter als bis zu seinem Flug schien er nicht zu planen.

Sie mussten bald schon aufbrechen, damit Nicholas genug Zeit für die internationale Abfertigung haben würde.

Rasch – zu rasch – war es Zeit, sich zu verabschieden. Sobald Nicholas die Sicherheitsbarrieren hinter sich gelassen hatte, war er so gut wie außer Landes.

„Sag mir nur, dass du mich nicht hasst“, sagte Nicholas, als sie beieinanderstanden.

„Wofür sollte ich dich hassen?“

Nicholas zuckte mit den Schultern. „Sag es mir einfach. Lüge, wenn du musst.“

Dave sah ihn an, fest und ehrlich. „Ich hasse dich nicht.“

„Danke“, sagte Nicholas. Und dort in der Abflughalle, wo alle um sie herumstanden, drückte Nicholas Dave einen letzten Kuss auf den Mund. Und auch dafür hasste Dave ihn nicht. „Auf Wiedersehen, David.“

„Auf Wiedersehen“, flüsterte er.

Nicholas drehte sich um und ging zielstrebig auf die Sicherheitsschleuse zu. Er bog nach links in den Korridor, den Kopf hoch erhoben und warf einen letzten Blick zurück, der aber kaum die Hälfte des Weges zu Dave zurücklegte. Eine Sekunde später war der Mann verschwunden.

Kapitel 15

Dave kam sich völlig verloren vor. An diesem Nachmittag kümmerte er sich um den Cruiser und seinen Inhalt – er räumte alles aus, säuberte den Wagen, organisierte alles neu, wobei er darauf achtete, was wieder aufgefüllt werden musste, und so weiter. Er kaufte sich ein paar Lebensmittel und kümmerte sich endlich um seine Wäsche.

Mehrere Stunden lang dachte er ernsthaft darüber nach, allein zur Wasserstelle zurückzufahren. Sicherlich schuldete er es Nicholas, zu beobachten, wie die Raupen aus den Eiern schlüpfen und herumkriechen würden. Auch, wenn es bis dahin noch eine Weile hin wäre, konnte er wahrscheinlich alle paar Wochen oder so hinfahren, um die weitere Entwicklung im Auge zu behalten. Denn immerhin – wenn Dave nicht gegen seine eigenen Regeln verstoßen hätte, wäre Nicholas immer noch hier, und sie wären Kunde und Reiseleiter – vielleicht mit einigen Spannungen und wahrscheinlich nicht so befreundet, wie sie es geworden waren –, und sein Kunde hätte nicht das Bedürfnis gehabt, seine Reise abzubrechen, und hätte sie vielleicht sogar verlängern können, wenn es nötig gewesen wäre. Für den Fall, dass die Schmetterlinge wirklich nicht kooperierten.

Aber der Gedanke, jetzt allein dorthin zurückzufahren, erfüllte ihn mit Widerwillen. Er verspürte einen fast körperlichen Widerstand gegen diese Idee. Dave war so lange allein gewesen, dass er sich daran gewöhnt hatte. Jedenfalls bevor sein unerwarteter englischer Earling aufgetaucht war. Jetzt glaubte er, dass ihn die Einsamkeit erdrücken würde, wenn er ohne Nicholas an der Wasserstelle lagerte, ohne sie mit ihm teilen zu können.

Nicht, dass es besser wäre, zu Hause herumzuhängen. Er würde anfangen müssen, die Reisebüros und Fremdenverkehrsämter anzurufen und sie wissen zu lassen, dass er wieder für kurze oder lange Reisen zur Verfügung stand. Er würde sich an den Gedanken gewöhnen müssen, dass er sich wieder um andere Menschen kümmern musste. Er würde wieder lernen müssen, eine professionelle Distanz zu wahren.

Dave seufzte und ging zurück ins Haus. Sein Bett roch noch immer nach Nicholas und Sex, also schnappte sich Dave ein Kissen und nahm es mit in die Lounge. Er vertrieb sich die Nachtstunden mit Fernsehen. Das war zwar keine Lösung, aber es half ihm durch die erste Nacht.

Vielleicht, so überlegte er am zweiten Tag, hätte er zwar seine eigenen Regeln brechen können, was Beziehungen mit Kunden anging, und er hätte alles besser regeln können, damit Nicholas nicht in Panik geriet und das Bedürfnis verspürte, wegzufliegen. Es hätte doch sicher einen Weg geben müssen, dem Mann zu versichern, dass sie sich mit einem lakonischen australischen ‚bis dann‘ und nicht mit einem feierlichen englischen ‚auf Wiedersehen‘ verabschieden konnten. Auf diese Weise hätten sie noch fünf Wochen Sex und Freundschaft und – nun ja, Dave musste sich die Wahrheit eingestehen – Zuneigung haben können. Das wäre ihm sicher gelungen.

Offensichtlich war er zu Beziehungen völlig unfähig, egal, wie lang sie dauerten.

Während dieser ersten Woche ließ er es sehr ruhig angehen, erledigte Kleinigkeiten im Haus und kümmerte sich um den Garten. Er las *„Hafen des Unglücks“* und *„Sieg der Freibeuter“*.

Und dann ging er schließlich zu Denise.

Sie war, gelinde gesagt, erstaunt, ihn vor ihrer Haustür stehen zu sehen. Und erst recht, dass er dabei allein war. „Davey! Warum bist du nicht draußen an deiner Wasserstelle? Und was hast du mit Nicholas gemacht?“

Er erklärte alles, so gut er konnte, am Esstisch bei einer Tasse Kaffee. Er sprach leise und vermied sowohl schlimme Schimpfwörter als auch leichtfertige Leugnungen, denn Zoe schlief in einer Wiege gleich um die Ecke im Wohnzimmer. Nicht, dass er fluchen oder leugnen musste. Es war schlecht ausgegangen, was wohl auch zu erwarten gewesen war – schließlich hatte er viele Fehler gemacht. Aber so war es nun einmal, und Dave musste sich halt wieder an das Alleinsein gewöhnen.

„Oh, *Davey* …“, sagte Denise traurig und nahm seine Hand in ihre.

Er brauchte kein Mitleid. Er zog seine Hand weg und trank seinen Kaffee.

„Nicholas hat versucht, dir gegenüber fair zu sein“, sagte sie etwas kühler.

„Ja, genau …“, sagte er mit sarkastischer Stimme.

„Du hast ihm wahrscheinlich klar gemacht, dass es nur ein Urlaubsflirt war.“

„Es *war* nur ein Urlaubsflirt."

„Oh, um Himmels willen!", sagte sie, lehnte sich zurück und verdrehte die Augen. „Und was soll dann jetzt dieses Trübsalblasen?"

Dave starrte sie an. „Weil er gerade erst gegangen ist! Fünf Wochen zu früh! Und ich habe alles vermasselt, ich habe ihm die Reise ruiniert, ich hätte es besser wissen müssen, als meine Regeln zu brechen, und er war so stur, dass er auch noch das Honorar für die ganzen drei Monate bezahlt hat!"

Denise seufzte. „Nach dem, was ich von Nicholas gesehen habe, würde ich sagen, dass er mit dir da draußen die beste Zeit seines Lebens hatte. Vielleicht wollte er es mit einem Höhepunkt beenden."

„Ich verstehe nicht, wie das mir gegenüber fair sein soll."

„Oh, du Idiot, kapierst du es wirklich nicht? Du bist so ein liebenswerter Mensch, Davey. Wir wollen dich alle beschützen. Dein Vater, ich. Nicholas. Wir versuchen, das Richtige für dich zu tun."

„Mich zu verlassen war nicht das Richtige für mich." Er runzelte die Stirn und korrigierte sich. „Zumindest noch nicht. Er hatte offensichtlich vor, später wegzufliegen."

„Wenn du wirklich so entschlossen warst, dass es nur für die drei Monate war und nicht länger, dann kannst du ihm kaum vorwerfen, dass er es zu seinen Bedingungen beendet hat. Der arme Kerl."

Das brachte ihr einen weiteren bösen Blick ein. „Ich hätte wissen müssen, dass du in dieser Sache auf seiner Seite stehen würdest."

„Davey, sei nicht idiotischer als nötig."

„Wie du siehst", sagte er steif. „Habe ich gelernt, dass ... nichts ewig währt."

„Wenn das das Einzige ist, was ich dir beigebracht habe, Davey, dann tut mir das mehr leid, als ich ausdrücken kann. Aber das ist es nicht, oder?"

Aber darauf wollte er nicht eingehen, und völlig verstimmt verließ Dave das Haus und ging wieder nach Hause. Dabei fragte er sich die ganze Zeit, was zum Teufel er als Nächstes tun sollte.

Aber es dauerte nicht lange, bis er seinen Widerstand wenigstens etwas aufgab. Fair ist fair, dachte er. Also schrieb er ihr eine SMS: *Nicht das Einzige.*

Am nächsten Tag rief Charlie an und behauptete fast überzeugend, Denise habe ihn nicht dazu angestiftet. „Nee, Kumpel, ich komme für ein paar Tage nach Brisbane. Ich dachte, wir sollten mal ein Bier trinken.“

„Du kannst bei mir unterkommen“, bot Dave an. „Das Haus ist zu groß, seit Dad gestorben ist.“

„Also … was hast du mit deinem Mann gemacht, Davey?“

„Er ist zurück nach England geflogen. Wie du sicher schon weißt.“

„Dann fliegst du auch dorthin?“

„Nein.“ Dave runzelte die Stirn. Natürlich hatte er darüber nachgedacht. Er meinte nur, dass es keinen Sinn hatte. Wenn Nicholas es so haben wollte, wer war dann Dave, um dem zu widersprechen?

„Davey …?“, meldete sich Charlie nach einer wohl längeren Stille zu Wort.

„Hör zu“, sagte Dave. „Du weißt sicher, dass er denkt, er hätte nicht mehr lange zu leben, oder? Ich glaube, er will einfach sein Leben so gut auf seine Art leben, wie er kann.“

„Seine Art wäre mit dir, Kumpel.“

„Nein, ich glaube, er will es einfach halten. Ich glaube, er will sich und allen anderen … den Kummer ersparen.“ Gott, schon das Aussprechen dieses Satzes ließ ihn die Last erahnen, mit der Nicholas lebte.

„Wir werden alle sterben, mein Freund. Kein Grund, nicht zu leben, solange wir noch können. Im Traum wird genug Zeit für den Rest sein.“

„Na dann“, argumentierte Dave, „kann es doch warten. Oder nicht?“

„Nein, was du mit Nicholas hast, ist ein Teil des Lebens. Das gehört zu den Dingen, die du wirklich dahin mitnimmst, wenn du sie richtig lebst. Das Nächste, was ich von dir hören will, ist, dass du in England bist.“

„Aber ich glaube nicht, dass er wirklich will –“

„Für dumm hätte ich dich nie gehalten, David Taylor.“

„Oh.“ Nach einem Moment erholte er sich wieder. „Aber ich kann nicht, oder? Was ist mit dem Wasserloch? Und den Liedern?“

„Du wirst zurückkommen“, sagte Charlie in seiner zuversichtlichen Art. Der Mann hatte so viel Vertrauen! „Ich denke, dass ihr beide zurückkommen werdet, und du wirst für uns auf diesen Ort aufpassen, und Nicholas wird sich um diese Schmetterlinge kümmern. Und der Grunzbarsch und seine Liebe werden wieder zusammen sein.“

Überwältigt sackte Dave ein wenig in sich zusammen. Minuten vergingen, aber „Oh“ war alles, was er sagen konnte. Und dann, schwach,

„Ich kann nicht.“

„Also gut“, sagte Charlie leichthin. „Dann sehen wir uns in einer Woche oder so. Aber wenn du zur Vernunft kommst, ruf mich einfach an. Ich kann eine andere Unterkunft finden.“

„Das musst du nicht.“

„Wir werden sehen.“

Oh Mann. Er hasste es wirklich, wenn die Leute das sagten.

Und natürlich wollte Denise das Thema nicht ruhen lassen. „Es kann dir doch nicht *so* peinlich sein, mit einem Mann zusammen zu sein, oder? Dafür ist das Leben zu kurz, Davey.“

Darüber musste er fast lachen. „Sein Motto war ‚nutze den Tag‘.“

„Also … ?“

„Es ist nicht so, dass ich etwas dagegen hätte, mit einem Kerl zusammen zu sein …“

„Es hat dich gestört, seine Schlampe zu sein.“

Dave wurde knallrot und dankte Gott oder den Ahnen, dass Vittorio nicht in der Nähe war. „Denise!“

„Wenn das so zwischen euch gelaufen ist –“

Sie meinte den Sex, nahm er an. „Es ist nicht so, dass es mich stört, sondern –“

„Das die Leute es wissen.“

„Ja.“

„Jeder wusste, dass du meine Schlampe bist, Davey, und du bist damit klargekommen.“

Also gut, das ließ ihn innehalten. „Ja, das bin ich, oder?“ Die endlosen Witze darüber, wer in ihrer Beziehung die Hosen anhatte, hatten so sehr zu seinem Leben gehört, dass sie ihn nie gestört hatten. Als Kind hatte er sich immer gefragt, was um alles in der Welt so falsch daran sein konnte, dass Denise sich gerne um ihn kümmerte. Als Mann hatte er es besser verstanden, aber er hatte immer noch das Gefühl, dass die meisten Leute, die sich über ihn lustig gemacht hatten, einfach nur neidisch waren.

„Was ist denn in diesem Fall anders?“, fragte sie.

Er dachte noch einmal darüber nach und kam zu keiner Antwort.

Denise merkte natürlich, dass sie endlich Fortschritte machte. Sie setzte sich neben ihn und sprach ganz sanft mit ihm. Sie drängte überhaupt nicht mehr. „Am Anfang habe ich dir fast geglaubt, dass es eine kurzfristige Sache ist. Aber das hat sich geändert."

Er sah sie zweifelnd an. Aber hinter der Fassade war seine ganze Welt in Bewegung.

„Vielleicht hat er sich geirrt, aber er hat versucht, sich um dich zu kümmern, Davey. Jetzt bist du an der Reihe, dich um ihn zu kümmern – und auch um dich selbst. Diesmal musst *du* den Tag nutzen. Er kann nicht alles alleine machen."

„Denny –"

„Du musst ihn wiederfinden. Du musst dir deinen Mann holen!"

„So etwas", sagte er etwas zittrig, „passiert nur in Büchern. In Filmen."

Dem widersprach sie nachdrücklich. „Nein. Du musst das auch im echten Leben schaffen."

Und in diesem Moment wusste er, dass er das tun würde. Ganz so weit war er noch nicht. Aber er wusste es.

„Und schick mir eine Einladung, ja?", fügte Denise hinzu.

„Zu was?"

„Deiner Hochzeit."

„Was?"

„Du kannst da drüben heiraten, weißt du. Ich will – ich *verlange*, deine Trauzeugin zu sein."

„Denny –"

„Du hast mir gehört."

„Oh Gott …"

Nachdem er die Amerikaner bei ihrem Versuch, mit Krokodilen zu ringen, begleitet hatte, bereitete sich Dave auf die nächste Reise nach Buckinghamshire in England vor. Er beschloss, dass es besser eine Überraschung sein sollte. Wenn er schon wieder fallen gelassen werden sollte, dann sollte das besser persönlich passieren. Er hätte nicht gewusst, was er tun sollte, wenn er Nicholas kontaktiert hätte und dann eine uneindeutige E-Mail als Antwort erhalten hätte, die auf hundert verschiedene Weisen interpretiert werden konnte. Dave wollte das bisschen Gewissheit, das er hatte, nicht verlieren.

Er war sich jedoch sicher, dass er das Richtige tat, bevor er abflog. Denn er surfte auf seinem Handy im Internet, während er sich in der Abflughalle des Flughafens von Brisbane aufhielt. Dabei googelte er zufällig nach „Nicholas Goring". Und der erste Eintrag in den Suchergebnissen stammte von der Website des *Australian Journal of Entomology* und kündigte einen Artikel an, der nächsten Monat in der neuen Ausgabe erscheinen würde. Es ging um einen Engländer und den neuen Schmetterling, den er im Outback entdeckt hatte.

Und den Schmetterling hatte er *Ogyris davidi* genannt: Davids Azur.

Kapitel 16

Dave stand vor dem massiven Eingang eines Herrenhauses und fühlte sich etwas überfordert. Er war drauf und dran, sich die Sache anders zu überlegen und den feigen Ausweg zu wählen. Es war ein lauer englischer Sommernachmittag. Irgendwo lachten Kinder in unbändiger Freude – vielleicht im Garten. Das war reizend und erweckte dieses imposante alte Haus zum Leben. Das waren sicher einige von Nicholas' Nichten und Neffen, vermutete Dave. Der Klang war zauberhaft, aber er unterstrich auch die Tatsache, dass Dave eigentlich nicht hierher gehörte.

Seine Hand, mit der er gerade erneut klingeln wollte, fiel locker herab.

Dave hatte sich gerade abgewandt, als sich die Tür endlich öffnete – und der sehr korrekte Butler nach einem langen Moment zu einem glücklichen Lächeln erweicht wurde. „Mr Taylor …? Ja, Sie sind es, nicht wahr? Ich erkenne Sie von Ihrem Foto. Es tut mir leid, dass ich Sie habe warten lassen."

„Hallo, Simon", antwortete Dave.

„Bitte, kommen Sie herein. Sie sind herzlich willkommen, Sir."

„David."

„Danke, David. Ich bringe Sie in den Wintergarten. Dort können Sie ihn überraschen."

Verschiedene Räume rauschten an ihm vorbei, und bevor Dave überhaupt Zeit hatte, zu Atem zu kommen, waren sie schon angekommen.

„Nicholas? Sie haben einen Besucher."

Dave stand einfach nur da, immer noch im dunklen Hausinneren, selbst, ein Stück hinter Simon, und konnte nicht wirklich viel wahrnehmen. Nicholas saß dort im sanften, von Pflanzen gefilterten Sonnenlicht im Schneidersitz auf einer Plane auf dem gefliesten Boden und pflanzte Orchideen ein. Mit jemandem neben ihm. Einem Kind. Das war in Ordnung. Daves Herz klopfte wie wild.

Nicholas starrte sie einen Moment lang an, dann richtete er sich mit seiner gewohnten uneleganten Anmut auf. „David?", sagte er in gedämpftem Ton – natürlich nicht, weil er wirklich eine Bestätigung brauchte, wer er war, sondern um *die Frage* zu stellen. *Willst du …?*

„Ja", antwortete Dave heiser. *In guten wie in schlechten Zeiten, so lange wir beide leben werden.* „Willst du …?", fragte er. *Komm und lebe mit mir und sei meine Liebe – in Australien.*

„Ja." Dann überwand Nicholas den verbleibenden Abstand zwischen ihnen mit zwei schwankenden Schritten, und Dave lag tief in seinen Armen und hielt sich mit aller Kraft fest, und sie küssten küssten *küssten* sich, und es war einfach das Unglaublichste …

Bis sie durch das Kichern eines Kindes und das Räuspern eines Butlers an ihre Umgebung erinnert wurden.

„Oh", sagte Nicholas und wich ein wenig zurück. „Nun, wie geht es dir?", fragte er und fuhr streichelnd mit der Hand über Daves Haar. „Bist du direkt hierher gekommen? Was für eine lange Reise du gehabt haben musst, dieser Flug ist die Hölle, nicht wahr – ich bin sicher, du bist durstig. Simon, würdest du uns bitte etwas Tee bringen?"

„Ja, Sir, natürlich."

„Hier, ich möchte dir gern meinen Neffen Robin vorstellen", fuhr Nicholas fort, nahm Dave bei der Hand und führte ihn in den Wintergarten hinaus. „Wir sind gerade dabei, diese Orchideen umzutopfen, aber wir werden bald fertig sein. Du kannst uns helfen, wenn du willst."

„Sicher", sagte Dave und begann loszulassen und sich zu entspannen. Nicholas würde sich um ihn kümmern, das wusste er jetzt. Er konnte diesem Mann in jeder Hinsicht vertrauen.

„Robin, das ist mein Freund David aus Australien."

„Erfreut, Sie kennenzulernen, Sir."

„Ebenso, Robin."

„Ich sollte dich vorwarnen, es sind gerade *alle* hier", sagte Nicholas, als er sich wieder auf die Plane sinken ließ. Dave setzte sich neben ihn, und fühlte sich trotz allem unendlich wohl. „Die Gorings sind alle versammelt. Es sind Sommerferien, verstehst du. Aber du musst sie noch nicht alle kennenlernen. Wir werden erst einmal Tee trinken und dich in Ruhe auspacken lassen …" Nicholas' Blick streichelte ihn von oben bis unten und versprach ihm *unbekleidet … ausschweifend …* „Nicht, dass du dir Sorgen machen müsstest. Alle werden so froh sein, dass du gekommen bist."

Endlich war Nicholas wieder still, und nach einer Weile hatte Dave das Gefühl, dass er noch etwas sagen sollte. „Ich bin auch froh", sagte er, seine Stimme immer noch rostig, als hätte er sie schon lange nicht mehr benutzt, zumindest nicht richtig.

„Wie mutig du warst. Wie unglaublich!" Und Nicholas nahm eine von

Daves Händen in seine und hob sie an, um Daves Handfläche mit seiner Wange zu streicheln. „Ich danke dir, David. Ich danke dir so sehr.“

„Nnn“, antwortete er, ganz klar und deutlich.

Wegen dieser und anderer Dinge dauerte es ein paar Stunden, bis sie sich wieder auf den Weg nach unten machten, um alle zu treffen. Als sie oben auf der Treppe ankamen, fragte Dave: „Bist du sicher, dass ich gut genug angezogen bin?“ Er trug eine neue, verwaschene Bluejeans, ein weißes Hemd aus strukturiertem Baumwollstoff, das er locker trug, und braune Ledersandalen. Das Outfit hatte ihn so viel gekostet, dass er zusammenzuckte, wenn er nur daran dachte, aber jetzt konnte er nur noch daran denken, dass er bestimmt zu lässig wirkte.

„Wie jemand, der so schön ist wie du, sich darüber Sorgen machen kann, was er anhat, ist mir ein Rätsel“, brummte Nicholas. „Als ob das überhaupt jemandem auffallen würde! Und außerdem ist es ja nicht so, dass wir zum Abendessen immer im Frack erscheinen.“

„Oh Gott. Weißt du, dass ich in meinem ganzen Leben noch nie einen Anzug getragen habe …?“

„Also, wenn das kein Ausschlusskriterium ist.“ Sie hatten den Treppenabsatz erreicht, von dem aus die Stufen hinunter in die Haupthalle führten. Nicholas blieb stehen und zog sanft an Daves Hand, um ihn näher zu sich zu holen. „Dann lass mich dich noch einmal ansehen …“ Sein Blick streichelte Dave noch einmal von oben bis unten und ließ ihn erneut erröten. „Du siehst *perfekt* aus: Du siehst ganz wie du selbst aus.“

Er murmelte etwas Dankbares, und dann gingen sie die Treppe hinunter …

Nur um festzustellen, dass man sie wahrscheinlich gehört hatte, denn dort unten saßen zwei Männer auf den beiden Sofas zu beiden Seiten des Kamins und unterhielten sich offenbar leise miteinander. Sie erhoben sich, als Nicholas die Richtung änderte und auf die Männer zuging.

„Mein Vater und mein Bruder“, murmelte Nicholas zu Dave – und dann waren sie da, und Dave wurde förmlich vorgestellt. „Vater, darf ich dir meinen Freund David Taylor aus Australien vorstellen. David, das ist mein Vater, Lord Goring.“

„Es ist mir eine große Freude, Sie kennenzulernen, David, und Sie in unserem Haus willkommen zu heißen."

„Danke, Mylord", sagte er sanft, als sie sich die Hand gaben. „Es ist mir eine Ehre, hier zu sein."

„Nenn mich bitte Richard; unter Freunden sind wir nicht so förmlich." Und er schien wirklich ein herrlich onkelhafter Typ zu sein.

„Danke", sagte Dave, und die Hälfte seiner Ängste war bereits verflogen.

„Robert", fuhr Nicholas fort und wandte sich an den anderen Mann, der wie eine etwas weniger schöne, dafür Rugby spielende Version von Nicholas selbst aussah, „das ist mein Freund David. David, das ist mein ältester Bruder, Robert."

Wieder schüttelten sie sich die Hände und tauschten die Worte „Sehr erfreut, Sie kennenzulernen, David" – „Danke, Mylord" – „Danke, aber bitte nenn mich Robert" aus.

Während sich die drei Gorings kurz über die eine oder andere Familienangelegenheit unterhielten und die fröhlichen Klänge einer großen Familienfeier aus anderen Teilen des Hauses zu hören waren, kam Dave der Gedanke, dass der Graf und sein Erbe sich absichtlich hierher begeben hatten, um Dave zu begrüßen und ihm das Kennenlernen der Familie zu erleichtern. Das war mehr als rücksichtsvoll. Dave entspannte sich etwas mehr und begann zu ahnen, dass ihm jetzt nichts Schlimmeres bevorstand als die Verwirrung darüber, welche Namen zu welchen neu kennengelernten Gesichtern gehörten. Aber Simon und Robin, Richard und Robert hatte er schon gemeistert, und Nicholas natürlich. Immer und ewig Nicholas.

„Sollen wir reingehen?", fragte Richard. „Nicholas, wenn ich David als deinen Freund vorstelle, ist das für euch beide akzeptabel?"

„Ja, natürlich. Das geht schon in Ordnung." Aber Nicholas hielt inne, als die anderen sich abwandten, um weiterzugehen. „Einen Moment." Seine Hand schlüpfte in die von Dave und drückte sie zur Beruhigung oder vielleicht als Bitte. „Das bleibt vorerst unter uns, Vater, aber ich glaube, wir sind mehr als Freunde."

Der Earl hatte sich bereitwillig wieder umgedreht, und nun zögerte er weniger als einen Wimpernschlag, bevor er sagte: „Ich bin sicher, dass wir das alle verstanden haben, Nicholas, und wir sind sehr froh, David hier bei uns zu haben."

„Nein, ich meine ..." Diese dunkelblauen Augen suchten wild Daves Blick und glühten mit einer zaghaft ergriffenen Hoffnung, die mit jeder

Sekunde an Gewissheit zunahm. „Ich meine, ich glaube, ich habe David vorhin einen Antrag gemacht, im Wintergarten. Nicht wahr?", fragte er.

„Ja", sagte David.

„Und … ich glaube, du hast ihn angenommen. Nicht wahr …?"

„Ja."

„Oh!", rief Nicholas und beugte sich vor, um Dave einen Kuss auf den Mund zu drücken. „Ich hatte gehofft, dass es so ist."

Und dann schüttelte Richard wieder Daves Hand, drückte seine Freude aus und hieß Dave in der Familie willkommen, bevor er seinen offensichtlich geliebten Sohn in die Arme schloss und ihm gratulierte. „Du hättest mich nicht glücklicher machen können", sagte der Earl, während sie alle versuchten, sich wieder zu sammeln. „Nicholas, das ist der letzte Wunsch, den ich für dich hatte und der sich nicht erfüllt hat. Bis jetzt."

„Danke, Vater."

Aber es gab natürlich keine Möglichkeit, es geheim zu halten. Nicholas und Richard hatten ebenso feuchte Augen wie Dave, und Robert konnte sein zufriedenes, stolzes Lächeln nicht ganz unterdrücken. Innerhalb von zehn Minuten, nachdem sie das Wohnzimmer der Familie betreten hatten, wussten fast alle Bescheid. Und Simon brauchte nicht einmal darum gebeten werden; fünf Minuten später hatten die Erwachsenen jeweils eine Sektflöte und die Kinder Limonadenflöten. Robin stand da, hielt Daves Hand und schaute hingebungsvoll zu ihm und Nicholas hinauf, obwohl er noch etwas zu jung schien, um wirklich zu verstehen, was hier passierte. Da Dave in der anderen Hand sein Sektglas hielt, hatte Nicholas die Gelegenheit genutzt, einen Arm um Daves Taille zu legen, was großartig war, denn Dave befürchtete, dass ihm sonst vor lauter Freude schwindelig werden würde und er stolpern und hinfallen könnte.

„Ich glaube nicht, dass Nicholas etwas dagegen hat, wenn ich zugebe", sagte der Earl zu den Anwesenden, „dass ich mir Sorgen gemacht habe, als er beschloss, allein nach Australien zu reisen, und vorhatte, dort in der Fremde so viel seiner Zeit zu verbringen. Es schien mir ein zu kühnes Unternehmen zu sein, voller Gefahren. Ich hatte Angst, diesen jungen Mann zu verlieren, der mir so viel bedeutet. Aber Nicholas hat dort nicht nur seine Schmetterlinge gefunden. Ich bin mir sicher, dass diejenigen von euch, die seit seiner Rückkehr Zeit mit ihm verbracht haben, zustimmen werden, dass er sein bestes Selbst gefunden hat. Und nun, um das Ganze zu vervollständigen, haben wir erfahren, dass er dort auch einen liebevollen Partner gefunden hat. Seinen zukünftigen Ehemann. Und so möchte ich einen Toast aussprechen …"

Richard blickte quer durch den Raum und nickte Simon zu. „Ja, bitte. Bring alle herein. Das ist für die ganze Familie."

Dave beobachtete, wie sechs oder sieben weitere Personen hereinkamen, die taktvoll am Rand stehen blieben, aber alle hielten ein Glas Champagner in der Hand und lächelten Nicholas fröhlich an, während sie Dave mit neugieriger Freundlichkeit betrachteten.

„Auf Nicholas und David", sagte der Earl schließlich und hob sein Glas. „Mögen sie das lange und glückliche Leben genießen, das sie beide verdient haben."

„Auf Nicholas und David", antworteten alle.

Und Nicholas beugte sich vor, um ihn erneut zu küssen, und Dave gab sich dem hin und errötete jetzt nur noch mit einer leicht schmerzlichen Freude. Jubelrufe, Gelächter und das Klirren von Gläsern klangen ihm in den Ohren, aber all das verblasste, als Nicholas mit seinen Lippen Daves Lippen berührte und murmelte: „Du gehörst jetzt mir, du großartiger, lieber Mann."

Daraufhin antwortete Dave: „Ja, ich gehöre ganz dir."

Und genau so war es auch.

Über Julie Bozza

Gewöhnliche Menschen sind außergewöhnlich. Wir können alle nach Anstand, Großzügigkeit, Respekt und Ehrlichkeit streben – und die Kraft der Liebe (aller Arten von Liebe!) kann uns helfen, in unser bestes Selbst hineinzuwachsen.

Ich schreibe Geschichten über „normale" Menschen, die ihre Antworten in sich selbst und in anderen finden. Ich schreibe über Freunde und Liebhaber und die Familien, die wir uns selbst schaffen. Ich erforsche die Tiefe und den Sinn, den Spaß und die Möglichkeiten, die in „alltäglichen" Erfahrungen und Beziehungen stecken. Ich glaube, dass wir unser Leben besser leben können, wenn wir uns auf diese Dinge konzentrieren.

Geschichten helfen uns, unsere eigene Klarheit und unsere eigene Freude zu finden. Leserinnen und Leser bringen ihr Herz und ihre Seele beim Lesen ein, so wie Autorinnen und Autoren ihr Herz und ihre Seele beim Schreiben einbringen – und gemeinsam erschaffen wir ein Ganzes.

Ich lese Bücher, sehr viele Bücher, und sehe mir Filme an. Ich bewundere Kunst und liebe Theater und Musik. Ich versuche, eine großartige Partnerin, Schwester, Tochter und Freundin zu sein. Ich lebe ein engagiertes und sorgsam durchdachtes Leben. Und ich bemühe mich, so ehrlich zu schreiben, wie ich kann.

Ich habe in zwei Ländern – England und Australien – gelebt, was dazu beigetragen hat, meinen Horizont zu erweitern, und ich bin auch viel gereist. Ich liebe es, zu lernen, und habe alle möglichen Kurse absolviert. Beruflich war ich in der Personalabteilung und im Bereich eLearning und Schulung tätig, sodass meine Mitmenschen und das Verstehen, Vermitteln und Teilen von Informationen immer im Mittelpunkt gestanden haben.

Stricken verschafft mir eine Auszeit und die Möglichkeit, etwas mit meinen Händen zu machen. Kaffee gibt mir Anregung und eine gewisse Glaubwürdigkeit. Meine Lieblingsfarbe ist von reinem Blau zu dunklem Violett gewechselt und scheint sich nun wieder in Meeresblau zu wandeln. Ich halte John Keats für den besten Menschen, der je gelebt hat.

Und das bin ich! Julie Bozza. Schrullig. Queer. Aufrichtig.

Wenn Sie mehr wissen wollen, besuchen Sie mich doch auf juliebozza.com.

www.ingramcontent.com/pod-product-compliance
Lightning Source LLC
Chambersburg PA
CBHW071157180726
48291CB00007B/2495